Ulrich Völkel

Die Maske des Mörders

weimarer verlagsgesellschaft

Ulrich Völkel

Die Maske des Mörders

Ekke Ponte ermittelt

Band 2

Kriminalroman

weimarer
verlagsgesellschaft

FSC
www.fsc.org
MIX
Papier aus verantwortungsvollen Quellen
FSC® C083411

Impressum

Ulrich Völkel

Die Maske des Mörders
Kommissar Ponte ermittelt, Band 2

ISBN: 978-3-7374-0233-0

info@verlag-weimar | www.verlag-weimar.de

Umschlaggestaltung: Karina Bertagnolli

Lektorat: Lekto.rat Katja Völkel, Dresden

Gesamtherstellung: CPI books GmbH, Leck – Germany

Printed in Germany

Wir kamen zu spät. Nur wenige Minuten, aber wir kamen zu spät. Der Oberarzt des Klinikums hatte mich kurz vor fünfzehn Uhr angerufen. Es scheint, Herr Kriminalhauptkommissar Ponte, hatte er gesagt, als ob Frau Bauer aufwache. Vielleicht die letzte Chance, sie zu befragen, hatte er gesagt. Ich war sofort mit Astrid Korn, meiner Stellvertreterin, zur Klinik gefahren, sogar mit Blaulicht. Es ging, so hatten wir den Arzt verstanden, vielleicht nur noch um Minuten. Wir kamen trotzdem zu spät. Ja, sagte Doktor Goldmann von der Intensivstation, sie sei tatsächlich aufgewacht, aber nur kurz. Sie habe auch etwas sagen wollen. Aber was? Goldmann hob die Schultern und öffnete hilflos die Arme. Es sei nicht zu verstehen gewesen, sagte er entschuldigend. Vielleicht Lier oder Glier oder so. Aber es könne auch etwas ganz anderes gewesen sein.

Lier oder Glier oder so oder vielleicht etwas ganz anderes? Damit konnte ich nichts anfangen. Auch Astrid schüttelte verneinend den Kopf. An so einen oder ähnlich klingenden Namen, falls es sich überhaupt um einen Namen handelte, konnten wir uns beide nicht erinnern, jedenfalls nicht im Zusammenhang mit dem Überfall auf die Bank.

Frau Bauer wäre, wenn sie die schwere Schussverletzung überlebt hätte, unsere wichtigste Zeugin gewesen; denn sie hatte dem Bankräuber am Schalter direkt gegenübergestanden und ihm in die Augen gesehen.

„Wir wissen nichts, Ekke", sagte Astrid. Es klang nicht gut. „Zwei Tage sind schon hin."

„Wir wissen immer etwas", widersprach ich ihr. „Wir wissen es nur nicht."

Den Spruch kannte sie von mir.

Wir wussten, dass die Bankfiliale am Montag kurz nach sechzehn Uhr überfallen worden war. Wir wussten, dass der Bankräuber die wenigen Kunden gezwungen hatte, sich auf den Boden zu legen. Wir wussten, dass er die Frau hinter der Kasse angeschossen und lebensgefährlich verletzt hatte. Wir wussten, dass er mit einer Tasche aus schwarzem Tuch, in das er das Geld hatte einpacken lassen, geflohen war. Wir wussten sogar dank der Überwachungskamera, wie er aussah.

„Hans hat sein Foto bereits ausgedruckt", sagte Astrid, als wir in die Dienststelle zurückfuhren. „Vielleicht wissen wir wirklich schon etwas. Ich nehme an, er jagt das Bild bereits durch den Rechner. So professionell, wie der Bursche vorgegangen ist, glaube ich, dass er schon mindestens einmal eine Bank überfallen hat oder durch ein anderes Verbrechen aktenkundig geworden ist. Rein, Warnschuss in die Decke, alles auf den Boden, Geld einsacken lassen, raus. Dabei hat er die Schalterhalle gut im Blick, schießt auf die Frau hinter dem Schalter, die ihm zuvor die Tasche mit dem Geld gefüllt hat – und ist weg. Der Alarm war zwar ausgelöst worden, aber zu diesem Zeitpunkt war der Mann längst aus dem Gebäude in unbekannte Richtung entkommen."

Ich nickte. „Sag ich doch, wir wissen eine ganze Menge. Ich gehe davon aus, dass Elke mit ihren Leuten verwertbare Spuren sichern konnte. Dann wissen wir mehr."

„Aber die Frau ist tot. Das wissen wir jetzt auch." Astrids Stimme klang belegt.

Was ich nach meinem ersten Fall, nachdem ich mit meiner Familie aus Berlin in meinen Geburtsort Weimar zurückgekommen bin, auch wusste: Ich habe ein starkes Team hinter mir. Astrid Korn, als meine Stellvertreterin, Anfang dreißig. Tadellose Dienstlaufbahn, eins mit Sternchen. Eine Frau, die geradeaus sagt, was sie denkt.

Hans Brandt, 48 Jahre und damit gut zehn Jahre älter als ich. Messerscharfe Auffassungsgabe. Ihm entgeht nichts. Mir entgeht aber auch umgekehrt nicht, dass unser Verhältnis nicht frei von Spannungen ist. Seine mürrische Art ist hoch anstrengend. Aber:

harte Schale, weicher Kern. Da muss noch eine Menge Wasser die Ilm hinunterfließen, bis wir Freunde werden. Jedoch seine Arbeit macht er brillant.
Die Jüngste im Team ist Elke Otto, noch keine dreißig und promovierte Chemikerin. In Sachen Spurensicherung und -auswertung macht ihr keiner so schnell etwas vor. Die Nadel im Heuhaufen zu finden, ist für sie kein Problem.

Astrid und ich saßen noch eine Weile schweigend nebeneinander, weil uns beiden klar war, was als Nächstes getan werden musste. Wir hatten dem Arzt versprochen, die Angehörigen zu verständigen. „Kommst du mit?", fragte ich Astrid.
„Ja", sagte sie leise. „Natürlich."
Ich erinnere mich genau, wie das gewesen ist, als ich das erste Mal, von einem erfahrenen Kollegen begleitet, einer Frau mitteilen musste, dass ihr Mann Opfer eines Gewaltverbrechens geworden ist. Das war ganz komisch. Sie lächelte nämlich, als hätten wir uns in der Tür geirrt. „Nein, nein", hatte sie gesagt. „Mein Mann ist auf Arbeit. Ich habe vor einer halben Stunde mit ihm telefoniert."
Ich konnte sie nur hilflos anstarren. Allmählich fror das Lächeln auf ihrem Gesicht zu einer Maske ein. Langsam drang in ihr Bewusstsein, weswegen wir gekommen waren. Ihr ganzer Körper schien zu erstarren, die Gesichtszüge drohten zu entgleisen. Sie öffnete den Mund, als wollte sie etwas sagen, aber es kam kein Ton aus ihr heraus. Das war schlimmer, als wenn sie geschrien hätte. Mein Kollege, der eine solche Nachricht nicht zum ersten Mal überbringen musste, sah meine Hilflosigkeit. Er fasste die Frau ganz vorsichtig am Arm, schob ihr einen Stuhl zurecht und fragte, als ob er sich in der Wohnung auskennen würde: „Ein Glas Wasser? Soll ich Ihnen ein Glas Wasser aus der Küche holen?"
Sie nickte, aber ich hatte nicht den Eindruck, dass sie ihn wirklich verstanden hatte. „Wieso denn?", fragte sie ihn mit dünner Stimme. „Wir haben doch eben noch miteinander telefoniert. Er ist auf der Arbeit. Er hat nur gesagt, dass es heute etwas später werden

wird, weil noch ein wichtiger Kunde käme. Aber das kenne ich schon. Ich sollte mit dem Abendbrot nicht auf ihn warten. Hat er gesagt."

Diese Szene hat sich mir tief ins Gedächtnis eingebrannt. Wir fragten sie noch, ob wir jemanden anrufen oder einen Nachbarn um Hilfe bitten sollten. Sie schüttelte den Kopf. „Mein Großer kommt gleich von der Schule." Das klang schon wieder fast normal, was ich nicht verstehen konnte.

„Wie?", fragte sie dann doch, als ihr klar wurde, dass wir uns nicht in der Tür geirrt haben. Mein Kollege hatte ihr ein Glas Wasser aus der Küche geholt. Sie trank in kleinen Schlucken.

Wir mussten ihr erzählen, was geschehen war und wie ihr Mann zu Tode gekommen ist. Ich hatte den Eindruck, meinem Kollegen fiel das Berichten schwerer als ihr das Zuhören. Ein Mann sei ins Büro gekommen, erzählte er. Die Sekretärin wollte ihm den Zutritt zum Chefzimmer verwehren, aber er stieß sie einfach beiseite. Durch die geöffnete Tür musste sie mit ansehen, wie der Eindringling plötzlich eine Pistole zog und ohne Warnung schoss. Dann habe er sich die Pistole an den Kopf gehalten und ein zweites Mal geschossen. Es war wie im Kino, hatte die Sekretärin berichtet, wie im Kino. Erst dann sei sie zusammengebrochen. Mitarbeiter der Firma hatten die beiden Schüsse gehört und sofort die Polizei verständigt.

Die Frau, der wir den Tathergang schilderten, bei dem ihr Mann zu Tode gekommen war, nickte mehrmals mit dem Kopf, als wollte sie die Schilderung Szene für Szene bestätigen. Sie ist eine starke Frau, dachte ich damals. Sie wird die Kraft haben, um die schlimmsten Stunden zu überstehen. Wir verabschiedeten uns, nicht ohne sie noch einmal zu fragen, ob wir nicht doch Hilfe für sie holen sollten, aber sie dankte und lehnte ab. „Mein Großer kommt gleich." Sie wirkte sehr gefasst. Aber aus ihrem Gesicht war alle Farbe gewichen.

Es fiel mir schwer, sie direkt anzusehen. Ich weiß nicht, warum ich mit einer Intensität, als sähe ich so etwas zum ersten Mal, die buntbemalte Matrjoschka in der Schrankwand anstarrte und die Frau plötzlich unvermittelt fragte, wie viele Figuren darin versteckt seien. Die Frage überraschte sie insofern, als sie selbst nie nachgezählt hatte. „Fünf? Oder sechs?“ Dann nahm sie die aus leichtem Lindenholz gefertigte russische Figur aus der Schrankwand, öffnete die ineinandergesteckten Puppen eine nach der anderen und sagte, offenbar selbst überrascht: „Sieben. Es sind sieben! Ich hätte gedacht, es wären höchstens sechs.“ Und dabei lächelte sie. Es schien, als erinnere sie sich an eine schöne Begebenheit. Tatsächlich begann sie zu erzählen, als seien wir auf einen Kaffee zu ihr gekommen und redeten gerade von einem gemeinsam verbrachten Urlaub.

„Wir sind in Pizunda am Schwarzen Meer gewesen. Das ist viele Jahre her. Vielleicht unser schönster Urlaub. Beim Bummel durch den Ort kamen wir in ein kleines Souvenirgeschäft. Da standen sie, die Matrjoschkas, ein ganzes Regal voll. Zwei Frauen, vermutlich aus Sachsen, bewunderten sie. Die eine sagte: Scheene Holzsachen ha'm die hier. Und die andere sagte: Ja, aber deier sind se. – Wir haben noch Jahre danach darüber gelacht. Es hat sich sogar zu einer stehenden Redewendung zwischen uns entwickelt. Sehen wir etwas, was uns gefällt und was ich gern kaufen würde, sagt Günther immer: Aber deier is' es.“

Die Szene damals hatte etwas Unwirkliches, fast Irres. Wir kommen, um der Frau mitzuteilen, dass ihr Mann tot ist, und sie erzählt uns von zwei sächsischen Urlauberinnen und den teuren Holzsachen in Pizunda am Schwarzen Meer.

Mein Kollege fragte mich hinterher, wie ich auf diesen Trick gekommen sei.

„Welchen Trick?“, wollte ich wissen.

„Na, das mit der russischen Babuschka oder wie die Dinger heißen.“

„Matrjoschka“, sagte ich. „Mein Vater hat mir, da war ich höchstens fünf Jahre alt, so eine Großmutter, wie du sie nennst, aus Moskau von einer Dienstreise mitgebracht. Deshalb wusste ich, wie das funktioniert.“

„Nein“, sagte er. „Dass du die Frau auf diese Weise ablenken konntest. Sie war plötzlich nicht mehr so steif. Lernt ihr das neuerdings auf der Polizeischule?"

Ich ließ mir das Lob gefallen, als hätte ich es verdient. Gegenüber unserem Chef pries er später meine psychologischen Fähigkeiten. Was allerdings zur Folge hatte, dass die Kollegen, wenn sie eine solche oder ähnliche Nachricht überbringen mussten, meistens fragten: „Kommst du mit, Ekke? Du weißt doch am besten, wie man so etwas sagt." Es fiel mir jedes Mal gleich schwer. Gewohnheit oder Routine wäre das Schlimmste, was mir in solchen Fällen passieren dürfte.

„Wir verabschiedeten uns von der Frau", erzählte ich Astrid weiter, „und gingen. Als wir bereits im Treppenhaus waren, hörten wir plötzlich einen lauten Schlag, als sei etwas Schweres zu Boden gefallen. Wir sprangen die wenigen Stufen zur Wohnung hoch. Ich klingelte Sturm, mein Kollege klopfte hart gegen die Tür. Aus der Wohnung kam keine Reaktion. Mit einem kurzen Anlauf warf er sich gegen die Tür. Sie schlug krachend auf. Im Flur lag die Frau, reglos. Der Notarzt kam relativ schnell. Er untersuchte sie kurz und veranlasste die sofortige Einlieferung in eine Klinik. Wir warteten noch, bis der Krankenwagen kam."

Astrid nickte. „Ich kenne das. Die Menschen, denen eine solche Nachricht überbracht werden muss, glauben das Ungeheuerliche zunächst gar nicht, als ob sie sich mit allen Fasern ihres Körpers dagegen wehren. Sie reagieren oft wie von einer inneren Mechanik getrieben. Und dann, plötzlich, begreifen sie. Das ist der schlimmste Moment."

„Als die Frau, versorgt mit einer Infusion, auf einer Trage abtransportiert wurde", fuhr ich fort, „kam ein junger Mann die Treppe hoch, immer zwei Stufen auf einmal nehmend, denn der Krankenwagen vor der Haustür verriet nichts Gutes. Es war ihr fast erwachsener Sohn. Wir brachten es beide nicht fertig, ihm quasi auf der Treppe zu erzählen, was geschehen war und weshalb seine Mutter zusammengebrochen ist. Mein Kollege bot sich an, mit ins Krankenhaus zu fahren. Ich sollte in der Wohnung bleiben, bis ein Polizist mich ablöst. Versuche den Hausmeister aufzutreiben, sag-

te er noch. Die Wohnung muss schließlich gesichert werden." Er zeigte auf das ausgebrochene Schloss.
Während ich Astrid von dem Vorfall erzählte, sah ich die Bilder, als geschähen sie eben. Ich hatte erst später begriffen, als ich mit dem Sohn der Frau allein war, weshalb es mein Kollege so eilig hatte, mit ins Krankenhaus zu kommen.
Da stand ich in der fremden Wohnung auf dem Flur, wo die Frau gelegen hatte. Es war so still, so unheimlich still, dass ich mir wünschte, sie hätte geschrien vor Schmerz und ich könnte den Schrei noch hören. Ich war selten so allein in meinem Leben. Der Junge sah mich mit großen Augen an. Ich musste ihm beibringen, warum seine Mutter in Ohnmacht gefallen war.
„Dieses Erlebnis wurde ich nie wieder los", erzählte ich meiner Kollegin. „Es drückt mich zwar nicht mehr nieder, wie das am Anfang gewesen ist, aber es gehört seither zu meinem Leben."

Etwas ist komisch", sagte Astrid, die lange schweigend im Auto neben mir gesessen und eigenen Gedanken nachgehangen hatte.
„Was ist komisch?" Ich brauchte einen kleinen Moment, um in die Gegenwart zurückzukommen.
„Er trug keine Maske. Auf dem Überwachungsfilm ist er deutlich zu erkennen. Das macht doch nur einer, der überzeugt ist, dass wir mit seinem Bild nichts anfangen können, weil er längst über alle Berge und in wer weiß welchem Land ist, wo ihn unsere Fahndungsplakate nicht erreichen und nicht mehr schaden können."
„Du meinst, ein Ausländer?", fragte ich.
„Nicht unbedingt. Danach sah er nicht aus. Aber vielleicht einer, der sich ins Ausland abgesetzt hat. Der Coup muss gut vorbereitet gewesen sein. Hier ist es. Windischenstraße." Astrid fuhr rechts ran und stellte den Motor ab.
Ich ertappte mich dabei, wie ich die Gedenktafel des sogenannten Ratsmädelhauses mit der Nummer 13 schräg gegenüber betrachtete, statt daran zu denken, was wir dem Witwer gleich mitteilen

mussten. „Matrjoschka“, dachte ich mehr, als dass ich es kaum hörbar aussprach.
Astrid hatte mich nicht verstanden und sah mich fragend an.
„Gehen wir hoch“, sagte ich, ohne ihre nicht gestellte Frage zu beantworten.

Ich klingelte bei Bauer. Der Türsummer ertönte. Als wir ins Treppenhaus traten, stand der Mann bereits in der geöffneten Wohnungstür in der ersten Etage. Er musste uns gesehen haben, als wir aus dem Auto stiegen. Er wusste, warum wir kamen.
Herr Bauer bat uns in die Wohnung. „Kaffee?“, fragte er. Ich wollte ablehnen, aber Astrid hatte begriffen, dass der Mann eine Beschäftigung brauchte; denn wenn die Nachricht auch zu erwarten gewesen ist nach der schweren Schussverletzung seiner Frau, so wird er doch die Hoffnung gehabt haben, dass sie aus dem Koma wieder aufwacht. Sie ist zwar aufgewacht, aber nur für wenige Minuten. Und wir waren zu spät gekommen.
„Ja, würde ich gern trinken“, sagte Astrid. „Mein Kollege auch.“
„Zucker? Milch?“, fragte Herr Bauer.
Es klang alles so normal, so fürchterlich normal. Wir hörten, wie er die Kaffeemaschine in der Küche anstellte. Das Wasser blubberte. Der Kaffee lief in die Tassen. Herr Bauer balancierte die Getränke vorsichtig auf einem kleinen Tablett, wie das vermutlich sonst immer seine Frau gemacht hatte, eine Zuckerdose dazu und ein Kännchen mit Milch. Zwiebelmuster aus Kahla. Das war zu DDR-Zeiten nur unter dem Ladentisch zu bekommen. Die Kaffeelöffel hatte er vergessen.
„Ich hoffe, er schmeckt“, sagte er. „Das hat immer sie gemacht.“
Er vermied es, ihren Namen auszusprechen, als hätte er Angst, sie dadurch zu wecken.
Wir waren nicht wegen des Kaffees gekommen. „Herr Bauer“, setzte ich an, aber er unterbrach mich. „Ich weiß. Das Krankenhaus hat bereits angerufen. Wenn Sie nicht gekommen wären, wäre ich jetzt dort.“

Das wunderte mich, denn der Arzt hatte uns gefragt, ob wir dem Mann Bescheid sagen oder ob er das telefonisch erledigen solle. „*Erledigen*" war kein gutes Wort in diesem Zusammenhang. Wir hatten gesagt, dass wir das persönlich tun wollen. Aber vielleicht hatte auch Herr Bauer selbst im Krankenhaus angerufen, um sich nach seiner Frau zu erkundigen. Ich wusste, dass er die meiste Zeit an ihrem Bett gesessen hatte in der Hoffnung, dass sie die Augen aufschlägt und ihn erkennt. Nur für die Erledigung notwendiger Kleinigkeiten war er für kurze Zeit nach Hause gefahren. Er konnte nicht wissen, dass seine Frau kurz zu sich kommen würde. Wahrscheinlich machte er sich sogar Vorwürfe, nicht bei ihr gewesen zu sein, als sie starb.
„Was soll werden?", fragte er uns, aber es schien nicht, dass er eine Antwort darauf haben wollte.
Wir konnten ihm die Frage ohnehin nicht beantworten.
„Warum hat er das getan?" Auch das sagte er mehr in den Raum hinein, als dass er uns gemeint haben könnte. Er meinte den Bankräuber, der auf seine Frau geschossen hatte.
Diese Frage konnten wir noch weniger beantworten. Ich sagte: „Wir werden ihn finden." Das musste ich sagen, aber noch wusste ich nicht, wie das geschehen sollte.
„Haben Sie denn schon eine Spur?" Diesmal sah er uns an.
„Ja", sagte ich etwas sicherer. Aber das stimmte noch weniger. Wir hatten bisher keine wirkliche Spur. Ich behauptete es, um ihm eine geringe Hoffnung zu geben, zweifelte aber, ob es mir gelungen war. Und selbst wenn wir den Mörder bereits gefasst hätten – seine Frau würde davon nicht wieder lebendig. „Natürlich werde ich Sie unterrichten, Herr Bauer, sobald wir eine konkretere Spur haben. Und nein", sagte ich im gleichen Atemzug, „ich weiß nicht, warum jemand so etwas tut."
Wir tranken den Kaffee. Astrid nahm wie immer viel zu viel Zucker und reichlich Kaffeesahne.
Plötzlich stand Herr Bauer auf. „Entschuldigung, die Löffel." Er lief schnell in die Küche, um die fehlenden Kaffeelöffel zu holen. Astrid bedankte sich mit einem Lächeln, als er wieder zurückkam.

Wir tranken beide, um die entstandene Pause zu überbrücken. „Schmeckt wirklich gut", sagte Astrid anerkennend. Mir war er zu dünn geraten.
Herr Bauer erwiderte dankbar lächelnd die kleine Lüge. Wahrscheinlich hatte er versehentlich die entkoffeinierten Kapseln erwischt.
Es gab nichts mehr zu reden. Es war alles gesagt. „Wir werden Sie unterrichten, sobald wir etwas wissen", beteuerte ich bereits im Stehen.
„Unser aufrichtiges Beileid, Herr Bauer", sagte Astrid und drückte ihm die Hand. Das hatten wir tatsächlich vergessen.
Er brachte uns noch bis zur Tür. Wir verabschiedeten uns mit Handschlag. Ich hatte schon anderes erlebt: Wut, als sei ich, der Überbringer der Nachricht, der Schuldige. Oder dass die benachrichtigte Person plötzlich zusammenbrach wie damals die Frau mit den Matrjoschkas, deren Mann im Büro erschossen worden war. Nein, nach solch einem Besuch fühlt man sich wirklich nicht gut.
Wir waren schon auf der Treppe, als Herr Bauer leise sagte: „Es ist die Sinnlosigkeit." Er musste nicht erklären, was er meinte. Er wollte auch gar keine Antwort. Ich blickte noch einmal zurück, da hatte er die Tür bereits geschlossen, leise, als ob er durch das Geräusch des einrastenden Schlosses niemanden aufschrecken wollte.
„Wir wissen nicht, wie es in ihm aussieht", sagte Astrid, als wir wieder im Auto saßen. „Wahrscheinlich kommt das alles später."
„Es kommt meistens später. Aber er ist stark, glaube ich. Wir müssen den Kerl kriegen." Ich startete den Wagen und sah, wie sich eine Gardine in der unteren Etage bewegte. Bauers wohnten darüber.

Es ist die Sinnlosigkeit", wiederholte ich Bauers Worte. „Wenn man einen geliebten Menschen durch eine schwere Krankheit verliert oder wenn er ein hohes Alter erreicht hat und einfach keine Kraft mehr hat – ja, damit kann man vielleicht umgehen, wie schwer der Verlust auch ist." Ich dachte an meine Eltern.

„Aber so? Durch eine versehentlich abgefeuerte Kugel? Ohne jeden Sinn?“
„Wir werden ihn kriegen“, sagte Astrid fest. „Wir wissen doch schon eine ganze Menge.“ Sie blickte noch einmal hoch zur ersten Etage. Aber Herr Bauer war nicht am Fenster zu sehen. Ich fuhr an. „Wie oft werden die beiden von ihrem Frühstückstisch auf die andere Seite der Straße gesehen und sich am Anblick der Tafel gefreut haben? Es ist komisch“, fuhr Astrid fort. „Man erinnert sich häufiger an gemeinsam gesehene Dinge als an den Gesichtsausdruck eines verlorenen Menschen. Die Ratsmädel! Ich bin sicher, die Bauers haben die Bücher von Helene Böhlau über die Töchter des Bürgermeisters gelesen. Kennst du sie?“
Ich hatte Mühe, die Gedankensprünge meiner Kollegin nachzuvollziehen. „Die Töchter?“ Ich versuchte es mit einem müden Scherz. Ich hätte ihr erzählen können, dass Bücher dieser Art in der Bibliothek meines Vaters nie gestanden haben und ich Helene Böhlaus Romane und Erzählungen nie gelesen habe, aber ich antwortete nicht auf Astrids Frage. Die Nachricht, die wir eben überbringen mussten, lastete noch auf meiner Seele. „Nein“, ging ich dann doch auf Astrids Bemerkung ein. „Habe ich nicht gelesen.“
„Dein Papa hatte dich wahrscheinlich mit Goethe und Schiller traktiert.“ Jetzt konnte Astrid schon wieder lachen.
„Sei du mal das Kind eines Germanisten in Weimar, noch dazu der Sohn des Direktors der Herzogin Anna Amalia Bibliothek! Aber ich werde nachsehen.“
Astrid blickte mich fragend an.
„Manche Bücher hat er in die zweite Reihe gestellt. Eigentlich, die Böhlau, die muss ein echter Weimaraner haben.“
„Ich kann sie dir ausborgen“, versuchte Astrid die drückende Stimmung aufzulösen. „Oder deiner Frau. Die liest so etwas bestimmt.“

Wir fuhren zurück zur Dienststelle. Die Marktstraße war ab der Mitte wegen Bauarbeiten gesperrt. Wir mussten in einer scharfen Linkskurve in die Windischenstraße einbiegen und

bis zum Markt fahren. Es war gar nicht so einfach, sich durch die verwinkelten Straßen der Altstadt zu finden. Vorbei an der Nordseite des Marktplatzes mit dem „Schwarzen Bären“ und dem Hotel „Elephant“ fuhr ich über den Platz der Demokratie mit dem Reiterstandbild des Großherzogs Karl August. Am Ende des Platzes leuchtete im Licht der Sonne das imposante Gebäude, in dem die Herzogin Anna Amalia Bibliothek untergebracht ist. Fast zwanzig Jahre hat mein Vater als Direktor in diesem Haus gearbeitet. Manchmal durfte ich ihn besuchen. Ich weiß noch, wie ich als zehnjähriger Knabe staunend in dem über drei Etagen reichenden, imposanten Rokokosaal gestanden habe und mir vorkam wie in einem der Schlösser meiner Märchenbücher. Und ich erinnere mich genau des furchtbaren Brandes im September 2004, als die Bibliothek schweren Schaden nahm.
Ich war für einige Tage von Berlin, wo ich meine Laufbahn als Kriminalist begonnen hatte, nach Weimar gekommen, um meine Eltern zu besuchen. Exakt 22 Uhr klingelte das Telefon. Ich nahm den Hörer ab, weil sich mein Vater mit seinem besten Freund Rolf Winter in die obere Etage zurückgezogen hatte, wo sie ihre, wie sie etwas selbstironisch sagten, Dispute – natürlich über Goethe und Schiller – führten. Zwei, drei Stufen auf einmal nehmend eilte ich die Treppen hoch und konnte nur rufen: „Sie brennt!“
Ich sehe die entsetzten Gesichter. Ich sehe, wie die beiden Alten mich auf der Treppe fast überholten. Mit überhöhter Geschwindigkeit fuhren wir die Helmholtzstraße hinab. Da sahen wir bereits den glühenden Himmel über der Bibliothek. Es war furchtbar. Dank meines Dienstausweises durfte ich die Absperrung übertreten. Ich bin ins Gebäude gerannt in der Hoffnung, irgendetwas retten zu können. Eine große Barockvase war darunter. Die Feuerwehrleute schickten mich hinter die Absperrung. Es wurde zu gefährlich.
Ich sah meinen Vater. Ich sah, wie er weinte und wie der sich sonst stets sehr aufrecht haltende Mann in sich zusammenzusacken drohte. Mein Vater war plötzlich ein alter Mann.
Vier Jahre später spielte dieses grässliche Feuer und die gerettete

Barockvase noch einmal eine wichtige Rolle in meinem ersten Fall, den ich als Leiter der Mordkommission in Weimar zu lösen hatte. Zu dem Zeitpunkt lebten meine Eltern schon nicht mehr und ich war mit meiner Frau Lilli und unseren Kindern Bastian und Bastienne von Berlin kommend in das Haus meiner Eltern gezogen. Daran erinnerte ich mich, als wir über den Platz fuhren. Mir schien, die vollständig restaurierte Bibliothek lächelte mich im Glanz der Sonne an. Wie ein gestrenger Herr erhob sich an der rechten Seite der Bibliotheksturm, dem man von außen nicht ansieht, was um die zwölf Meter hohe, durch Goethe aus der Osterburg von Weida nach Weimar geholte Spiraltreppe an Schätzen angeordnet ist. Ich weiß noch gut, wie mich seinerzeit vor allem die etwa 30 historischen Globen beeindruckt haben.

Am Ende des Platzes der Demokratie, unter dem sich das neue Archiv der Bibliothek befindet, bog ich nach links zum Burgplatz ein und fuhr in Richtung Schloss.

„Warum heißt der Turm eigentlich Bastille", fragte Astrid und zeigte auf den hohen Turm, der vom ehemaligen Schloss Hornstein nach dem Brand von 1424 erhalten geblieben ist. „Wurden da wirklich Leute eingesperrt?"

Ich musste lachen, kam ich mir doch ein bisschen wie mein Vater vor, der jede Gelegenheit, seinen Sprössling zu belehren, nutzte.

„Bei Bastille denken die meisten Menschen gleich an Paris 1789 und die Französische Revolution. Übrigens, das ist auch eine Legende, dass man die Festung gestürmt hat, um die politischen Gefangenen zu befreien. Ganze sieben Leute saßen damals ein und der Kommandant hat die Festung kampflos übergeben. Es war eher ein symbolischer Akt und der Abriss längst beschlossene Sache gewesen."

Astrid nickte anerkennend. „Was du nicht alles weißt, Chef!"

Ich lachte. „Papa hat mich gedrillt. War vielleicht gar nicht so verkehrt. Jetzt kann ich mit meinem Wissen angeben."

„Ach", sagte Astrid, „angeben würde ich das nicht unbedingt nennen."

„Sondern?"

„Protzen?“, schlug Astrid vor und lachte über mein schiefes Gesicht. „Also, was hat es mit der Bastille in Weimar auf sich?“
Ich musste erst einmal schlucken. Ziemlich kess, die Dame, dachte ich. „Es heißt“, erklärte ich dann, „dass bei der Einweihung des jetzigen Schlossbaues im Jahre 1803 einige Hofdamen in den eigentlichen Repräsentationsräumen keinen Platz mehr fanden und sich mit dem alten Seitengebäude begnügen mussten. Halb spöttisch, halb beleidigt nannten sie das Gebäude deshalb in Erinnerung an das Pariser Staatsgefängnis Bastille.“
„Wieder was gelernt!“, bedankte sich Astrid.
„Wieder was losgeworden!“, erwiderte ich. Da mussten wir beide lachen. Aber plötzlich und ohne Übergang sagte Astrid: „Wie wird es ihm gehen?“
Ich wusste, an wen sie dachte. Bei der Erinnerung an den Besuch des Witwers bekam ich plötzlich ein schlechtes Gewissen, dass wir bis eben noch so fröhlich sein konnten. Wie würde es mir gehen nach so einer Nachricht? Ich zwang mich, an etwas anderes zu denken, aber ich dachte an den Mann, der vor einer halben Stunde die Nachricht bekommen hat, dass seine Frau an den Folgen der Schussverletzung verstorben ist.
Lilli hatte mir gegenüber nie gezeigt, dass sie Angst um mich hat, wenn ich wegen eines gefährlichen Einsatzes unterwegs war. Aber ich kannte den feuchten Schimmer in ihren Augen, wenn ich mich mit einem schnellen Kuss von ihr verabschiedete, dabei die Sicherheitsschlaufe an der Pistolentasche prüfend. Nie, nie durfte jemand kommen, um ihr zu sagen, dass etwas Schreckliches geschehen sei. Nie!

Am nächsten Morgen rief ich die Kollegen zur Besprechung in mein Zimmer. Während sich Astrid an der Kaffeemaschine zu schaffen machte, ohne dass sie jemand darum gebeten hätte, klappte Hans sein Notebook auf. Ich bat Elke, mit dem Bericht über die Spurensicherung zu beginnen.
„So etwas ist mir selten untergekommen“, begann sie. „Der Mann

marschiert unmaskiert in die Bank. Er trägt keine Handschuhe, keine dunkle Brille und kein Tuch vor dem Gesicht, nicht einmal eine Maske mit Sehschlitzen. Er muss sogar draußen in eine schmutzige Pfütze getreten sein, denn seine auffällig großen Schuhabdrücke im Foyer der Bank sind nicht zu übersehen. Als ob er es darauf abgesehen hätte, Spuren zu hinterlassen. Spuren der anderen Bankkunden sind dagegen kaum nachzuweisen oder zu verifizieren. Die beiden Patronen befinden sich noch in der KTU, also die aus der Decke und die, welche die Ärzte im Krankenhaus aus dem Oberkörper der Bankangestellten entfernt hatten. Auch die beiden großkalibrigen Patronenhülsen sind dort. Unser Täter benutzte eine P8, den Nachfolger der Walther P1, die Ordonnanzpistole der Bundeswehr, Heckler & Koch. Kaliber 9 x 19 Millimeter. Parabellum, randlose, konische Patrone."
„Allerweltskanone", kommentierte Hans.
„Schuhgröße", fuhr Elke fort. „Nach den deutlichen Spuren: 45. Dabei dürfte der Mann lediglich um die 170 Zentimeter groß sein. Man sieht es im Vergleich zu anderen Personen auf den Überwachungsbildern. Er läuft ein bisschen wie der Storch im Salat, so staksig. Alter zwischen 50 bis 60, Kopfhaar und Bart grau. Buschige Augenbrauen. Was mich wundert, ist, dass er keine Maske trägt und sich auch gar keine Mühe gibt, sein Gesicht zu verbergen. Jedenfalls haben wir ein Fahndungsbild mit hohem Wiedererkennungswert. Die Fotos sind bereits bei der Presse."
Ich nickte. „Das ist mir …", ich korrigierte, weil ich Astrids hochgezogene Brauen sah, „das ist uns auch aufgefallen, dass er weder mit einem Motoradhelm noch einer Wollmütze vor dem Gesicht in die Bank eingedrungen ist. Deshalb halten wir es für möglich, dass er unmittelbar nach dem Überfall ins Ausland verschwunden ist, wo ihn niemand kennt und wo auch unsere Fahndungsbilder keinen Erfolg haben würden. Leider konnte die Kassiererin, die ihm schließlich in die Augen sehen musste und seine Stimme gehört hat, nicht mehr aussagen. Dann wüssten wir vielleicht, ob er mit ausländischem Akzent oder irgendwie auffällig gesprochen hat. Sie wäre die Einzige gewesen, die seine Stimme später hätte

identifizieren können. Was aber voraussetzt, dass wir seiner hätten habhaft werden müssen. Oder hat einer der Zeugen dazu Angaben gemacht?"

Astrid schüttelte den Kopf. „Er hat nach dem Schuss in die Decke nur gerufen: Runter! Auf den Boden! So die übereinstimmenden Aussagen der Zeugen. Daran lässt sich nichts festmachen, kein Dialekt oder fremde Herkunft."

„Gut", sagte ich und wandte mich wieder an Elke. „Was haben wir noch? Der Mann stand doch ein paar Minuten an dem kleinen Pult, wo er etwas geschrieben hat, vermutlich ein Formular ausgefüllt oder vielleicht hat er auch nur so getan, als ob er eines ausfüllt, während er in Wahrheit aber die Lage kontrollierte, um den rechten Augenblick für seinen Überfall zu bestimmen."

„Das kleine Pult war übervoll mit Finger- und Handabdrücken, die meisten sehr verwischt oder mehrfach überlagert. Da war nichts Brauchbares zu finden", sagte Elke. „Aber wenn er ein Formular ausgefüllt hat oder es wenigstens so erscheinen lassen wollte, um in Wahrheit die Lage im Kassenraum zu checken, dann wird er es bestimmt nicht eingesteckt haben, dachte ich mir." Elke machte eine kleine Pause, um dann mit unverkennbarem Stolz in der Stimme fortzufahren: „Neben dem Schreibpult steht ein Papierkorb. Anhand des Filmes lässt sich allerdings nicht nachweisen, ob er etwas weggeworfen hat. Ich habe den Inhalt des Papierkorbs durchgesehen und bin fündig geworden." Triumphierend hielt sie ein in einer Klarsichthülle geschütztes, offenbar zerknülltes und wieder halbwegs geglättetes Überweisungsformular hoch.

„Und was ist daran das Besondere?", wollte ich wissen. „Vermutlich haben sich mehrere Leute beim Ausfüllen eines solchen Zettels verschrieben und ihn zerknüllt oder zerrissen in den Papierkorb geworfen. Das ist mir selbst auch schon passiert."

„Gewiss", sagte Elke. „Aber während sich bei den dreizehn anderen Formularen aus dem Papierkorb zum Beispiel eine Kontonummer oder eine Bankleitzahl oder der Name des Zahlungsempfängers zuordnen ließ, ist Max Müller ein Allerweltsname, die Kontonummer keiner Bank zugehörig und die Bankleitzahl eine

Fantasienummer. Zahlungsgrund, Absender oder Kontonummer des Einzahlenden fehlen komplett. Ganz offensichtlich hat er nur so getan, als ob er eine Überweisung ausfüllt, und den richtigen Moment abgewartet, um seinen Überfall auszuführen."

„Drei Minuten und siebzehn Sekunden", warf Hans ein. „Das lässt sich an der mitlaufenden Uhr belegen. So viel Zeit benötigt keiner, um eine Überweisung auszufüllen." Er nickte zustimmend in Richtung Elke.

„Jedenfalls haben wir seine Handschrift, wenn auch nur in Druckbuchstaben. Und er hat vermutlich nicht daran gedacht, dass wir das Formular mit deutlichen Fingerabdrücken aus dem Papierkorb fischen werden", erklärte Elke. „Er macht Fehler. Das lässt hoffen."

Ich gab zu bedenken, dass dreizehn solcher Überweisungsformulare im Papierkorb gelegen haben. Der eine muss nicht der sein, den unser Mann beschrieben hat. Aber Elke hatte gründliche Arbeit geleistet. Sie hatte alle an diesem Tag bis zum Zeitpunkt des Überfalls abgegebenen Überweisungsformulare mit dem einen verglichen und festgestellt, dass sich zwölf Leute zwar verschrieben, aber dann mit einem richtig ausgefüllten Formular an den Schalter beziehungsweise den extra dafür aufgestellten Sammler für Formulare gegangen sind. Darunter war keines für einen Max Müller und keines, dem die Handschrift eben dieses einen Formulars zugeordnet werden konnte.

„Gute Arbeit, Elke", sagte ich anerkennend. Ein kleines Lächeln spielte um ihren Mund.

„Erinnert ihr euch an den Kreuzworträtselmörder?", fragte Hans in die Runde. „Das war ein berühmter Fall zu DDR-Zeiten." Hans war der einzige unter uns, der sich daran erinnern konnte. Das Verbrechen ereignete sich in unserer Kindergartenzeit. Gehört hatte ich von dem spektakulären Fall zwar, aber die Zusammenhänge kannte ich nicht.

Im Januar 1981 war ein siebenjähriger Junge aus Halle-Neustadt nach einem Kinobesuch nicht nach Hause gekommen und galt seit der Zeit als vermisst. Alle Bemühungen, selbst der Einsatz großer

Suchtrupps und einer Hundestaffel, ihn zu finden, blieben erfolglos. Niemand hatte ihn gesehen, als er das Kino wieder verlassen hat. Erst zwei Wochen später entdeckte ein Streckenwärter im Abschnitt Halle-Leipzig zufällig einen älteren roten Reisekoffer, der vermutlich aus einem fahrenden Zug geworfen worden war. Damals waren die Züge noch nicht klimatisiert und die Fenster ließen sich öffnen. In diesem Koffer befand sich die in einer Plastiktüte verpackte Leiche des sexuell missbrauchten Jungen. Aber der Koffer erbrachte keinen Hinweis auf den Täter. Genetische Fingerabdrücke, also DNA-Spuren, wurden zwar abgespeichert, hätten aber nichts gebracht, weil es entsprechende Vergleichsdateien damals noch gar nicht gab. Erst Mitte der 80er Jahre des letzten Jahrhunderts konnte menschliche DNA zur Diagnostik genutzt werden. Seit den 90er Jahren wird die hochsensitive DNA-Analytik zur Unterstützung für die polizeiliche Ermittlung in Kriminalfällen und als Sachbeweis vor Gericht anerkannt. In dem Koffer befanden sich einige alte Zeitungen mit zum Teil ausgefüllten Kreuzworträtseln. Das war im Grunde genommen die einzige Spur, wenn man so will, die Nadel im Heuhaufen.

„Die Schrift wurde von den Experten nach einer mühevollen Kleinstarbeit einer Frau mittleren Alters zugeordnet“, fuhr Hans fort. „Sie haben Berge von Akten der Sozialversicherung und Unterlagen der polizeilichen Meldestellen durchforstet. Selbst Altpapiersammlungen mussten nach Zeitungen überprüft werden, ob sich darin ausgefüllte Kreuzworträtsel befinden, damit man das zuständige Wohngebiet, in das die Zeitung ausgeliefert wurde, bei positivem Befund verorten konnte, was anhand der Ziffernkennung möglich ist.“

„Soviel zum Thema Mordsarbeit“, konstatierte Elke. Ich sah sie von der Seite an. Das war vielleicht nicht der passendste Witz. Elke machte eine entschuldigende Geste in meine Richtung.

Mit einem enormen personellen und zeitlichen Aufwand war auch nach neun Monaten kein Erfolg zu verzeichnen, abgesehen davon, dass man mehr oder weniger per Zufall anderen Straftätern dabei auf die Spur gekommen war. Selbst ein extra zu diesem Zweck veranstaltetes Preisausschreiben in der regionalen Zeitung, für das man ein bestimmtes Lösungswort einsenden musste, an dem man den Besitzer des Koffers hätte erkennen können, brachte keinen Erfolg. Zehn Monate, zehn lange Monate, in denen die Kriminalisten im weiträumigen Gebiet zwischen Halle und Leipzig schier zu verzweifeln drohten, waren schon verstrichen. Und plötzlich, als niemand mehr an einen Erfolg geglaubt hatte, wurde die Person ausfindig gemacht, der die Schrift zuzuordnen war. Es handelte sich um eine Frau. Sie hatte die Kreuzworträtsel, die sich in dem roten Koffer befanden, ausgefüllt. Aber sie konnte natürlich nicht die Täterin sein; denn zweifelsfrei war das Verbrechen von einem Mann ausgeführt worden. Der Täter musste allerdings aus ihrem näheren Umfeld kommen.

Zahlreiche männliche Bekannte der Frau wurden vernommen. Schließlich hatten die Kriminalisten den verdienten Erfolg: Der Freund ihrer Tochter entsprach dem mutmaßlichen Täterprofil. Er wurde im November 1981 verhaftet und gestand die Tat. Das Bezirksgericht Halle verurteilte den damals 18-Jährigen zu einer lebenslangen Freiheitsstrafe, die später nach einem Wiederaufnahmeverfahren aufgrund des Alters des Täters in eine Jugendstrafe von zehn Jahren mit anschließender Einweisung in die Psychiatrie umgewandelt wurde. „Er ist kürzlich im Alter von 50 Jahren verstorben", schloss Hans seine Erzählung ab.

„Uff", sagte Elke. „Sollen wir jetzt alle Bankkunden zwischen Aab und Zyz um eine Schriftprobe bitten?"

„Du kennst wohl die deutschen Ortsnamen alphabetisch sortiert?", erkundigte sich Astrid amüsiert.

„Du nicht?", erwiderte Elke etwas spitz.

Ich tat, als hätte ich die kleine Zankerei zwischen den beiden Frauen nicht gehört. „Wenn alle anderen Hinweise nicht zum Erfolg führen, Elke, werden wir auch das tun", sagte ich. „Inzwischen verfügen wir ja über technische Möglichkeiten, die Schriftproben im Computerabgleich zu prüfen. Aber ich denke, wir konzentrieren uns zunächst auf die Dinge, die wir wissen. Sehen wir uns die Bilder der Überwachungskamera einmal gemeinsam an."

Hans verband sein Notebook, in dem sich die entsprechende DVD aus der Bankfiliale befand, mit dem großformatigen Beamer, den ich in meinem Zimmer an der Wand hatte anbringen lassen, damit wir die Details besser sehen konnten. Er kommentierte den ablaufenden Film.

16.05 Uhr. In der kleinen Schalterhalle der Bankfiliale befinden sich vier Menschen, drei Frauen, ein Mann. Eine Angestellte steht hinter dem Tresen, eine zweite stellt exakt zu diesem Zeitpunkt ein Schild mit dem Hinweis auf ihren Platz, dass sich die Kunden an den Nebenschalter wenden möchten. Den Text kann man auf dem Video nicht lesen, ich habe ihn mir später beschafft. Sie nickt ihrer Kollegin zu, sagt etwas und verlässt die Filiale durch eine im hinteren Teil befindliche Tür.

16.07 Uhr. Zwei Minuten später betritt ein neuer Kunde die Filiale. Der Täter. Er sieht sich kurz um, begibt sich dann an das kleine Schreibpult, nimmt ein Formular aus dem Kästchen und beginnt mit dem Ausfüllen. Aber er scheint sich mehr für die Vorgänge in der kleinen Schalterhalle zu interessieren als für sein Formular, was Elkes Belegstück beweist, denn er blickt sich mehrmals sichernd um. Der Mann ist etwa 170 Zentimeter groß, zwischen 50 und 60 Jahre alt, er trägt einen grauen, etwas zotteligen Vollbart und eine strubbelige Frisur. Sein Gang wirkt irgendwie unbeholfen. Er hat eine Tasche von schwarzem Tuch in der linken Hand, eine Sporttasche vermutlich. Sie scheint leer zu sein.

16.10 Uhr. Einer der vier anderen Kunden, der hinter den drei Frauen wartende Mann, verlässt die Bank. Er blickt noch kurz zu dem am Pult Stehenden und schüttelt leicht den Kopf, als ob er sich nicht sicher ist, ihn zu kennen oder nicht zu kennen. Er verlässt die Bank, ohne sich noch einmal umzusehen. Nun befinden sich die drei Kundinnen, die eine Bankangestellte und der Mann am Schreibpult in der Filiale.

16.11 Uhr. Der Mann am Schreibpult zieht plötzlich eine Pistole aus der Innentasche seiner Jacke, schießt ohne Warnung in die Decke und ruft etwas. „Runter! Alle auf den Boden!", wie die Zeugen hinterher übereinstimmend aussagen. Die Frauen kreischen,

folgen aber seiner unmissverständlichen Geste, denn er richtet die Waffe auf sie. Mit kurzen, schnellen, aber doch irgendwie plump wirkenden Schritten eilt der Bankräuber direkt an den Schalter, stellt seine Tasche auf den Tisch und öffnet deren Reißverschluss. Die Geste ist eindeutig. Die Frau hinter dem Tresen soll alles verfügbare Geld in die Tasche stecken. Während die völlig verängstigte Angestellte das tut, blickt er sich immer wieder sichernd im Raum um. Vor allem scheint er sich zu vergewissern, ob nicht weitere Kunden die Bank betreten. Es kommt niemand.
16.13 Uhr. Der Kunde, der vor wenigen Minuten die Bank verlassen hatte, kommt überraschend zurück. Als er begreift, was sich dort gerade abspielt, will er weglaufen, aber der Bankräuber schneidet ihm den Weg ab und zwingt ihn, sich ebenfalls auf den Boden zu legen.
16.14 Uhr. Der Bankräuber befindet sich wieder am Schalter. Es muss einen heftigen Wortwechsel zwischen ihm und der Angestellten gegeben haben. Allerdings sprach er sehr leise. Die Zeugen sagten aus, sie habe versucht, ihm klarzumachen, dass nicht mehr Bargeld vorhanden sei. Wütend schnappt er sich seine Tasche. Rückwärts gehend, um alles im Raum gut beobachten zu können, will er die Bankfiliale verlassen. Dabei übersieht er die Beine einer am Boden liegenden Frau. Er stolpert, verliert seine Tasche und beim Fuchteln mit den Armen, als ob er sich an etwas festhalten wolle, löst sich ein zweiter Schuss aus seiner Pistole. Er trifft die Angestellte hinter dem Tresen in die Brust. Die Frau bricht zusammen. Es scheint, als sei der Bankräuber von dem Schuss und den Folgen überrascht. Doch er fasst sich schnell, hebt seine Tasche wieder auf und verlässt nun unter Missachtung aller Vorsichtsmaßnahmen fluchtartig, wenn auch etwas ungelenk, als trüge er zu große Schuhe, den Raum.
16.21 Uhr. Der Bankräuber ist mit seiner Beute verschwunden. Im gleichen Moment kommt die zweite Mitarbeiterin der Bankfiliale zurück in den Kassenraum. Sie kann offenbar noch nicht zuordnen, was in ihrer Abwesenheit passiert ist. Ihr Gesichtsausdruck ist eher fragend als entsetzt. Sie entdeckt ihre Kollegin, die zusam-

mengebrochen hinter dem Schalter liegt, begreift aber schnell die Lage und beugt sich dann zu ihr hinab.
Noch liegen die drei Frauen und der Mann auf dem Boden, als hätten sie Angst, der Verbrecher könne noch einmal zurückkommen. Erst langsam begreifen sie, dass die Gefahr vorbei ist. Jetzt rappeln sie sich wieder auf und starren sich entgeistert an, als ob ihnen erst jetzt dämmert, was soeben geschehen ist. Man sieht ihnen an, dass sie noch völlig geschockt sind. Sie reden aufgeregt miteinander und laufen zum Tresen. Der Mann überwindet die Barriere und will vermutlich der Angeschossenen helfen. Dann holt er sein Handy aus der Tasche und telefoniert hektisch.
Ich unterbrach den Kommentar von Hans. „Sie hätte spätestens jetzt den Alarmknopf drücken müssen. Das ist aber nicht geschehen. Warum?"
„Der Schock?", überlegte Astrid laut.
Elke schüttelte verneinend den Kopf. „Die Mitarbeiter sind für solche Ereignisse geschult."
„Ja", gab ich zu bedenken, „aber wie reagieren sie, wenn es tatsächlich passiert? Wir werden sie dazu befragen. Fahr bitte fort, Hans."
16.23 Uhr. Ein Notruf geht bei der Zentrale ein. Aufgeregt meldet eine Männerstimme den Banküberfall.
16.27 Uhr stürmen zwei uniformierte Polizisten mit gezogener Waffe in den Kassenraum der Bankfiliale. Einer ruft über Polizeifunk sofort Verstärkung herbei. Der andere versucht die Bankkunden zu beruhigen. Der Bankräuber ist mit seiner Beute längst über alle Berge.
„Siebenundneunzigtausend Euro. Mehr war es nicht, wie wir inzwischen wissen", sagte Astrid. „Siebenundneunzigtausend Euro." Bitter setzte sie hinzu: „Und eine tote Frau."
„Hans, gibt es konkrete Verdachtsmomente, die du anhand des Filmes herausgefunden hast?", fragte ich.
„Wir haben ein klares Täterporträt. Der kommt nicht weit. Notfalls müssen wir Interpol um Hilfe bitten. Dennoch verstehe ich eine Sache nicht. Die Tat ist offensichtlich gut vorbereitet. Das sieht nach einem Profi aus. Aber wieso dann mit offenem Visier und vor allem,

wieso eine kleine Bankfiliale, von der man weiß, dass dort nicht besonders viel Geld zu holen ist? Irgendetwas stimmt da nicht."
Ich bestätigte seine Vermutung. Aber auch ich hätte zu diesem Zeitpunkt nicht sagen können, was mich am elektronisch dokumentierten Tathergang und dem Täter zweifeln ließ. Ich nickte nur bejahend zu seiner Bemerkung. Irgendetwas stimmte wirklich nicht. „Astrid, du hast die Zeugenaussagen durchgesehen. Was kannst du uns dazu sagen?"
„Es war, wie das häufig so ist", sagte sie. „Vier Zeugen und fünf Personenbeschreibungen, keine mit einer anderen wirklich identisch oder wenigstens ähnlich. Der Mann trug einen grauen Vollbart. – Der Mann hatte nur einen Kinnbart, behauptet die nächste. Er hatte eine randlose Brille. – Brille? Nein, hatte er nicht. Das sah nur so aus wegen der dichten Augenbrauen. Er hat leicht gehinkt, als hätte er einen Hüftschaden. – Er ging ganz normal. Die Tasche war schwarz. – Die Tasche war dunkelblau. Er muss Linkshänder gewesen sein. – Er hatte die Pistole in der rechten Hand gehalten. Bekleidet war er mit Jeans und hellblauer Jacke. – Er hatte einen Overall an. Übereinstimmend nur: Nein, den Mann habe ich nie vorher gesehen. Sieht man in so einer Gefahrensituation besonders genau hin oder blickt man aus Furcht wie durch einen dichten Nebel?"
„Was ist mit der anderen Kassiererin, Frau Quandt, die ihren Platz hinter dem Tresen kurz vorher verlassen hat?", wollte ich wissen.
„Nach Auskunft des Filialleiters, der sich zum Tatzeitpunkt in einem hinteren Zimmer befand und nichts von dem Überfall, nicht einmal die Schüsse, mitbekommen hat, soll sie bereits zu Arbeitsbeginn über Magenbeschwerden geklagt haben. Sie musste mehrmals die Toilette aufsuchen", sagte Astrid.
Das bestätigte Hans, der auch die anderen Aufzeichnungen des Tages durchgesehen hatte. Sie sei mehrmals am Tag für etwa fünf Minuten nicht an ihrem Platz gewesen. „Die Darmgrippe geht um. Kann schon sein", sagte er. „Kann aber auch nicht sein und es war nur ein Vorwand, um die Abwesenheit von ihrem Platz zur Tatzeit zu erklären", meldete er Zweifel an.

„Vielleicht ist sie wirklich nur deshalb öfter zur Toilette gegangen, damit es nicht auffällt, wenn sie ausgerechnet zur Tatzeit den Raum verlässt", gab ich Hans recht. „Ich werde sie dazu befragen. Astrid, bestellst du Frau Quandt zu morgen früh ein?"
„Wird gemacht, Chef." Sie notierte sich meine Anordnung.
Astrid war sehr gewissenhaft. Ich kann mich nicht erinnern, dass sie je etwas vergessen hätte von dem, was ich ihr aufgetragen habe. Dann wandte ich mich erneut an Hans. „Du sagst, es könnte ein Profi gewesen sein. Aber du zweifelst. Warum?"
Nach seiner Überzeugung habe sich der Mann völlig gelassen verhalten, nichts Auffälliges, Aufgeregtes, wie man es bei einem Ersttäter vermuten müsste, erklärte Hans. „Der Blickkontakt zu dem einen Kunden kann bewusst sein, gewissermaßen ein verabredetes Zeichen. Muss aber nicht. Und ja", sagte er und kam meiner Aufforderung zuvor, „morgen früh steht der hier auf der Matte."
Was Hans an der Professionalität des Bankräubers aber zweifeln ließ, war die verhältnismäßig geringe Summe, mit der er sich zufriedengab oder zufriedengeben musste. Die Geldbestände, die in solchen kleinen Filialen vorgehalten werden, bewegen sich eher in einem niedrigeren Bereich. Echte Gangster sind an größeren Summen interessiert, wenn sie sich schon die Mühe machen, eine Bank zu überfallen. Gesetzt den Fall, dass er sich das Geld mit einem oder zwei Komplizen teilen müsse, bliebe nicht viel als eigener Anteil.
„Wieso Komplizen?", wollte Elke wissen.
„Während der Bankräuber den Raum betritt", überlegte Astrid laut, „verlässt der andere sich bereits in der Bank befindliche Mann" – sie blätterte in ihren Unterlagen und fand den Namen sofort – „Andreas Schobler, die kleine Schalterhalle. Die beiden wechseln einen kurzen Blick miteinander. Zufall? Warum? Und kurz darauf kommt dieser Andreas Schobler noch einmal zurück in die Schalterhalle. Das ist immerhin erklärungsbedürftig."
„Er habe", verwies Elke auf die Befragungsprotokolle, „seinen Kugelschreiber auf dem Tresen liegenlassen."
„Kann sein, kann nicht sein", kommentierte ich. „Überprüft das.

Alsdann", hob ich die Besprechung auf, „ihr wisst, was zu tun ist. Die Zeugenaussagen, Astrid, lässt du mir bitte hier. Das Bild ist raus?", fragte ich Hans.
„Es ist morgen in allen regionalen Tageszeitungen. Außerdem habe ich es an die zentrale Datei gemailt. Falls er noch im Lande ist …" Er ließ den Satz offen.
„… sonst müssen uns die Schriftsachverständigen weiterhelfen", sagte Elke mit einem gespielten Seufzer. Weil wir sie fragend ansahen, erklärte sie: „Das Formular! Kreuzworträtselmörder. Schon vergessen?"

Meine liebe Frau hat manchmal solche Ideen. Meistens sind es gute, aber manchmal muss ich mir auch auf die Zunge beißen, um nichts Falsches zu sagen. Lilli hat die Idee, einen Teich im Garten anzulegen. „Für den Silvesterkarpfen?", fragte ich. Aber das war die falsche Frage. „Ekke Ponte", sagte sie, „du bist und bleibst ein Ignorant. Und Gemütlichkeit ist nicht dein Ding." Da hatte ich die Antwort auf meine Frage.
Ich wusste, wenn Lilli eine Idee hat, dann hat sie sie lange vorher durchdacht und erwogen. Von solcher „Gedankenschwangerschaft" sah ich ihr selten etwas an. Und wenn ich etwas davon bemerkte, dann – um im Bild zu bleiben – war es für eine *abruptio graviditatis* bereits zu spät. Das mit dem Tümpel im Garten war so eine Idee von ihr. Lilli war schwerlich wieder davon abzubringen. Da hatte ich meine Erfahrungen. „Und wie soll das gehen?", erkundigte ich mich wenigstens halbwegs interessiert.
Sie führte mich durchs Wohnzimmer in den Wintergarten, der um diese Jahreszeit noch eine offene Loggia war, und erklärte: „Dort, wo die Kiefer steht, also die etwas mickrige, da heben wir eine Grube aus."
„Wir?", fragte ich und sah mich schon als Totengräber in meinem eigenen Garten. Aber diese Frage schien sie gar nicht gehört zu haben. Also fand ich einen anderen Einwand. „Hast du schon einmal einen Antrag an das städtische Grünflächenamt gestellt, um einen

Baum fällen zu lassen? Eher bekommst du die Genehmigung, das Haus um drei Meter nach links ins Nachbargrundstück zu versetzen", behauptete ich.

Lilli ließ sich nicht beirren. „Ich habe da schon mal nachgefragt. Prophylaktisch", setzte sie vorsichtshalber hinzu.

Aha, dachte ich, eigentlich müssen wir nur noch das Wasser in den Tümpel laufen lassen, alles andere hat sie längst geklärt. Lilli war mir mit ihren Plänen um Wochen voraus. Wer weiß, mit wem sie sich schon beratschlagt hatte. Nur – ich wusste wieder einmal noch nichts von meinem Glück.

„Also, wir lassen eine Grube ausheben", korrigierte sich Lilli, indem sie „wir" betonte. Demnach hatte sie meine Frage gehört. „Es gibt einige Firmen, die auf solche Sachen spezialisiert sind. Ich habe übers Internet die preisgünstigste ausgesucht. Die ist nicht einmal so besonders teuer. Es kommt in den nächsten Tagen jemand vorbei, um sich alles vor Ort anzusehen. Danach schicken sie uns einen Kostenvoranschlag."

„Ein bisschen kommst du mir vor wie mein Kollege Hans Brandt. Der brütet eine Sache aus, lässt keinen an seinen Gedanken teilhaben, und zieht plötzlich das Ergebnis seiner Überlegungen wie der Zauberer das Kaninchen aus der Tasche." Ich sagte nicht, dass mich so etwas wie ihre Idee vom Gartenteich ärgerte, weil ich die Flunsch im Voraus sah, die sie dann ziehen würde. Damit hätte ich zwar das Projekt Gartenteich – nun, nicht ganz entsorgt, aber doch für eine längere Zeit ausgesetzt. Allerdings wusste ich aus Erfahrung, dass das leichte eheklimatische Störungen hervorrufen könnte.

Meine liebe Frau, erfahren im Umgang mit ihrem Gatten, wollte ihr Projekt nicht durch einen Streit gefährden und wechselte deshalb flugs das Thema. „Wieso? Welches Kaninchen ist es denn dieses Mal?"

Ich ging auf den Themenwechsel gern ein, enthob mich das doch der Gefahr, mit meiner Frau in Streit über den Tümpel zu geraten. So ein Teich ist doch eine Schnapsidee! Ich merkte zwar, warum sie das Thema plötzlich gewechselt hatte, aber ich war auch froh, die Baupläne meiner lieben Frau nicht weiter debattieren zu müssen, jedenfalls vorerst nicht. „Er sagte zu unser aller Verblüffung, der Mann habe gar keine Maske getragen, weil er eine Maske getragen hat."

„Verstehe", erwiderte Lilli, als verstünde sie wirklich. „Und was ist das für ein Kaninchen?"

„Ein Vollbart, der das halbe Gesicht verdeckt, eine Perücke, die das Haupthaar eines alten Mannes sein könnte. Und viel zu große Schuhe, um eine falsche Spur zu legen, weshalb der Bankräuber stakste wie der Storch im Salat."

„Gar nicht so dumm", folgerte Lilli. „Jedenfalls fällt er damit weniger auf als einer, der mit gezogener Pistole in die Bank stürmt und eine Wollmütze mit Sehschlitzen vors Gesicht zieht. Ich finde, Hans hat Fantasie. So etwas gibt es sogar unter Kriminalisten?"

Den letzten Satz hatte ich scheinbar gar nicht gehört. Es war, um auf Hans' Kaninchen zurückzukommen, ja auch weniger diese mögliche Variante als die Hokuspokus-Nummer meines Kollegen, der sie, nachdem wir die Filme der Überwachungskamera mehrmals vor- und rückwärts angesehen hatten, zelebrierte, während er sich an unseren wiederholten Überlegungen zum Tathergang kaum zu beteiligen schien.

Die Fahndungsfotos waren raus, die Zeugenbefragungen miteinander verglichen, Mutmaßungen über mögliche Komplizen erörtert. Und da sagte Hans völlig überraschend und ohne uns in seine bisherigen Überlegungen einbezogen zu haben: „Der Kerl trug eine Maske. Wir haben es nur nicht erkannt."

Keiner von uns, weder Elke noch Astrid – und ich auch nicht –, hatte eine solche Variante erwogen, die, da sie nun einmal ausgesprochen wurde, nicht ohne weiteres von der Hand zu weisen war. Es ist nur eben diese Art von Hans, die ich einfach nicht mag; denn es war keine Frage, sondern eine Feststellung mit der versteckten Spitze: Wieso seid ihr nicht darauf gekommen? Und der selbst gelieferten Antwort: Na, weil ich hier der schlaue Fuchs bin! – Das mag ich nicht.

„Der Trick ist gar nicht so dämlich“, sagte Lilli. „Ihr denkt, prima, sein Konterfei haben wir ja! – und der grinst hinter einer Maskerade.“
„Kann sein“, sagte ich schmallippig. Die Sache mit dem Gartenteich hatte ich noch nicht verkraftet.
Sie wusste, dass sie mit mir vorher hätte reden sollen. Ich war schließlich gar nicht so sehr gegen einen Teich mit Fischen und Fröschen. Ich wollte nur nicht vor fast vollendete Tatsachen gestellt werden, von Hans nicht und auch nicht von meiner Frau.
„Ich hätte vorher mit dir reden müssen“, sagte Lilli kleinlaut.
Wie sollte ich da noch böse sein? „Ja, wäre besser gewesen. Aber hätte das etwas geändert?“ Ich sah sie schräg an. Sie wusste nicht genau, ob ich noch grollte. Doch sie kannte mich gut genug. „Nö“, sagte sie und gab mir einen Kuss.
„Was soll der ganze Spaß denn kosten?“, erkundigte ich mich.
Lilli erklärte, dass sie das noch nicht so genau wisse. Da müsste erst einmal der Gartenarchitekt kommen und alles ausmessen.
„So ungefähr?“ Ich war sicher, sie hatte sich schon einmal einen Kostenvoranschlag machen lassen.
„Nun ja“, wich sie erneut aus, „sehr billig wird es nicht, Schatz. Aber schön wird es. Stell dir vor, es ist Abend. Die Luft samtweich. Wir sitzen auf der Terrasse und blicken auf das den Himmel widerspiegelnde Wasser …“
Aha, jetzt bin ich Schatz. Und weil ich begriffen hatte, dass es einen Gartenteich geben wird, und weil ich mich langsam an den Gedanken zu gewöhnen versuchte, ja, mich schon im Geiste am Wasser sitzen sah, um den Fischen zuzuschauen, sagte ich: „Ja, meinst du denn, ich möchte einen billigen Tümpel haben?“ Und fügte an: „Schatz?“
So wurde es noch ein schöner Abend.

Wir hatten Frau Bruni Quandt, die andere Bankangestellte, zu uns gebeten, weil uns ihre Rolle bei dem Überfall noch nicht ganz klar war. Die Tatsache, dass sie ausgerechnet eine Mi-

nute vor dem Überfall den Raum verließ, konnte natürlich eine ganz einfache Erklärung haben. Zufall. Sie hatte sich den Magen verdorben und musste auf die Toilette, schon zum zweiten oder dritten Mal an diesem Tag. Wahrscheinlich war es so. Aber ein Wahrscheinlich reichte mir nicht.
Ich hätte sie, als sie mein Zimmer betrat, fast nicht wiedererkannt. In der Bank trug sie ein schwarzes Kostüm mit feinen Nadelstreifen. Die blütenweiße Bluse war hoch geschlossen, die Haare streng zu einem Knoten gebunden. Sie trug keinen Schmuck und sie war, wenn überhaupt, nur dezent geschminkt. Die Frau hingegen, die gerade mein Zimmer betrat, sah völlig anders aus. Sie trug ein gut dekolletiertes Kleid, ließ die offenen Haare schulterlang fallen. Der Mund war zwar nicht üppig, aber durchaus mutig geschminkt. Zu ihren blinkenden Ohrhängern trug sie eine passende Kette und den dazugehörigen Armreif. Die hochhackigen Schuhe machten elegante Beine. Eine schöne Frau, die wusste, dass sie verdammt gut aussah. In jedem Falle aber entschieden weiblicher als die Dame im schwarzen Kostüm hinter dem Tresen.
Sie lächelte gewinnend. Welche Wirkung ihr Erscheinen auf Männer machte, wusste sie sehr genau. Ich erwiderte das Lächeln, gab mir aber Mühe, reserviert und sachlich zu bleiben.
„Frau Quandt, der Überfall wird auch Sie sehr mitgenommen haben. Dennoch muss ich Sie bitten, mir genau zu schildern, was Sie an diesem Tag gesehen haben. Jede Kleinigkeit ist wichtig. Sie wissen, wir haben nicht nur einen Überfall aufzuklären."
Sie lehnte sich auf ihrem Stuhl zurück, schlug die Beine übereinander, lächelte scheinbar unschuldig und sagte: „Nichts, Herr Kommissar. Nichts habe ich gesehen. Sie wissen doch, ich hatte an dem Tag Magenprobleme. Sehr unangenehm. Eigentlich hätte ich zu Hause bleiben müssen, das Bett hüten, Kamillentee trinken, vielleicht eine Rollkur machen, Zwieback und Haferbrei essen. Aber wenn in so einer kleinen Filiale jemand ausfällt, das werden Sie verstehen, müssen die anderen die Aufgaben mit übernehmen. Das wollte ich nicht."
Ich nickte. „Das verstehe ich, Frau Quandt. Aber Ihre Kollegen

werden doch Rücksicht auf Ihre Unpässlichkeit genommen haben?"
„Gewiss!", sagte sie, doch es klang anders.
„Haben sie nicht?", fragte ich. Der Unterton ihrer Erwiderung hatte mich hellhörig gemacht.
Es schien, meine Frage sei ihr unangenehm, aber ihre Wahrheitspflicht verlangte Ehrlichkeit. „Herr Kommissar, ich bitte Sie, meine Aussage vertraulich zu behandeln. Es ist mir auch sehr unangenehm, aber, nun, wie soll ich es sagen? Das Klima in der Bank, bitte, verstehen Sie mich nicht falsch, sie ist ja leider verstorben. Über Tote nur Gutes, heißt es. Allerdings ..."
Sie ließ den Satz unausgesprochen, deshalb hakte ich nach: „Allerdings?"
„Keiner mochte sie."
Der Satz und vor allem die Kälte in ihrer Stimme ließen keine Zweifel offen. Ich fragte mich nur, ob wirklich alle der Meinung waren oder nur Frau Quandt. Soviel ich wusste, stand sie in der Hierarchie der kleinen Bank hinter Frau Bauer. Neid? Wahrheit? Konkurrenzdenken? Mir gefiel nicht, wie sie fast herzlos von der verstorbenen Kollegin sprach. Da half ihr hübsches Dekolleté nichts und auch nicht ihr leicht verschämter Augenaufschlag. „Warum?", fragte ich. „Warum konnte sie keiner leiden?"
Frau Quandt zögerte. Hatte sie begriffen, dass sie mit ihrer absoluten Aussage zu weit gegangen war? Nach kurzem Zögern sagte sie: „Sie war etwas Besseres. Entschuldigung, das klingt jetzt, wo sie tot ist, sehr gemein. Aber sie hielt sich für etwas Besseres, weil ihr Mann so eine kleine Klitsche hat. Eine Druckerei. Frau Unternehmerin eben, wenn Sie verstehen, was ich meine."
„Nicht ganz", sagte ich. „Meine Kollegin und ich hatten eigentlich einen sehr guten Eindruck von Herrn Bauer."
„Ja, er!", sagte sie. „Aber das hat man doch oft, nicht wahr, dass die Ehefrauen sich für etwas Besonderes halten, weil ihr Mann – ich meine, das ist schon eine stattliche Erscheinung, der Herr Bauer."
Ich sah sie mit hochgezogenen Brauen an. Da begriff sie, dass sie

sich mit ihrer Behauptung aufs falsche Gleis gesetzt hatte, denn selbst wenn es stimmte, was sie eben erklärt hatte, machte das keinen besonders guten Eindruck. Über Tote nur Gutes.
Die Kriminalpolizei ist keine moralische Anstalt. Ich habe nicht zu bewerten, ob Frau Quandt oder Frau Bauer oder wer sonst noch in dieser Bank sympathisch oder nicht sympathisch ist. Solche Kategorien können die Urteilsfindung nachteilig beeinflussen. Aber wichtig zu wissen ist durchaus, was für ein Klima in der Bank herrscht. Noch war nicht auszuschließen, ob die schöne Frau Quandt mit gutem Grund den Kassenraum verlassen oder ob es wirklich mit ihrer Magenverstimmung zu tun hatte. Auszuschließen war aber auch noch nicht, weil wir bisher viel zu wenig wussten, welche Rolle Frau Bauer bei dem Überfall spielte. Der Schuss, der zu ihrem Tod geführt hat, war vermutlich gar nicht gezielt abgegeben worden. Er hatte sich aus der Pistole des Bankräubers gelöst, als dieser rückwärts stolpernd den Halt verlor. Mir fiel meines Vaters Lieblingszitat von Sokrates ein: „Ich weiß, dass ich nichts weiß." Viel wussten wir wirklich noch nicht.
„Rekapitulieren wir, Frau Quandt", setzte ich die Befragung fort. „Sie haben kurz vor dem Überfall Ihren Platz verlassen …"
„Verlassen müssen, Herr Kommissar!", korrigierte sie eilfertig.
„… verlassen müssen", übernahm ich ihren Einwurf, „weil Sie Probleme mit Ihrem Magen hatten. Haben Sie das öfter?"
Sie verneinte. Gelegentlich hätte sie zwar Unterleibsschmerzen, aber das ginge ja vielen anderen Frauen auch so. Ich wüsste schon, meinte sie.
Ja, weiß ich, aber solches Unwohlsein hat weniger mit dem Magen zu tun. „Waren Sie deswegen bei Ihrem Arzt?"
„Laufen Sie wegen jeder Kleinigkeit zum Onkel Doktor?" Das hatte schon einen leicht gereizten Unterton. Ihr gefiel die Art meiner Befragung nicht.
„Es wäre gut, wenn ein Arzt Ihre Erkrankung bestätigen könnte, Frau Quandt." Ich sah ihr gerade in die Augen.
Da machte sie sich steif. „Wieso? Was wollen Sie mir damit unterstellen?"

„Ich will Ihnen nichts unterstellen, Frau Quandt. Ich habe einen Sachverhalt zu klären. Bei einem solchen Kapitalverbrechen geht es nicht nur darum, Beweise für eine Täterschaft oder Mittäterschaft zu finden, sondern auch andere, womöglich in die Irre führende Spuren auszuschließen."
„Dann klären Sie den Fall bitte sachlich, Herr Kommissar!" Die Katze fuhr die Krallen aus.
Ich ließ mich nicht provozieren. „Sie haben den Kassenraum verlassen, als der Bankräuber die Filiale betrat. Richtig?"
„Falsch. Er muss gekommen sein, nachdem ich bereits auf der Toilette war. Ich denke, Sie haben die Aufzeichnungen der Überwachungskamera?"
„Die haben wir", bestätigte ich. „Sie sind exakt in dem Augenblick gegangen, als der Mann die Bank betrat."
Sie zuckte mit den Schultern. „Wenn Sie es sagen? Ich hatte in dem Moment andere Probleme, als mich umzusehen, ob gerade ein Bankräuber durch die Tür kommt." Von ihrer anfänglichen Freundlichkeit war nichts mehr zu spüren. Sie wirkte gereizt, als müsse sie sich gegen eine Unterstellung verteidigen.
„Sie haben das Fahndungsfoto gesehen, hier." Ich legte ihr den Ausdruck zur Erinnerung vor.
„Habe ich", lautete die knappe Antwort.
„Kennen Sie den Mann?"
„Was soll das, Herr Kommissar?" Jetzt schien sie wirklich böse zu sein. „Sie laden mich unter dem Vorwand einer Zeugenbefragung vor und verdächtigen mich gewissermaßen, den Mann gekannt zu haben. Vielleicht bin ich auch noch seine Komplizin? Na, besten Dank auch!"
„Ich verdächtige Sie nicht, schon gar nicht als die Komplizin eines Bankräubers. Ich befrage Sie, um ein Verbrechen aufzuklären. Ihre Kollegin ist an den Folgen der Schussverletzung gestorben. Ich denke, auch Sie sind an der Aufklärung des Verbrechens interessiert." Ich ließ mich auf ihren Ton nicht ein.
„Also gut", lenkte sie ein. „Sie machen Ihren Job. Entschuldigung. Vielleicht sind es die Nerven. Das ist ja an uns allen nicht spurlos

vorübergegangen. Natürlich sind wir sehr betroffen über den Tod unserer Kollegin." Sie seufzte. „Wie immer sie auch war." Den Zusatz konnte sie sich nicht verkneifen.

„Gut", sagte ich. „Sie haben Ihren Platz verlassen in dem Moment, als der Bankräuber durch die Tür kam. Sie haben ihn nicht gesehen, weil Sie wegen Ihrer Magenbeschwerden kein Auge für den Schalterraum hatten. Und dann? Ich meine, wohin sind Sie gegangen?"

„Auf die Toilette, Herr Kommissar. Das habe ich Ihnen doch schon gesagt."

„Richtig", bestätigte ich. „Sie waren während der Zeit des Überfalls auf der Toilette. Haben Sie den Schuss gehört?"

„Nein. Die Toilette befindet sich im Kellerbereich. Wie sollte ich da einen Schuss hören?"

„Vielleicht, als Sie bereits wieder auf dem Weg nach oben waren?", mutmaßte ich. „Sie sind wenige Sekunden, nachdem der Schuss gefallen war, der Ihre Kollegin schwer verletzte, wieder in den Kassenraum gekommen. Zu diesem Zeitpunkt befand sich der Mann noch im Raum. Sie müssen ihn gesehen haben."

Sie schüttelte den Kopf. „Nein, habe ich nicht. Ich habe meine blutende Kollegin auf dem Boden liegen sehen und sonst nichts. Glauben Sie, ich hätte mich in aller Ruhe umgeschaut? Ich wusste zu diesem Zeitpunkt noch nicht einmal, was geschehen war!"

„Sie haben den Alarm relativ spät ausgelöst. Zu diesem Zeitpunkt hatte ein Kunde bereits per Handy die Polizei alarmiert", hielt ich ihr vor.

Frau Quandt wurde sichtlich nervös. „Herr Kommissar, ich weiß nicht, ob Sie je in einer solchen Situation waren. Ja, wir sind auf solche Vorkommnisse trainiert. Ich weiß, dass ich sofort den Alarm hätte auslösen müssen. Ich habe es nicht getan. Ich habe schlicht nichts anderes im Sinn gehabt, als meiner Kollegin zu helfen!"

Du lügst, dachte ich grimmig. Du sagst nicht die Wahrheit. Irgendetwas stimmt nicht mit dir. Kommst hier an, aufgetakelt als wolltest du zum Tanzen ausgehen. Blinkerst mit den überlangen Wimpern. Schlägst die Beine herausfordernd übereinander. Fährst dir

mit der Zunge über die geschminkten Lippen. Was ist los? Willst du mich nur anmachen oder willst du mir etwas vormachen?
Und plötzlich stand sie auf. „Sonst noch etwas?" Ihre Augen glühten zornig.
„Frau Quandt", sagte ich ruhig. „Bitte, nehmen Sie wieder Platz. Ich bin noch nicht fertig mit meiner Befragung. Sie missverstehen mich. Ich will Ihnen aus Ihrem Verhalten keinen Vorwurf machen. Ich muss einen Raubmord aufklären. Da ist jede Kleinigkeit wichtig. Es tut mir leid, wenn Sie glauben, dass ich Ihnen Komplizenschaft unterstellen will."
Wenn sie nichts mit der Sache zu tun hatte, konnte sie meine Fragen durchaus falsch verstehen. Oder waren sie gar nicht falsch gemeint, sondern die Folge meiner Abwehr gegen ihr gar zu selbstbewusstes Auftreten? Ekke, überspann den Bogen nicht! Ich lud sie mit einer Handbewegung ein, wieder Platz zu nehmen. „Bitte, Frau Quandt."
Eher widerwillig setzte sie sich. „Ich hätte das nicht sagen sollen", sagte sie in einem leisen, ganz anderen Ton, als mache sie sich Vorwürfe.
„Was, bitte, hätten Sie nicht sagen sollen?"
„Dass wir sie alle nicht leiden konnten. Das stimmt gar nicht. Ich mochte sie nicht. Wissen Sie, wir werden darauf getrimmt, nicht allzu kollegial miteinander umzugehen, vielleicht auch noch nach Feierabend gemeinsam ins Kino und so. Das sehen die großen Chefs gar nicht so gern. Das tut mir jetzt leid, was ich über sie gesagt habe. Und der Herr Bauer tut mir auch leid. Nein, Herr Kommissar, ich habe mit dem Überfall nichts zu tun. Ich hatte Magenbeschwerden und musste auf die Toilette. Woher hätte ich wissen sollen, dass ausgerechnet in dem Moment die Bank überfallen wird? Fragen Sie meinen Chef. Ich hatte ihm schon am Morgen gesagt, dass es mir nicht gut geht. Er hat mich gebeten, trotzdem zu bleiben. Es ist alles ganz furchtbar. Ganz furchtbar." Das Wasser stand ihr in den Augen.
„Gut, Frau Quandt", schloss ich die Befragung ab. „Ich bedanke mich für Ihre Aussagen. Sie helfen uns nicht unbedingt weiter,

aber sie klären eine notwendige Frage. Ich glaube Ihnen, dass Sie weder Komplizin noch Mitwisserin sind. Wie gesagt, wir müssen in alle Richtungen ermitteln, auch in die scheinbar abwegigsten. Ich danke Ihnen."

Sie tupfte sich die Augen vorsichtig mit einem Tuch trocken. Nun lächelte sie wieder, nicht ganz so verführerisch wie am Anfang unseres Gespräches, aber durchaus mit Charme. Ich dachte: Es würde mir leid tun, wenn du etwas mit der Sache zu tun hättest. Das war nicht gerade korrekt.

Ich stand auf und kam um den Tisch herum, um mich mit Handschlag von ihr zu verabschieden. Sie erwiderte den Händedruck. In dem Moment klopfte es an meiner Tür und Astrid trat ein, ohne meine Aufforderung abzuwarten.

„Oh, entschuldige", sagte sie mit eindeutigem Blick in Richtung der Besucherin.

„Nein, nein", beeilte ich mich. „Wir sind gerade fertig mit der Befragung. Vielen Dank noch einmal, Frau Quandt", wandte ich mich wieder an sie. „Auf Wiedersehen."

Sie lächelte und hauchte ein schmelzendes Aufwiedersehen. Dann blickte sie Astrid herausfordernd an und ging, ihr lediglich zunickend, aus dem Zimmer.

Astrid grinste mich an. „War das die Quandt aus der Bank?"

Mich ärgerte, was Astrid vermutlich dachte. Deshalb sagte ich sehr betont: „Das war Frau Quandt, ja. Und ich weiß nicht, ob sie mir nur etwas vorgespielt hat oder ob sie doch irgendwie in die Sache involviert ist."

„Sie hat ein Verhältnis mit ihrem Chef. Hilft dir das weiter?"

„Nein!", entfuhr es mir. „So ein Luderbein! Woher weißt du das?"

„Recherche. Weimar ist ein Dorf. Da bleibt nichts geheim. Irgendeiner kennt immer irgendeinen."

„Hans?", fragte ich.

„Mir traust du wohl nichts in der Richtung zu?" Die Frage konnte nicht ernst gemeint sein, aber es muss sie doch etwas gestachelt haben, dass ich Hans als die Quelle der Information vermutete.

„Wenn die Quandt ein Verhältnis mit ihrem Chef hat", überlegte

ich laut, „muss sie nicht unbedingt wegen Magenbeschwerden ihren Platz verlassen haben."
Astrid setzte meine Überlegungen fort. „Es könnte doch auch sein, dass er sie aus einem bestimmten Grund, und nicht aus dem, den du meinst, zu sich gerufen hat."
„Zum Beispiel, damit sich nicht eine zweite Person im Kassenraum aufhält, die möglicherweise den Alarm auslösen könnte. Der Bankräuber war nicht maskiert. Der zuletzt gekommene Kunde verlässt kurz vor dem Überfall die Bank. Vielleicht um abzusichern, dass keine weiteren Kunden hereinkommen. Erst während des eigentlichen Überfalls ist er wieder im Raum. Der todbringende Schuss fällt versehentlich. Oder doch in der Absicht, eine gefährliche Zeugin auszuschalten? Es ist nicht viel Geld, das erbeutet wurde, aber mehr, das wissen wir, als normalerweise um diese Zeit vorgehalten wird. Wusste das der Bankräuber oder hat er einen Tipp bekommen? Und wenn ja, von wem?"
Astrid hatte mehrmals bestätigend mit dem Kopf genickt. „Viele Fragen, keine überzeugenden Antworten. Ich werde mich einmal um den Filialleiter kümmern. Er wäre nicht der erste, der sich ein kleines Zubrot verdienen will. Willst du dich um seine Gespielin kümmern?" Hinter der Frage stand unverkennbar eine Anspielung. Das süße Lächeln der Frau Quandt war auch Astrid nicht unbemerkt geblieben.
„Ich habe da noch eine andere Baustelle. Mach du das bitte. Oder Hans", schlug ich vor. Bei dem Wort Baustelle fiel mir wieder Lillis Gartenteich ein. Was das wohl wird?
„Geht seinen Gang, Chef. Ich kann die Quandt nicht leiden", setzte sie hinzu.
„Eifersüchtig?"
Sie lachte mich aus. „Klar doch!"

Eigentlich wollte ich eine Woche Urlaub machen. Ich hatte mir vorgenommen, mit Lilli und den Kindern eine Rennsteigwanderung zu unternehmen. Eigentlich. Aber da wir mit dem

Überfall auf die Bank bisher kaum einen Schritt weitergekommen waren, hatte ich das Problem: Wie sage ich's meinem Kinde? Sprich, was würde Lilli sagen, wenn ich den Rennsteig auf später vertagte?
Es war Freitagabend. Wir saßen auf der Terrasse und aßen einen von Lilli zubereiteten frischen Salat aus eigener Ernte. Ich druckste ein wenig herum, denn am Montag sollte es losgehen Richtung Rennsteig. Aber für den Montag hatte ich bereits mit dem Filialleiter der überfallenen Bank einen Lokaltermin anberaumt, weil wir nach Kassenschluss den Überfall anhand der elektronischen Aufzeichnungen nachstellen wollten.
Da sagte mein Sohn plötzlich: „Schade, dass der Baum weg soll. Ich konnte von meinem Fenster aus immer die Vögel und Eichhörnchen beobachten."
Lilli versuchte noch, das Thema anders zu verpacken, damit es nicht wie ein Überfall aussah, aber da war der Satz schon heraus.
„Was für ein Baum?", fragte ich ahnungsvoll.
„Die Kiefer", sagte Lilli schnell. Sie blickte mich verunsichert an, wie ein kleines Mädchen, das weiß, dass es eine Dummheit begangen hat, die es aber nicht mehr rückgängig machen kann. Und sie konnte sicher sein, dass ich vor den Kindern keinen Streit mit ihr anfangen würde. „Wir hatten das doch schon einmal besprochen, Schatz."
„Die Kiefer", sagte ich trocken. „Aha. Die Kiefer." Und als ob ich nicht wüsste, um welchen Baum es dabei ging, fragte ich: „*Die* Kiefer?"
Lilli nickte.
„Wann?"
„Am Montag", sagte Lilli. „Das Grünflächenamt hat es kurzfristig genehmigt. Und der nächstmögliche Termin wäre erst in acht Wochen. Wir können unsere Wanderung ja …" Der Satz blieb unvollendet, weil Bastian erleichtert ausrief: „Prima! Da können wir uns die Latscherei durch den Wald ja schenken. Ist eh uncool."
Ich lehnte mich mit leicht griesgrämigem Gesicht zurück, denn ich musste die Erleichterung darüber verbergen, dass ich es sonst

gewesen wäre, der wieder einmal alle Urlaubs- und Wochenendpläne zunichtemacht. „Und wann wird die Grube ausgehoben?", fragte ich in den Raum hinein, ohne jemanden direkt anzusehen.
„Ekke", flötete Lilli. „Die Kinder freuen sich doch auch auf den Teich. Sie haben sich sogar schon ein paar Fische ausgeguckt."
„So?" Ich musste die Rolle des beleidigten Ehemannes weiterspielen.
„Der rot-weiße gehört mir!", erklärte Bastienne.
„Den schenk ich dir!", tat Bastian großzügig gegenüber seiner Schwester. „Ich nehme den blauen."
„Es ist also schon alles beschlossen und die Fische schwimmen vielleicht schon in unserer Badewanne?" Ich blieb bei meinem Spiel. Es gefiel mir. Ich durfte bedauern, dass aus der Rennsteigwanderung vorerst nichts wird, die ich doch so gern gemacht hätte. Das war doch viel besser als um Schönwetter bitten zu müssen, weil bei mir wieder einmal etwas Dienstliches dazwischengekommen war.
„Nein", sagte Lilli, „ich war nur neulich mit den Kindern in der Stadt und rein zufällig an der Zoohandlung vorbeigekommen. Da haben wir uns die Fische eben angesehen. Nur mal so. Natürlich noch nicht gekauft. Das würden wir doch nie ohne dich machen, Ekke."
Du Teufelin! – dachte ich. „Es wäre ja auch das erste Mal, dass ich nicht gefragt werde. Ja, ich weiß, du bist für die innerfamiliären Verhältnisse verantwortlich, ich für die äußeren Dinge. Du legst einen Fischteich an und ich kläre unser Verhältnis zu China." Es klang schärfer, als es gemeint war. Aber gemeint war es schon so.
„Komm, Schwesterherz, wir gehen nach oben. Mama und Papa wollen sich ein bisschen streiten. Dürfen wir?", fragte Bastian. Lilli nickte. „Wir streiten uns nicht, Kinder. Wir müssen nur etwas besprechen. Geht schon hoch, ich komme nach." Da verließen sie schnell den Tisch.
Einen Moment saßen wir ohne ein Wort miteinander zu reden am Tisch, nippten an unseren Gläsern und blickten beide wie verabredet auf die Kiefer.

Schließlich sagte Lilli: „Ich hätte es mit dir absprechen sollen. Entschuldige bitte, Ekke."
Sie langte mit der Hand über den Tisch.
„Hättest du", erwiderte ich und kam ihr mit meiner Hand entgegen. „Es ist nur so", fuhr ich fort, „dass die Baumaßnahmen nicht von uns beiden kontrolliert werden können, wenn wir auf Arbeit sind. Du kannst nicht einfach von deiner Bibliothek wegbleiben und ich nicht eben mal Urlaub einreichen und ihn wieder rückgängig machen und wieder neu beantragen. Aber gut, ich rufe meinen Chef nachher an, dass ich am Montag doch zum Dienst komme. Der Rennsteig", sagte ich, um einen versöhnlichen Ton anzuschlagen und um mein schlechtes Gewissen zu kaschieren, die Situation schamlos ausgenutzt zu haben, „der Rennsteig läuft uns ja nicht weg. Ich werde den Chef bitten, mit dem Filialleiter einen Lokaltermin für Montag zu vereinbaren. Hans hält das auch für eine gute Idee."
Lilli sah mich mit leicht gesenkten Lidern an. „Ekke Ponte, habe ich dir eine Steilvorlage geliefert? Wenn Hans das für eine gute Idee hält, muss Hans doch von deiner Idee gewusst haben – oder?"
„Die hätten das auch ohne mich hingekriegt", redete ich mich heraus.
„Ohne dich?" Lilli lachte. „Ohne dich kann man Bäume fällen lassen, aber ohne dich kann man keine Fälle lösen, Herr Hauptkommissar!"
Da waren wir wieder quitt. Sie bekommt ihren Fischtümpel und ich meinen Lokaltermin in der Bank. Der Rennsteig bleibt uns erhalten. Wandern wir eben später.
Weil die Kinder nicht eigentlich spielen, sondern in Wahrheit hören wollten, was Mama und Papa so Wichtiges zu besprechen hatten, ließen sie ihr Fenster über der Terrasse offen stehen. Wir hörten, wie Bastienne ihren Bruder fragte: „Müssen wir jetzt doch durch den Wald laufen, wo die Hexe wohnt?" Und er tröstete sie: „Müssen wir nicht. Der Tümpel hat uns gerettet. Aber ein Swimmingpool wäre besser gewesen. Und Hexen gibt es nicht, jedenfalls keine richtigen."

Lilli sah mich an, ich sah Lilli an, und beide bemühten wir uns, nicht laut loszuprusten. „Ist trotzdem schade um die Kiefer." Den Satz musste ich noch loswerden.
Lilli hatte mit dem Grünflächenamt längst ausgehandelt, drei neue Bäume auf unserem Grundstück zu pflanzen. Die Kiefer stand eh zu dicht am Haus und verstellte den Blick. Ich selbst hätte den Antrag gar nicht stellen dürfen. Am Ende wäre jemand auf die Idee gekommen, ich, der Hauptkommissar von der Kriminalpolizei, würde meine Position ausnutzen, um einen Vorteil bei der Behörde zu erlangen, wofür andere auch ein Dutzend Anträge umsonst geschrieben hätten. Ich würde mich aber wundern, wenn meine liebe Lilli dort nicht gesagt hätte, ihr Mann könne leider nicht mitkommen, weil er als Leiter der Mordkommission … Solche Sachen hat Lilli drauf.

Hans hatte sich mit Notebook und Stoppuhr ausgerüstet. Minute für Minute sollte der Überfall nachgestellt werden. Fünf Kolleginnen, zwei von ihnen hinter dem Tresen als die Angestellten und drei weitere sowie ein Kollege als die Bankkunden. Ein Polizist agierte als Bankräuber. Ich hielt mich neben Hans und kontrollierte, ob die tatsächlichen Vorgänge mit den nachgestellten übereinstimmten oder ob sich aus der Szenerie etwas ableiten ließ, was unsere Ermittlungen befördern oder vielleicht in eine ganz andere Richtung lenken würde. Zur Kontrolle lief die Überwachungskamera mit. Wir wollten im Nachhinein die realen mit den gespielten Szenen noch einmal Take für Take vergleichen.
Alle hatten ihre Positionen eingenommen. Hans blickte mich fragend an. Ich nickte.
„Kamera ab!", rief er und kam sich wahrscheinlich wie ein richtiger Regisseur beim Film vor. Im gleichen Moment drückte er die Stoppuhr. „Zeit läuft!"
Der als Bankräuber agierende Kollege betrat betont gelangweilt und etwas schlurfend die Schalterhalle. Er blickte sich um, ging

dann zu dem kleinen Stehpult und nahm ein Formular heraus.
„Halt!“, rief Hans. „Du stehst mit dem Rücken zur Tür. Aber er hat sie stets im Blick behalten.“
Der Kollege korrigierte seine Position. Hans betätigte erneut die Stoppuhr. Vor dem Schalter standen die drei Frauen und der Mann als Letzter in der kleinen Reihe. Wir hatten die Kollegen gebeten, Kleidung zu tragen, die der der jeweiligen Vorbilder annähernd entsprach. Das Ganze sollte möglichst realistisch ablaufen.
„Du musst jetzt auf die Uhr sehen!“, forderte Hans den Kollegen in der Reihe der Bankkunden auf. Der folgte der Anweisung, dann blickte er in Richtung Stehpult. „Nein, noch nicht“, griff Hans wieder ein. „Erst wenn du rausgehst, wechselst du einen Blick mit ihm.“
„Moment mal“, unterbrach ich plötzlich. „Schobler hat doch ausgesagt, er sei wegen seines Kugelschreibers zurückgekommen, den er am Schalter vergessen habe. Er ist aber nie bis zum Tresen gekommen, die drei Frauen standen vor ihm. Warum erzählt er uns das? Weshalb ist er wirklich in der Bank gewesen, plötzlich rausgelaufen und kurz danach zurückgekommen?“
„Hat er gesagt, er habe den Kugelschreiber am Tresen liegenlassen oder nur, er habe ihn in der Bank vergessen und sei deswegen zurückgekommen?“, wollte es Astrid genau wissen. Dabei schlug sie das Protokoll mit der Aussage des Mannes auf. „Ich bin wegen meinem Kugelschreibers zurückgekommen, den ich in der Bank liegengelassen hatte“, zitierte sie.
„Liegengelassen bedeutet, er muss damit geschrieben haben oder damit habe schreiben wollen. Er war aber nicht am Tresen. Er war, wie wir aus den Aufzeichnungen von vorher wissen, auch nicht am Pult“, stellte Elke fest. „Wo will er dann seinen Kugelschreiber vergessen haben?“
Anhand solcher Details erwies sich die Methode, einen Vorgang möglichst genau vor Ort nachzustellen, als sehr hilfreich. Vielleicht wäre uns das mit dem Kugelschreiber sonst gar nicht aufgefallen.
„Astrid“, bat ich meine Stellvertreterin, „bestelle ihn zur Klärung eines Sachverhaltes für morgen früh ein. Aber sage ihm, die Proto-

kollantin habe seine Aussage in einem Punkt offenbar nicht richtig wiedergegeben. Eine Routinesache, soll er glauben."
„Nein", antwortete Astrid leicht pikiert. „Ich werde ihm sagen, dass er sich verdächtig gemacht hat, Chef. Das ist so meine Art."
Ich merkte wieder einmal, dass es noch seine Zeit brauchte, bevor wir alle den richtigen Faden miteinander spinnen würden, obwohl ich schon lange nicht mehr „der großstadterfahrene Neue" war, wie der Dienststellenleiter mich bei meinem Amtsantritt vorgestellt hatte.
Ich tat, als hätte ich die Erwiderung gar nicht gehört. „Mach weiter, Hans."
Der hielt den rechten Arm mit der Stoppuhr hoch. „Und ab!" Als hätte er eine Pistole abgeschossen, ließ er den Arm zurückschnellen. Die Szene lief weiter. Der Mann mit dem Kugelschreiber, Andreas Schobler, blickt auf seine Armbanduhr, schlägt sich plötzlich mit der Hand vor den Kopf, als sei ihm etwas ganz Wichtiges eingefallen. Er ist der Letzte in der Reihe, dreht sich um und verlässt die Schalterhalle, nicht ohne dem Mann am Pult sehr direkt ins Gesicht zu sehen. Offenbar wollte der Kollege seine Rolle besonders gut spielen.
„Nein!", unterbrach Hans wieder. „Nicht so direkt, eher zufällig sollst du ihn ansehen, wie man jemanden ansieht, ohne ihn wirklich zu sehen."
War das zufällig? Oder kannten sich die beiden doch und hatten sich vorher verabredet, wer was zu tun hat? Die Sache mit dem Kugelschreiber ließ die Szene plötzlich doch in einem anderen Licht erscheinen. Hat Schobler nur deshalb den Schalterraum verlassen, um draußen mögliche Kunden aufzuhalten? Hat er irgendeinem gesagt, die Bank sei schon zu? Hat er vielleicht ein Schild mit dem Vermerk angebracht: „Aus technischen Gründen geschlossen"? Oder so etwas Ähnliches. Und als er zurücklief in die Bank, hat er das Schild womöglich wieder abgenommen. Leider gab es keine Überwachungskamera für den Eingangsraum.
„Astrid", sagte ich, „wir sollten herausfinden, ob jemand die Bank um die fragliche Zeit besuchen wollte und quasi vor verschlosse-

nen Türen stand. Wenn ja, wer ist das gewesen? Oder wer mehr oder weniger zufällig in der Nähe war und beobachtet hat, wie ein Mann herauskam und kurz darauf wieder hineinlief. Ist eine Sisyphusarbeit, Astrid, ich weiß. Hol dir Verstärkung, wenn es sein muss. Der Schobler ist mir suspekt."

Astrid nickte. Die Verstimmung von vorhin hatte sie längst weggesteckt.

„Kann ich?", fragte Hans. Und als ich zustimmend nickte, gab er das Signal zum Weitermachen.

Das Double von Andreas Schobler geht ohne besondere Eile von der Reihe vor dem Tresen weg, an dem Mann am Stehpult vorbei, wechselt einen kurzen Blick mit ihm – Zufall oder ein vereinbartes Zeichen? – und verlässt die Schalterhalle, um nach draußen zu gehen. An dem Vorgang, der gleichzeitig auf Hans' Bildschirm lief, war nichts Ungewöhnliches oder Verdächtiges zu erkennen. Aber die Sache mit dem angeblich liegengelassenen Kugelschreiber hatte uns alle hellhörig gemacht. Da stimmte etwas nicht. Warum sollte er uns sonst die Unwahrheit sagen?

Schobler ist draußen. „Jetzt!", rief Hans dem Kollegen am Stehpult zu. Und der, mit der Perfektion eines Wildwesthelden, langt die ungeladene Pistole aus der Innentasche seiner Jacke und schießt in die Decke, um klarzumachen, dass es sich tatsächlich um einen Überfall handelt. Die drei Frauen vor dem Tresen und die Angestellte drehen sich entsetzt zu dem Mann um, der mit wenigen Schritten an den Tresen eilt und mit noch immer gezogener Pistole die drei Kundinnen auffordert, sich auf den Boden zu legen. Die Frauen spielen ihre Rollen überzeugend. Dann stellt, nein, wirft er seine schwarze Sporttasche auf den Tresen, öffnet sie und bedeutet der Bankangestellten, das Geld einzupacken.

Plötzlich kommt der Polizist alias Schobler in die Bank zurück. Er sieht die Szene und starrt, als begreife er die Lage nicht, auf die am Boden liegenden Frauen und auf den Mann mit der Pistole. Aber in dem Moment, da er sich umdrehen und wieder hinauslaufen will, verstellt ihm der Bankräuber den Weg und zwingt ihn, sich ebenfalls auf den Boden zu legen.

„Ich weiß nicht", sagte Hans, „was ich von der Sache halten soll. Warum kommt der Mann zurück, wenn es nicht, wie dieser Schobler behauptet hat, wegen des Kugelschreibers war? Und warum will er wieder weglaufen und wird von dem mit der Pistole hantierenden Bankräuber gezwungen, sich ebenfalls auf den Boden zu legen? Ist er nun ein Komplize oder scheint es lediglich so?"
„Dass eine Überwachungskamera läuft, ist mit einem Hinweisschild deutlich gemacht. Die Szene zwischen den beiden ist gefakt, damit wir glauben, er sei wirklich nur ein harmloser Kunde", gab Elke zu überlegen.
Aber nichts erklärte den Vorgang überzeugend. „Er ist rausgegangen, um ein Schild an der Tür anzubringen, damit sein Kumpan nicht gestört wird. Dann kommt er wieder rein, weil er notfalls eingreifen soll, wenn etwas schiefläuft", schlug ich als mögliche Erklärung vor, merkte aber selber, dass auch diese Variante mit den uns bisher bekannten Fakten nicht zu beweisen war. „Da wird uns der Herr Schobler aber einiges zu erklären haben. Hans", wandte ich mich wieder an den Kollegen, „Film ab!"
Der Bankräuber steht am Tresen und fuchtelt mit der Pistole, um die Angestellte zur Eile aufzufordern. Als ihm die Frau bedeutet, dass mehr Bargeld nicht zur Verfügung stehe, verlangt er, sich immer wieder sichernd im Raum umsehend, sie solle den Reißverschluss der Tasche zuziehen. Das tut sie. Er nimmt die Tasche an sich und geht rückwärts laufend vom Tresen weg. Plötzlich stolpert er. Er hat die Beine einer der am Boden liegenden Frauen übersehen. Er fuchtelt mit den Armen, als wolle er sich an etwas festhalten. Die Tasche mit dem Geld fällt zu Boden. Ein Schuss löst sich. Zufall oder Absicht? Die Kugel trifft die Bankangestellte hinter dem Tresen. Der Mann schafft es, wieder auf sichere Füße zu kommen. Er greift nach seiner schwarzen Tasche, erreicht die Schaltertür und verlässt unbehelligt die Filiale. Ob er mitbekommen hat, dass die Kassiererin von der Kugel getroffen wurde, lässt sich aus der uns zur Verfügung stehenden Perspektive nicht belegen.
Die vier Kunden liegen noch immer auf dem Boden, als hätten sie Angst, dass der Mann mit der Pistole noch einmal zurückkommen

könne. Erst jetzt bricht die angeschossene Kassiererin zusammen. Die hintere Tür öffnet sich fast gleichzeitig, die zweite Kollegin sieht die am Boden Liegende und läuft mit angstweiten Augen zu der Verletzten.

„Moment mal, Hans“, unterbricht Astrid. „Für mich sieht das nicht unbedingt nach Panik aus. Sie kann den Schuss gehört haben, denn die Tür im Hintergrund ging kurz danach auf. Die Frau kommt zwar hastig herein, aber wieso läuft sie zu ihrer am Boden liegenden, angeschossenen Kollegin, die sie von der hinteren Tür aus gar nicht sehen konnte?“

„Reflexhandlung?“, fragte ich wie um Erklärung bittend. „Wir werden nicht umhin kommen, alle Zeugen noch einmal und unter dem Aspekt der heutigen Erkenntnisse gezielt und gründlicher zu befragen. Da gibt es mir zu viele Wenn und Aber und Vielleicht und Vielleichtauchnicht.“

Aus den noch folgenden Szenen konnten wir keine neuen Erkenntnisse und weiterführende Fragen ableiten. Ich bedankte mich bei den Kollegen, die sich als Statisten zur Verfügung gestellt hatten. Da kam der Schobler-Darsteller auf mich zu und sagte: „Herr Hauptkommissar, das ist hier eine Ecke, an der viele Touristen vorbeigeführt werden. Die fotografieren doch alle und alles. Und das Bankgebäude hat eine imposante Fassade.“

„Besonders die Japaner knipsen wie wild“, sagte ich lachend.

„Nun ja“, erklärte er ernst. „Vielleicht waren zufällig zur Tatzeit welche am Tatort, beziehungsweise davor?“

Ich klopfte ihm freundlich auf die Schulter. „Kleine Dienstreise nach Japan, Kollege?“

„War ja nur so eine Idee“, murmelte er beleidigt, weil die anderen lachten. „War nur so eine Idee.“

Er tat mir leid, denn er hatte es gut gemeint, wenn es auch etwas übereifrig geklungen hatte. „Ich mag Beamte, die mitdenken“, erklärte ich in Richtung derer, die gelacht hatten, und nickte ihm aufmunternd zu.

Als unsere Statisten die Filiale verlassen hatten, sagte Hans sarkastisch: „Du hast so eine besonders nette Art, Kollegen zu motivieren, Ekke Ponte. Ehrlich!“ Und ich dachte vergnatzt: Freunde werden wir beide wohl nicht so schnell, mein lieber Hans.

Der Filialleiter kam auf mich zu und fragte, ob ich noch einen Moment Zeit für ihn hätte. Ich nickte und bedeutete den Kollegen, dass sie im Wagen auf mich warten sollten.
Es ärgerte mich ein wenig, dass das Klischee von einem Banker, das man landläufig bedient, auf diesen Mann exakt zutraf: Gepflegtes Äußeres, leicht devotes Auftreten, aalglatte Manieren und eine einschmeichelnde Stimme, die den heimtückischen Unterton überdecken soll, mit dem man gar zu gutgläubige Kunden über den Tisch ziehen kann. Ich weiß, das trifft auf 99 von 100 Bankangestellten nicht zu, aber dieser Herr Laurien war so einer.
Er geleitete mich in sein Zimmer, bot mir Platz und Kognak an, setzte sich erst, als ich saß, bedauerte, dass ich nicht einmal einen Kaffee annehmen wollte, und sagte dann mit leicht gequälter Stimme: „Herr Hauptkommissar, äh, ich weiß gar nicht, ob das, äh, wichtig für Sie ist, aber, äh, ich halte es für meine Pflicht, Sie, äh, darauf aufmerksam zu machen.“
Ich dachte nicht daran, ihn aus seinen gewundenen Äh-Sätzen zu erlösen, zumal ich das Gefühl hatte, er sei mit seiner betonten Ehrlichkeit alles andere als ehrlich.
„Frau Quandt, äh“, sagte er, und ich dachte, jetzt beichtet er mir sein Verhältnis mit der zweiten Kassiererin. „Frau Quandt, äh, sie hat mich an dem bewussten Tag drei Mal aufgesucht, um, äh, Frau Bauer, die eine sehr qualifizierte Mitarbeiterin ist, äh, war, wegen irgendwelcher Lappalien bei mir anzuschwärzen.“ Er blickte mich fragend an, als ob er einen Kommentar von mir erwartete. Ich blickte wortlos zurück, was ihn offensichtlich verunsicherte.
„Jedenfalls, Herr Hauptkommissar, äh, sie war nicht krank. Und nun frage ich mich, warum sie ausgerechnet an diesem, äh, Tag drei Mal zu mir kommt. Doch nicht um zu petzen! Wissen Sie, diese Frau, äh – und exakt zu dem Zeitpunkt, als die Bank überfallen wird … “

„Ja, und?", fragte ich, als hätte ich die Anspielung nicht verstanden.
„Nichts, Herr Hauptkommissar, ich will um Gottes willen, äh, nichts gesagt haben. Ich hielt es nur für meine Pflicht, äh, wo Sie doch alle Spuren, ich meine, verfolgen müssen …" Er begriff, dass er sich selbst in ein schlechtes Licht gestellt hatte.
So ein Schweinehund! – dachte ich grimmig. Ist ihm die Quandt zu lästig geworden und will er sie mithilfe der Kriminalpolizei loswerden? Aber nicht mit mir, Herr Filialleiter! Oder schwärzt er sie gleichsam an, um eine eigene Komplizenschaft zu vertuschen?
„Herr Laurien, Sie vögeln Ihre Mitarbeiterin drei Mal an dem Vormittag und denunzieren sie aus lauter Dankbarkeit, indem Sie sie irgendwie mit dem Überfall in Verbindung bringen wollen. Das müssen Sie, äh", machte ich sein Gestottere nach, „nicht erklären. Ich habe es bereits verstanden."
Dem Mann wich sämtliche Farbe aus dem Gesicht. „Dadadas verbitte ich, äh, mir! Das wird ein Nachspiel haben! Das gibt eine saftige Dienst-äh-aufsichtsbeschwerde bei Ihrem Vorgesetzten!"
„So", sagte ich gelassen. „Was wollen Sie ihm denn erklären, wenn Sie gefragt werden, warum Sie sich über mich beschweren? Wollen Sie ihm sagen, dass Sie, ein verheirateter Mann mit drei Kindern, Häuschen im Grünen und schickem Wagen, ein Verhältnis mit Ihrer Angestellten haben, und dass Ihnen die Frau inzwischen lästig geworden ist, weshalb man sie mal ein bisschen in die Nähe eines Verbrechens rücken kann? Kerle wie Sie, Laurien, und ich sage es Ihnen ganz direkt, kotzen mich an. So, das können Sie auch noch in Ihre Dienstaufsichtsbeschwerde schreiben. Sonst noch 'was?"
Ich ließ ihn verdattert sitzen, schlug die Tür zu und ging zum Auto, in dem meine Kollegen warteten.
„Was ist denn mit dir los?", fragte Elke. „Du siehst ja aus wie Braunbier mit Spucke." Die beiden anderen nickten bestätigend.
„Wenn ich dir das erzähle, Elke, kriegst du einen Schreikrampf. So ein Schwein!"
Sie ahnte, was vorgefallen sein konnte. Aber sie lächelte. „Ekke, mach dir um mich keine Sorgen. Diese Sorte kenne ich."
So genau wussten die beiden anderen nicht, wovon wir sprachen.

Ich hatte aber auch keine Lust, es ihnen zu erklären. Um das Thema zu wechseln, fragte ich Astrid scheinbar zusammenhanglos: „Sag mal, du wohnst doch in Oberweimar?"
Sie nickte.
„Hast du auch einen Garten?"
Sie nickte erneut. Ich fragte mich nur, warum sie dabei schmunzelte.
„Und hast du auch so einen Tümpel mit Fischen und dergleichen?"
„Willst du zum Angeln kommen?"
„Nein. Es interessierte mich nur. Hast du oder hast du nicht?"
Da sagte Astrid zu meiner völligen Verblüffung: „Frag doch mal deine Frau."
Ich sah sie an und begann zu begreifen. „Aha. Du warst das also? Du hast ihr den Floh ins Ohr gesetzt?"
„Na, eher die Fische in den Teich. Kommt doch mal vorbei, bevor ihr einen Bagger bestellt."
Ich winkte ab. „Der ist doch schon längst da."

Andreas Schobler war unserer Aufforderung, zwecks Ergänzung seiner Aussage unsere Dienststelle aufzusuchen, ebenso nachgekommen wie Frau Quandt. Während ich mit Schobler sprach, befragten Hans und Astrid auch die drei Frauen, die zur Tatzeit in der Bank waren.
Schobler schien sehr verunsichert, weil wir ihn einbestellt hatten. „Stimmt etwas nicht?", fragte er.
Ich antwortete ihm nicht darauf, sondern schlug stattdessen das noch in der Bank angefertigte Protokoll auf und fragte in ganz normalem Tonfall: „Wir wollen zunächst Ihre Personalien überprüfen. Manchmal schleicht sich im Eifer der ersten Befragung ein Fehler ein, der dann zu völlig falschen Schlussfolgerungen führen kann. Also: Schobler, Andreas. Geboren am 17. März 1967 in Buttelstedt bei Weimar. Jetzt in Weimar, Wagnergasse, wohnend. Gelernter Tischler, zurzeit arbeitslos. Stimmt das?"
„Gelernt habe ich noch beim alten Schneider. Der ist inzwischen totgeblieben. Sein Sohn, was der Alfred ist, hat die Werkstatt über-

nommen. Und der hat vor einem Jahr dichtmachen müssen. Wer kauft denn heute noch echte deutsche Wertarbeit? Alles Schrott, hält keine zwei Jahre. Nur noch Pressplatten. Nur noch Zusammengepapptes beim Discounter. Da konnte der Chef nicht mithalten. Geht vielen so."

„Aber die Angaben zu Ihrer Person stimmen?"

Er nickte bestätigend.

„Herr Schobler, ich muss Sie bitten, auf meine Fragen wenigstens mit Ja oder Nein zu antworten. Ihr Nicken kann das Aufnahmegerät natürlich nicht aufzeichnen. Also, stimmen die vorgetragenen Angaben zu Ihrer Person?", wiederholte ich meine Frage.

Er nickte erneut, fügte dann aber schnell ein Ja hinzu.

„Gut", fuhr ich fort. „Sie waren am Montag, dem 2. September 2013, kurz nach 16 Uhr in der Bankfiliale. Was wollten Sie dort?"

„Ich wollte meine Miete für September überweisen. Bis zum dritten eines Monats muss das erledigt sein, sonst kriege ich Ärger."

„Kein Dauerauftrag?", fragte ich.

Er druckste etwas herum. „Das hatte ich. Aber dann ist es mir zwei Mal passiert, dass das Konto nicht zum Termin gedeckt war. Da kennen die keine Verwandten! Die belasten dein Konto sofort mit siebzehn Prozent Überziehungszinsen, die Wegelagerer. Und Kredit kriegt Unsereiner doch nicht bei denen. Mein Dauerauftrag wurde storniert, also trabe ich jeden Monatsersten in die Bank, um die Überweisung per Hand vorzunehmen."

„Sie haben als vierter Kunde hinter den drei Frauen am Schalter gestanden. Nach einem Blick auf Ihre Uhr sind Sie aber wieder aus der Filiale hinausgegangen."

„Ja", sagte er. „Ich war spät dran. Und das mit der Miete wäre auch noch am nächsten Tag gegangen."

„Als Sie gingen, haben Sie zu dem Mann geblickt, der an dem kleinen Schreibpult stand."

Er sah mich überrascht an. „So? Kann ich mich gar nicht erinnern, dass da einer gestanden hat. Habe ich das?"

„Haben Sie. Wollen Sie die Aufzeichnung der Videoüberwachung sehen?"

„Nein, nein. Ist nicht nötig. Wenn Sie das sagen, wird es schon stimmen.“ Er war sichtlich nervös.
„Ich sage es. Sie wissen, wer der Mann war.“
„Nein“, antwortete er gedehnt. „Ich kann mich ja nicht einmal erinnern, dort jemanden gesehen zu haben. War das am Ende der Kerl, der den Überfall gemacht hat? Ist ja sonst keiner in der Bank gewesen außer den drei Frauen vor mir.“
„Und woher kannten Sie ihn?“, fragte ich scheinbar beiläufig.
Er blickte überrascht auf. „Ich kannte ihn nicht. Hab ich doch eben gesagt!“ Jetzt machte er sich steif, weil er die drohende Gefahr spürte. „Mag sein, dass ich zu dem Kerl hingesehen habe. Wie man eben so zu jemandem hinsieht, der irgendwo in der Nähe herumsteht. Aber man sieht eigentlich durch ihn hindurch. Nein, Herr Hauptkommissar, ich kannte ihn nicht. Wenn ich ihn angesehen habe, war das der reine Zufall. Das müssen Sie mir glauben.“
„Mit dem Glauben haben wir es hier nicht so“, erwiderte ich trocken.
„Sie standen als Vierter am Tresen, vor Ihnen drei Frauen. Kannten Sie eine davon?“, lautete meine nächste Frage.
Er druckste ein wenig herum, bevor er antwortete. „Ja. Die Schneidern. Also die Anna. Das ist doch die Frau von meinem ehemaligen Chef.“
Davon stand nichts in seinem ersten Protokoll. „Die haben Sie erkannt?“ Die Aussage überraschte mich.
„Ja, habe ich. Aber wir haben nicht miteinander gesprochen, die Anna und ich.“ Es kam nur mühsam aus ihm heraus.
„Sie kennen die Frau, Sie kennen sie sogar sehr gut, die Anna Schneider. Aber Sie sprechen sie nicht an. Kein Wort, keine Geste. Sie ist die Frau Ihres Chefs.“
„Ehemaligen Chefs“, korrigierte er.
„Trotzdem“, erwiderte ich nachdrücklich, „das ist doch seltsam, oder?“
„Ja“, antwortete er gequält. „Ja. Weiß ich selber. Es hat Krach gegeben damals, als er mich gefeuert hat. Alfred hätte mich vielleicht sogar behalten, wenigstens halbe Tage. Sie wollte nicht, die Anna.

Deshalb hatte ich keine Lust, mit ihr zu reden. Hallo, Anna, wie geht es dir oder in der Art. Ist das so schwer zu verstehen?"
„Verstehen kann ich eine ganze Menge, Herr Schobler, aber nicht alles kann ich begreifen. An Ihrem Rausschmiss, wie Sie das nennen, sind doch nicht Ihr ehemaliger Chef und schon gar nicht seine Frau schuld. Sie sagen doch selbst, woran es lag, dass die Tischlerei den Bach runterging. Oder lag es gar nicht an den Discountern?"
Ich dachte daran, dass wir die Kinderzimmer aus dem schwedischen Möbelhaus geholt hatten und sehr zufrieden damit sind. Meine Eltern hatten ihr Leben lang mit den Möbeln verbracht, die sie beim Einzug in ihr Haus gekauft haben. Seit ich mit Lilli verheiratet bin, haben wir das Inventar schon drei Mal gewechselt. Da müssen die Schränke nicht für die Ewigkeit gemacht sein. Allerdings, so ein richtiger alter Bauernschrank mit Tellerbord und geschnitzten Fächern – das hat schon was.
Weil Schobler nicht gleich antwortete, wiederholte ich meine Frage. „Sind die Discounter schuld an Ihrer Entlassung?"
„Jedenfalls die auch!", beharrte er. „Aber der Alfred, ich meine, die haben auch ganz schön über ihre Verhältnisse gelebt. Zu DDR-Zeiten, da ging es den Handwerkern gut. Da hatten sie einen goldenen Boden, wie man so sagte. Mal ein Brett zuschneiden, mal eine ganze Bibliothek bauen – dafür gab es oft blaue Fliesen."
Den Ausdruck kannte ich nicht. „Blaue Fliesen? Wie das?"
„Westgeld, Mann! Wenn in der Zeitung stand: Suche Umwälzpumpe, biete blaue Fliesen, wussten die Leute Bescheid. Wegen dem blauen Hunni, hundert Westmark", erklärte er. „Es gab zwar alles, aber es hat nicht für alle gereicht. Da war der im Vorteil, der eine spendable Tante im Westen hatte."
Ich begriff. „Und damit war Schluss nach der Wende. Nun hatten ja alle – blaue Fliesen."
Schobler lachte. „Es gab plötzlich alles für alle. Und die Tante aus dem Westen hatte gesehen, dass wir hier nicht am Hungertuch genagt haben. Die reichte nichts mehr rüber. Jedenfalls dachte Alfred, das ginge immer so weiter wie bei Honecker. Ging es am Anfang

auch, aber dann kamen die großen Baumärkte, da war Ende im Gelände! Die Aufträge wurden seltener, es kam immer weniger Geld in die Kasse. Alfred und Anna meinten allerdings, sie müssten ihren Lebensstandard halten. Was hätten denn die Nachbarn gesagt, wenn er plötzlich ein kleineres Auto fuhr? Nee, nee, ganz schuldlos an der Misere ist Alfred auch nicht gewesen. Und das habe ich ihm mal gesagt, als seine Frau schon wieder mit einem teuren Fähnchen ankam. Die Anna hat mich vielleicht angegiftet! Ich hatte keine Lust, ihr einen Guten Tag in der Bank zu wünschen. Sie stand vor mir, ja. Aber sie hat sich auch nicht nach mir umgedreht."

Die Erklärung mochte stimmen oder nicht, aber ich notierte mir, dass wir die Konten der Schneiders einmal überprüfen sollten. Wenn es war, wie Schobler behauptete, konnte der Tischlermeister knapp bei Kasse sein. Da kommt der eine oder andere schon mal auf abwegige Ideen, wie man das Minus ausgleichen kann, um mit dem Nachbarn wenigstens auf Augenhöhe zu bleiben.

„Warum haben Sie die Bank verlassen, kurz bevor der Überfall erfolgte und der Bankräuber, zu dem Sie hingesehen haben, noch am Pult stand?", setzte ich meine Befragung fort. „Sie waren keine Minute draußen, da schoss er in die Decke und zwang die Anwesenden, sich auf den Boden zu legen." Die Tonart wurde etwas schärfer.

Schobler rutschte unruhig auf seinem Stuhl hin und her. „Na, das sage ich doch: Ich habe die Bank verlassen, bevor der Überfall erfolgte."

„Man könnte auch sagen: Während der Überfall erfolgte." Ich blieb hartnäckig.

„Moment mal, Herr Hauptkommissar, Sie wollen mir doch jetzt nicht etwas anhängen?"

„Was sollte das sein?", fragte ich interessiert. „Was könnte man Ihnen denn anhängen, Herr Schobler?"

„Ich habe mit dem Überfall nichts zu tun. Und bevor Sie mir eine Komplizenschaft unterschieben wollen, sage ich kein Wort mehr. Da müsste schon ein Anwalt während des Verhörs neben mir sitzen." Er machte sich steif.

„Das ist Ihr gutes Recht, Herr Schobler. Es handelt sich aber gar nicht um ein Verhör, sondern um eine Zeugenbefragung. Dazu brauchen Sie keinen Anwalt. Ich hätte da auch nur noch eine kleine Frage, wenn Sie einverstanden sind."
Er blickte mich schräg an. Schobler glaubte meiner gespielten Harmlosigkeit nicht. Aber er sagte: „Meinetwegen. Fragen Sie mich."
„Sie sind wieder zurückgekommen."
„Ja, das wissen Sie doch."
„Warum?"
„Na, wegen dem blöden Stift!"
Mein Vater, der Germanist, hätte sofort korrigiert: Wegen des blöden Stiftes. „Da habe ich aber jetzt ein Problem, Herr Schobler", sagte ich fast freundlich. „Da müssen Sie mir schon weiterhelfen: Sie kommen während des Überfalls in die Bank zurück wegen eines Kugelschreibers?"
Er fuhr sich mit der Hand ins Gesicht und rieb die Nase, als müsse er gleich niesen. Meine Großmutter hat immer gesagt, man kriegt eine lange Nase wie Pinocchio, wenn man lügt. Tatsächlich ist es so, dass der Körper beim Lügen Hormone freisetzt, die den Blutfluss in der Nase verstärken. Sie schwillt an und wächst um Millimeterbruchteile. Unbewusst reibt man sich die Nase, um das Kribbeln zu bekämpfen, was die Durchblutung noch verstärkt. Im Prinzip hatte Oma recht. Lügner verraten sich selten durch Worte, sondern viel öfter durch Gesten oder eine leichte Veränderung der Stimmlage. Der amerikanische Präsident Bill Clinton fasste sich 26 Mal an die Nase, erinnerte ich mich gelesen zu haben, als Staatsanwälte ihn fragten, ob er Sex mit seiner Praktikantin Monica Lewinsky hatte. Er verneinte es, aber er hatte Sex mit ihr.
Schobler versuchte es auf die dreiste Tour. „Ich kann mir nicht jeden Tag einen neuen Kugelschreiber leisten wie andere Leute!" Das war deutlich auf mich gemünzt, machte aber keinen Eindruck bei mir. Ich blieb freundlich interessiert. Solche Aggressivität Beschuldigter im Verhör war ich gewohnt.

„Wo lag denn Ihr Kugelschreiber, den Sie sich zurückholen wollten?" Das klang immer noch ganz harmlos.
„Na, in der Bank, deshalb bin ich doch zurückgekommen", antwortete er trotzig.
„Und wo in der Bank?", wollte ich es genau wissen.
„Wo! Wo! In der Bank eben." Es wurde ihm immer ungemütlicher. Seine Stimme lag schon eine halbe Oktave höher.
Insgeheim zählte ich, wie oft er sich an die Nase fasste: Sieben Mal bisher. „Auf dem Tresen, bei der Kassiererin?", bot ich ihm an.
„Ja. Kann sein. Ich weiß es nicht mehr genau."
Da war es an mir, deutlicher zu werden und dem scheinbar verbindlichen Ton etwas mehr Schärfe zu geben. „Nein, Herr Schobler, da kann er gar nicht gelegen haben. Sie waren der Vierte in der Reihe. Am Schalter selbst sind Sie gar nicht gewesen. Da hätten Sie ziemlich lange Arme gebraucht, um den Stift dort abzulegen. Hatten Sie ihn vielleicht auf dem kleinen Stehpult liegengelassen, als Sie die Überweisung ausfüllten?"
Er hob beide Hände hoch. Ich sah die kleinen Schweißperlen auf seiner Stirn. „Das kann sein. Ich erinnere mich nicht mehr."
„Haben Sie denn ein Formular an dem Stehpult ausgefüllt, bevor der Bankräuber dort stand?", bot ich ihm eine weitere Variante an.
Er überlegte kurz. „Ja, stimmt", antwortete er erleichtert, weil das sein Zurückkommen in die Bank erklären konnte.
„Stimmt nicht, Herr Schobler! Warum lügen Sie? Was haben Sie zu verbergen? Die Auswertung der Überwachungskamera belegt, dass Sie sich unmittelbar, nachdem Sie die Schalterhalle betraten, hinter den drei wartenden Frauen angestellt haben. Am Stehpult waren Sie jedenfalls nicht und am Schalter auch nicht. Herr Schobler, Sie kennen den Mann, der die Bank überfallen hat! Sie kennen ihn sogar sehr gut, und haben deshalb Frau Schneider nicht angesprochen, weil Sie nicht auffallen wollten." Meine Worte schnitten wie ein scharfes Messer.
„Scheiße!", fluchte er kaum hörbar und fuchtelte mit den Händen, als müsse er ein Netz abstreifen, in das er sich verstrickt hatte. „Nein, ich kenne ihn nicht. Und das mit dem Kugelschreiber ...

Scheiße, ich bin wegen der Parkuhr rausgegangen. Die Zeit war längst abgelaufen und ich kann mir keinen Strafzettel leisten. Die sind ja wie die Geier!"
Ich erinnerte mich, dass er auf die Uhr gesehen hatte, bevor er nach draußen ging. Aber noch hatte er mich nicht überzeugt.
„Und warum dann die Geschichte mit dem Kugelschreiber?"
„Ja, warum wohl? Wenn ich dem Bullen, also dem Polizisten, der mich nach dem Überfall befragt hat, gesagt hätte, dass ich wegen der Parkscheibe in meinem Auto rausgegangen bin, hätte das doch gleich ein Knöllchen gegeben. Es ist nur eine halbe Stunde erlaubt vor der Bank. Ich hatte meine Hütte aber schon fast vierzig Minuten stehen, weil ich noch einen anderen Weg erledigt habe, bevor ich in die Bank ging. Also, das ist doch eine Ordnungswidrigkeit, weil es schließlich irgendwie ein Betrug ist, die Parkscheibe einfach nachzustellen und wieder wegzugehen."
Wenn man gelogen hat und dann doch die Wahrheit sagt, dann klingt sie auch wie eine Lüge, weil das schlechte Gewissen, vorher die Unwahrheit gesagt zu haben, unterschwellig mitschwingt.
„Wenn man sich dabei erwischen lässt, kennen die Politessen kein Pardon. Zu Recht!", sagte ich. „Herr Schobler, ich rufe jetzt meinen Kollegen. Der nimmt Ihre Aussage als Zusatz ins Protokoll auf. Dann können Sie wieder gehen. Aber Sie bleiben vorerst in der Stadt. Oder hatten Sie die Absicht zu verreisen? Ihre Erklärung kann stimmen, doch Sie haben mich nicht überzeugt."
„Wovon soll Unsereiner verreisen? Ich bin froh, wenn ich meine Miete zusammenkratzen kann, sonst fliege ich nämlich auch noch aus der Wohnung. Haben Sie eine Ahnung, wie schnell das geht?"
Ich wusste es, wenn auch glücklicherweise nicht aus eigener Erfahrung, aber ich antwortete nicht auf seine Frage. „Auf Wiedersehen, Herr Schobler."
„Na, lieber nicht", sagte er und verließ grußlos das Zimmer. Hans, den ich gerufen hatte, nahm ihn mit.

Während ich Herrn Schobler befragte, hatten sich Hans und Astrid den anderen Zeugen gewidmet. Es gab keine neuen Erkenntnisse durch sie. Nur eine der Frauen saß noch Astrid gegenüber. Ich blickte ins Zimmer. „Kannst du mal reinkommen?", fragte mich meine Kollegin. „Das wirst du nicht glauben."

Mir fiel auf, dass die Frau, die Astrid gegenübersaß, blass und verstört aussah. „Worum geht es?"

„Das ist Frau Anna Schneider. Sie war eine der Kundinnen in der Bank."

„Ich weiß. Das wurde mir eben auch erzählt", erwiderte ich.

„Nein", unterbrach uns die Frau. „Ich war nicht dort!"

Astrid sah mich an. „Sie behauptet, am fraglichen Tag und zur Tatzeit gar nicht in der Bank gewesen zu sein."

„Und warum ist sie dann hier?", wollte ich irritiert wissen.

„Eine Frau Anna Schneider ist noch vor Ort befragt worden. Ihre Personalien hat der Kollege bei Vorlage des Ausweises aufgenommen. Anhand der Videobilder ist sie deutlich zu erkennen. Aber die Zeugin behauptet, sie war nicht da und hätte auch gar nicht da sein können."

„Ich war bei meiner Mutter, Herr Kommissar. Ich war nicht auf der Bank!" Sie sah mich verzweifelt an, weil ihr nicht geglaubt wurde und weil sie gar nicht wusste, warum sie von der Polizei im Zusammenhang mit dem Raubüberfall auf die Bank befragt wurde.

„Das lässt sich doch ganz einfach überprüfen", versuchte ich die verängstigte Frau zu beruhigen. „Wir fragen Ihre Mutter. Die wird sich ja noch erinnern können, wann ihre Tochter sie besucht hat."

Frau Schneider winkte müde ab. „Das geht nicht. Sie ist im Heim in Ettersburg. Demenz. Es ist ein Jammer, sie so zu sehen. Aber ich fahre jeden Nachmittag raus zu ihr. Vielleicht bekommt sie doch noch das eine oder andere mit. Sie ist meine Mutter."

Ich dachte an die Aussage von Schobler, der sich abfällig über die Frau seines einstigen Chefs geäußert hatte. Diese Frau, verheiratet mit Tischlermeister Alfred Schneider, die uns gegenübersaß, passte nicht recht in das Bild.

„Wenn Ihre Mutter Ihre Anwesenheit nicht bezeugen kann, Frau

Schneider, dann ist doch sicher eine Pflegerin oder sonst jemand in der Nähe gewesen, der oder die Sie gesehen hat", sagte Astrid.
Die Frau zuckte mit den Schultern. „Bestimmt. Aber ich habe nicht darauf geachtet. Die haben ja auch alle zu tun. Die kennen mich natürlich. Fragen Sie Antje, die müsste Dienst gehabt haben."
„Gut", sagte ich. „Nehmen wir an, Sie waren wirklich in Ettersburg und Schwester Antje kann das bezeugen. Wie erklären Sie sich dann, dass der Beamte Ihre Personalien vom Ausweis abgeschrieben hat und Ihre Anwesenheit vor Ort durch die Videoaufzeichnung dokumentiert ist?"
„Erklären Sie es mir", sagte die Frau leise. „Ich weiß doch, dass ich gar nicht da war."
Ich legte ihr ein Foto des Bankräubers vor. „Wer ist das?"
„Na, der Kerl von dem Überfall." Sie hatte nur einen flüchtigen Blick darauf geworfen.
„Also kennen Sie ihn?", stellte ich fest.
„Nein, ich kenne ihn nicht. Aber das Bild war ja groß genug in der Zeitung." Das stimmte allerdings.
„Und Sie kennen ihn wirklich nicht?", fragte Astrid.
„Nein, ich kenne ihn nicht. Ich war doch gar nicht in der Bank. Warum glauben Sie mir nicht?" Sie sah mich flehentlich an.
Ich legte das Foto von Andreas Schobler hin. „Und wer ist das?"
„Der Schobler, dieser Nichtsnutz", sagte sie, ohne sich das Bild lange betrachten zu müssen. „Der hat doch früher mal bei meinem Mann gearbeitet, als wir noch die Tischlerei hatten. Was hat der denn mit der Sache zu tun?"
„Er war zur Tatzeit in der Bank", erklärte Astrid. Mir wäre lieber gewesen, sie hätte es nicht gesagt. Astrid verstand meinen missbilligenden Blick und entschuldigte sich mit einer kleinen Geste.
„Wenn der in der Bank war, als das passiert ist, dann kann er doch bezeugen, dass ich nicht dort gewesen bin. Aber wenn er dort gewesen ist, na, dann sollte es mich wundern, wenn er nichts mit der Sache zu tun hat, der Nichtsnutz!" Es schien, als habe Frau Schneider wieder Hoffnung gefasst, dass die Befragung bei uns glimpflich für sie ausginge und sich der Irrtum schnell aufklären würde.

„Da gibt es nur ein Problem, Frau Schneider“, hielt ich ihr vor. „Ich habe soeben Herrn Schobler in meinem Zimmer gehabt, und er hat mir erklärt, dass Sie als Zweite vor ihm in der Reihe gestanden haben. Warum soll er so etwas behaupten, wenn es gar nicht stimmt? Davon hat er doch nichts. Oder?“
Sie sah mich an, als verstünde sie die Welt nicht mehr. „Der lügt!“, behauptete sie verzweifelt. „Der lügt doch, wenn er den Mund aufmacht. Der ist doch nur wütend auf mich, weil ich Alfred gedrängt habe, ihn zu entlassen, den Nichtsnutz. Der hat Dreck am Stecken!“ Sie machte sich gerade auf ihrem Stuhl, auf dem sie die ganze Zeit wie ein Häufchen Elend gesessen hatte. Und mit Nachdruck erklärte sie, nicht in der Bank gewesen zu sein, und dass der Schobler ihr nur etwas am Zeug flicken wolle, weil er der Meinung sei, sie habe damals für seine Entlassung gesorgt. „Aber es war mein Mann, der ihn gefeuert hat, den Faulpelz und Nichtsnutz!“
Wenn Schobler sie in der Bank gesehen hat, was die Bilder aus der Überwachungskamera schließlich beweisen, müsste Frau Schneider ihn auch gesehen haben, und zwar spätestens, als der Bankräuber sie alle zwang, sich auf den Boden zu legen. Wie wäre dann zu verstehen, dass sie ihn nicht gesehen hat, weil sie angeblich gar nicht in der Bank war?
„Es liegt nichts gegen Herrn Schobler vor. Aber was ich von Ihrer Behauptung halten soll, Frau Schneider, weiß ich auch noch nicht. Wir werden Ihre Angaben überprüfen.“
Da fiel mir noch eine Frage ein: „Die Jacke, die Sie heute tragen – haben Sie die auch am Montag angehabt, als die Bank überfallen wurde?“
„Nein“, sagte sie nun wieder in einem ganz normalen Ton. „An dem Tag war es ziemlich kühl, gerade mal zwölf Grad. Ich weiß das, weil ich aufs Thermometer gesehen habe, bevor ich zu meiner Mutter fuhr. Zwölf Grad, ja. Da habe ich meine warme Felljacke angezogen. Ich friere schnell. Mein Mann nennt mich Frostbeule.“ Dabei huschte ein Lächeln über ihr Gesicht.
„Aber es war niemand mit einer Felljacke in der Bank“, hielt Astrid dagegen.

„Sag ich doch", erklärte die Frau, der man eine gewisse Erleichterung ansah. „Ich war ja auch nicht in der Bank. Ich mache meine Überweisungen grundsätzlich von zu Hause am Computer und die Auszüge bekomme ich regelmäßig zugeschickt. Ich weiß gar nicht, wann ich das letzte Mal in der Filiale war."
Ich überlegte, ob ich die Frau bei dieser Sachlage gehen lassen konnte. Es sprach zu viel dagegen. „Frau Schneider", sagte ich und stand auf, „bis zur Klärung des Sachverhaltes werden Sie bei uns bleiben müssen."
Da war alle Hoffnung wieder aus ihrem Gesicht verschwunden.
„Bin ich jetzt verhaftet?", fragte sie fast tonlos.
„Sie können Ihren Mann anrufen, Frau Schneider. Bis morgen werden Sie auf jeden Fall bei uns bleiben müssen. Es besteht erheblicher Klärungsbedarf. Er soll Ihnen ein paar Sachen herbringen, Kosmetika und so, Zahnbürste. Wenn Sie wirklich in Ettersburg waren, wie Sie behaupten, wird sich auch klären lassen, wieso eine Frau Anna Schneider, die Ihren Personalausweis vorlegen konnte und deren Anwesenheit in der Bank durch Herrn Schobler, vor allem aber durch die Überwachungskamera bestätigt wird, eine der Geiseln in der Bank war, die gegen alle Vernunft behauptet, gar nicht dort gewesen zu sein. Astrid", wandte ich mich an meine Kollegin, „ruf Herrn Schneider an. Er möchte die Sachen für seine Frau herbringen. Wenn Sie unschuldig sind, Frau Schneider", sagte ich wieder zu ihr, „haben Sie nichts zu befürchten."
„Ich war das nicht", sagte sie leise. „Ich war das wirklich nicht, Herr Kommissar."

Ich nickte Astrid zu, sie möge die Frau abführen lassen. Dann verließ ich den Raum. Mir war nicht wohl. Alle Indizien sprachen gegen die Frau. Ich ertappte mich bei der Hoffnung, dass sie unschuldig sei. Aber Gefühle wie Sympathie oder Abneigung für und gegen eine Person haben bei der Ermittlung eines Verbrechens nichts zu suchen. Fakten zählen, nur Fakten. Dabei hatte ich die Erfahrung gemacht, dass nicht alles, was offensichtlich schien,

tatsächlich stimmte. Vorsicht ist die Mutter der Ermittler, hatte mir mein alter Chef in Berlin immer wieder eingeschärft.
Gleich zu Anfang meiner Weimarer Zeit hatten wir einen Toten in der Ilm, der uns wenige Tage vorher schon einmal als Leiche auf dem Zeughof gemeldet worden war. Wie sich herausstellte, war es eher eine Schnapsleiche. Als wir ankamen, hatte er sich längst getrollt. Wenige Tage später liegt der Mann erschlagen in der Ilm. Hätten wir uns mit den bis dahin bekannten Fakten zufriedengegeben, wären wir einer falschen Spur gefolgt. Wer weiß, ob wir den Fall je aufgeklärt hätten.
Ich ging zu Hans. „Zeig mir doch noch einmal die Stelle auf dem Video, wo wir Frau Schneider deutlich erkennen können."
„Da gibt es mehrere Szenen", erklärte Hans. Er rief den Film auf. „Hier steht sie als Zweite in der Schlange. Unser Freund Schobler als Zweiter hinter ihr."
„Sprechen die beiden miteinander oder haben sie sonst irgendeinen Kontakt?", wollte ich wissen.
Hans schüttelte verneinend den Kopf. „Jedenfalls lässt sich nichts davon durch die Bilder nachweisen."
„Das ist komisch. Die beiden kennen sich. Sie nehmen aber gar nicht Notiz voneinander. Hat sie ihn nicht hereinkommen sehen und hat er sie nicht ansprechen wollen, weil sie ihn für einen Nichtsnutz hält, den ihr Mann in der Tischlerei zuletzt eher aus Mitleid beschäftigt hat, als dass er eine echte Hilfe gewesen wäre? Er hat sie erkannt. Das hat er mir eben bestätigt. Aber er wollte sie nicht ansprechen. Ist nachvollziehbar. Frau Schneider, die allerdings behauptet, gar nicht in der Bank gewesen zu sein, hat sich jedenfalls nicht nach ihm umgedreht, wie der Film zeigt."
Hans wusste auch keine Antwort außer der, dass man sich in einer Schlange weniger umsieht, wer hinter einem steht, sondern vielmehr die Menschen wahrnimmt, die sich vor einem befinden. „Wenn ich auf der Post bin, um einen Brief oder ein Päckchen abzugeben, zähle ich die Leute vor mir. Geht einer an den Schalter, denke ich: Jetzt sind es nur noch sieben."
Ich musste lachen. „Zähltick? Kenne ich. Wir hatten mal einen in

der Klasse, der behauptete, er könne nur zehn Züge schwimmen, dann würde er untergehen. Einmal hat er sich verzählt. Da waren es bereits zwölf. Wir riefen ihm zu: ‚Günni, das sind schon zwölf!' Plumps, sackte er ab. Und wir mussten ihn aus dem Wasser ziehen."

„Wie lustig", sagte Hans, der alte Gnatterkopf, trocken. „Ich kann schwimmen." Er hatte inzwischen den Film etwas vorgespult. „Hier legt sie sich auf den Boden wie die beiden anderen Frauen auch. Der Schobler war allerdings schon draußen."

Hans wollte die nächste Szene aufrufen, aber ich bat ihn plötzlich, das Bild stehenzulassen. „Sie hat eine Tasche aus schwarzem Tuch, eine Sporttasche wie der Bankräuber."

„Gottverdammich!", entfuhr es Hans. „Das hätte mir längst auffallen müssen."

Da kam Astrid herein. „Was hätte dir auffallen müssen?"

Hans zeigte auf die Sporttasche der Frau, die der des Bankräubers wie ein Ei dem anderen glich. „Das sind mir aber jetzt ein paar Zufälle zu viel", sagte sie.

„Mir auch", bestätigte ich. „Astrid, du fährst bitte mit Elke zum Haus der Schneiders in der Siedlung. Stellt fest, ob es dort eine solche Tasche gibt und vergleicht die Kleidung, die die Frau auf dem Film anhat, mit den Sachen, die sich in Frau Schneiders Schrank befinden. Ich fahre nach Ettersburg. Bis gleich!" Damit ging ich, um in das Seniorenheim des Roten Kreuzes zu fahren.

Ich verließ Weimar in nördlicher Richtung auf der Landstraße 1054, die nach Überqueren der B 85 durch ein dichtes Gehölz, den Buchenwald, führt und weite Teile des Gebietes um den Großen Ettersberg zwischen Weimar und der Ortschaft Ettersburg bedeckt. Linker Hand stieg das Gelände zum Großen Ettersberg an. Eine linke Abzweigung, die, als Blutstraße bezeichnet, an das Elend der Häftlinge des Konzentrationslagers Buchenwald erinnert, passierte ich. Ich fuhr vorbei an der kleinen, rechts der Straße liegenden Ettersbergsiedlung, hinter der der Wald auf der rechten

Seite der Straße endete und sich ein weiter Blick auf die leicht hügelige thüringische Landschaft auftat.
Es wurde erkennbar Herbst, eine Jahreszeit, die ich wegen ihrer leichten Melancholie besonders schätze. Das Laub färbte sich bereits ein. Die Felder waren abgeerntet und zum Teil für die Wintersaaten vorbereitet. Auf den Koppeln weideten noch Pferde und Rinder. Wolkenstücke wie zerfasernde Watte zogen hoch oben vorbei. Eine Schar Vögel, die vermutlich bis zuletzt auf den besten Zeitpunkt für den weiten Flug in den Süden gewartet hatte, trieb einer dunklen Wolke ähnlich hoch über mir. Ich mag diese Jahreszeit, ich mag diese Landschaft zwischen Kargheit und Vergehen.
Mir fiel ein Gedicht von Bertolt Brecht ein. Mein Vater, wüsste er es, würde sich im Nachhinein freuen, dass seine mich gelegentlich nervenden Vorträge über die deutsche Literatur, die er mir dozierend in der Hoffnung, sein Herr Sohn könne doch irgendwann in seine Germanistenschuhe steigen, in seiner Bibliothek im oberen Geschoss unseres Hauses gehalten hat, doch irgendwie gefruchtet haben könnten. *Da sah ich: eine Strähn in ihrem Haar war grau / Ich konnt mich nicht entschließen mehr zu gehen.* Ich habe das – damals – immer nur als ein Herbstgedicht verstanden.
Nach gut zwei Kilometern erreichte ich die Abzweigung, die linker Hand nach der kleinen Siedlung Ettersburg und zum gleichnamigen Schloss führte.
Das Heim befand sich nach wenigen hundert Metern gleich links an der Straße, bevor der eigentliche Ort beginnt. Gegenüber lagen zwei Gehöfte und ein paar inzwischen unansehnlich heruntergekommene Ferienbungalows aus DDR-Zeiten. Auf der Koppel tummelten sich drei Pferde. Das Pflegeheim machte aber einen durchaus gepflegten Eindruck, wenngleich es den schlichten Charme uniformen Baustils der letzten DDR-Jahre charakterisierte: praktisch, preiswert, fantasielos. Gleich dahinter begann der Wald, der sich fast bis Weimar erstreckte. Gar nicht so übel, dachte ich. Hier rumort bestimmt kein Verkehrslärm und die Luft ist vom Duft des Waldes erfüllt. Es roch nach Pilzen! Mein Gott, dachte ich, wie lange ist das her? Mit Großvater in die Pilze gehen. Eine Ewigkeit.

Ich stellte das Auto auf dem kleinen Parkplatz ab und sah mich zunächst ein wenig um. Hübsche Häuser, gepflegte Gärten. Und auf der Anhöhe hinter dem Dorf lugte die Spitze des Schlosses Ettersburg hervor. Schöne Gegend, erinnerte ich mich seltener Ausflüge in diese Landschaft. Manchmal waren meine Eltern mit mir hierher gefahren. Aber zu der Zeit befand sich das Schloss noch in einem beklagenswerten Zustand. Ich sollte mal mit Lilli und den Kindern herkommen.

Aber zur Erbauung war ich nicht nach Ettersburg gefahren. Ich stieg die Treppen zum Heim hinauf, das ein wenig erhöht über der Straße am Hang zum Wald hin stand. Oben saßen einige Heimbewohner auf den Bänken und genossen die letzten wärmenden Strahlen der Herbstsonne. Eine ältere Frau war mit ihrem Rollstuhl in der Nähe des Eingangs geblieben und fütterte drei Katzen, die sich durch mich nicht stören ließen. Ich musste an die alte Frau Ahavzi aus dem „Kleinen Muck" denken: Herbei, herbei, gekocht ist der Brei!

„Tach schön!", sagte die Frau im Rollstuhl. Ich grüßte sie freundlich zurück. Die Glastür zum Foyer öffnete sich automatisch. „Hände!", rief die Frau. Ich blieb stehen und betrachtete meine Hände. „Ja?"

„Da ist so ein Behälter gleich rechts. Sie müssen Ihre Hände desfizieren. Es ist wegen die Keime, wissen Sie. Wir wollen hier keine Scheißerei nicht eingeschleppt bekommen."

Ich bedankte mich lachend für den Hinweis, sprühte meine Hände mit dem Desinfektionsmittel ein und betrat die geräumige, durchaus gemütliche Vorhalle, wo weitere Heimbewohner beisammensaßen, die ich alle mit Kopfnicken und einem freundlichen „Guten Tag" begrüßte. Manche nickten dankbar zurück, manche starrten einfach vor sich hin und nahmen mich überhaupt nicht wahr. Vermutlich fühlten sich die alten Leutchen ganz wohl hier, aber eine beklemmende Atmosphäre hatte das Ganze doch. *Memento mori.*

An der Rezeption wartete die Heimleiterin auf mich, eine freundliche Endfünfzigerin. Vermutlich hatte sie mich bereits vorher von ihrem Arbeitszimmer aus kommen sehen. „Sie sind der Herr von

der Kriminalpolizei." Das war keine Frage. Sie kannte ihre „Kundschaft". Ich gehörte nicht dazu.
„Frau Schneider, also die Tochter von Frau Perlmann", präzisierte sie, „kommt täglich, um ihre Mutter zu besuchen. Das ist leider gar nicht so selbstverständlich. Manche stellen ihre Eltern bei uns ab wie ein schrottreifes Auto auf der Deponie. Na, das wollen Sie aber gar nicht wissen. Frau Schneider kommt jedenfalls täglich. Und wenn sie einmal nicht kann, kommt ihr Mann. Aber der kommt selten."
„War sie auch am Montag zwischen sechzehn und siebzehn Uhr hier?", wollte ich wissen.
„Um diese Zeit habe ich meistens schon Feierabend, Herr Ponte. Mein Dienst beginnt früh um sechs Uhr. Aber wir fahren auf die Station, wo sich das Zimmer von Frau Perlmann befindet. Die Schwestern, die heute Dienst haben, waren am Montag um die besagte Zeit hier."
Der Fahrstuhl brachte uns in die dritte Etage. Zwei ältere Frauen saßen auf dem Flur an einem kleinen Tisch. Die eine sagte: „Minna hat meinen Kuchen aufgegessen."
Die Heimleiterin legte ihr beruhigend die Hand auf die Schulter. „Du bekommst ein neues Stück, Elli. Ist doch kein Problem." Sie erzählte mir, dass es sich der Koch des Hauses nicht nehmen ließ, jeden zweiten Tag Kuchen für die Heimbewohner zu backen.
Minna sagte mürrisch: „Ist gar nicht wahr."
Ich dachte: Das ist kein erstrebenswertes Ziel, eines Tages hier auf dem Flur Kuchen muffelnd sitzen zu müssen oder unten vor dem Haus die Katzen zu füttern.
Schwester Antje, die die Station leitet, konnte sich nicht mit Gewissheit erinnern. „Ja, Frau Schneider ist eigentlich fast jeden Tag hier. Sie kümmert sich ganz lieb um ihre Mutter, obwohl es ihr selber auch nicht gerade besonders gut geht."
„Wieso geht es ihr nicht besonders gut?", fragte ich hellhörig.
Antje wehrte ab. „Ich will nichts gesagt haben. Die Leute reden eben. Seit ihr Mann seine Tischlerei aufgeben musste …" Sie ließ den Satz unvollendet. Ich sprach den Satz weiter: „… haben

die Schneiders eine Menge Sorgen. Vermutlich auch Geldsorgen?"
„Das weiß ich nicht. Das will ich auch nicht gesagt haben. Aber an dem Montag", fuhr Antje fort, ohne weiter auf meine Bemerkung einzugehen, „also, ich weiß nicht. Ich könnte es nicht beschwören. An dem Nachmittag war der Teufel los auf der Station, daran kann ich mich genau erinnern. Drei haben sich auf einmal besch... Na, Sie wissen schon. Wir mussten sogar Hilfe aus der zweiten Etage holen. Wahrscheinlich war sie hier, aber ich kann es nicht mit Sicherheit sagen. Eigentlich ist sie jeden Tag hier."
Ich merkte, dass sie die Frau nicht belasten wollte, aber auch nicht zweifelsfrei entlasten konnte. Sie wusste ja auch nicht, warum sich die Polizei für Frau Schneider und ihre Mutter interessierte. Da ist man erst einmal vorsichtig, um nichts Falsches zu sagen, das einem hinterher vorgehalten wird. Auch die anderen Schwestern, die sich noch auf der Station befanden, wollten sich nicht festlegen. Nur Helmut, der Pfleger, sagte: „Na klar, die Anna war doch immer hier. Montag, sagen Sie? Die war jeden Tag hier. Denke ich mal. Oder?" Auch damit konnte ich nicht viel anfangen. Überhaupt, sagte ich mir, wussten wir eine ganze Menge und hatten doch keine Ahnung, am wenigsten vom Täter selbst.
„Worum geht es eigentlich?", fragte mich die Heimleiterin, als wir mit dem Fahrstuhl in der unteren Etage ankamen. „Liegt denn etwas gegen Frau Schneider vor?"
„Wir ermitteln noch", wich ich aus. „Und vielen Dank, dass Sie mir geholfen haben, wenn ich auch nicht viel schlauer bin als zuvor. War sie nun hier oder war sie ausgerechnet an dem Tag und zu der Zeit nicht hier?"
Die Heimleiterin bot mir an, die Mutter von Frau Schneider besuchen zu dürfen, aber das lehnte ich dankend ab. Die kranke Frau hätte mir am wenigsten helfen können. Wer weiß, ob sie ihre eigene Tochter überhaupt noch erkennt. Doch der eigentliche Grund, weshalb ich das Angebot ablehnte, war meine Scheu, in das ausdruckslose Gesicht einer demenzkranken Frau sehen zu müssen. Mit Mord und Totschlag hatte ich reichlich zu tun. Ich will nicht

sagen, dass man dagegen immun wird, aber es gehört schließlich zum Beruf. Diese Krankheit jedoch zerstört das Bild, das man von einem Menschen hat, auf schlimme Weise. Ich wusste, dass ich damit schwer umgehen konnte, wenn ich auch nie wirklich damit konfrontiert worden war.
Ich verließ das Haus. Die alte Frau saß noch immer mit den Katzen vor der Tür. Sie nickte mir freundlich zu, denn sie hatte gesehen, dass ich meine Hände unter den Spender gehalten hatte, bevor ich das Haus verließ. „Geht doch!“, sagte sie. Dann stieg ich in mein Auto und blieb noch einige Minuten sitzen.

Ich hatte ein zwiespältiges Gefühl. So ein Heim ist eben kein Hotel oder Sanatorium. Seniorenresidenz klingt eher spöttisch als freundlich. Ich glaube nicht, dass ich hier arbeiten könnte. Respekt vor dem Personal. Und ich hatte vor allem ein zwiespältiges Gefühl, weil ich mir wünschte, dass eine Frau, die sich so rührend täglich um ihre unheilbar kranke Mutter kümmert, ohne dafür ein liebes Wort oder sonst eine Anerkennung durch sie zu bekommen, stattdessen böse Worte oder Missachtung, bestenfalls Gleichgültigkeit, nichts mit dem Überfall auf die Bank zu tun haben sollte. Eigentlich hätte ich jetzt Feierabend gehabt. Aber ich wusste, dass die Kollegen noch in der Dienststelle waren und auf meine Rückkehr warteten. Hans und Elke waren ohnehin der Ansicht, dass ich im Falle der Anna Schneider vorschnell gehandelt habe, als ich sie in die U-Haft bringen ließ, aber ich wusste Astrid auf meiner Seite. Die Indizien belasteten Frau Schneider zu sehr und eine Entlastung konnte ich von Ettersburg auch nicht mitbringen. Aber ich entschloss mich, vorher noch zu Hause vorbeizufahren. Ich weiß, dass Lilli Verständnis hat, wenn ich nicht zum Abendbrot daheim sein kann und sie wenigstens telefonisch informierte. Der Besuch bei den alten Leuten hatte mich melancholisch gestimmt. Ich wollte wenigstens selber Bescheid geben, dass es später wird, nicht nur anrufen. Bloß nicht alt werden! – dachte ich den unsinnigen Satz, und war schon wieder drei Sekunden älter geworden.

Lilli freute sich. „Oho, heute einmal pünktlich zu Hause?"
Ich nahm sie einfach in den Arm. „Wird spät werden, Schatz."
Sie sah mich erstaunt an, aber sie fragte nicht. Sie kannte mein Ich-muss-noch-mal-weg-Gesicht, gab mir einen Kuss und wollte mich schon wieder aus der Tür schieben, hielt jedoch kurz inne. „Du musst doch Hunger haben, Junge. Warte." Sie lief schnell in die Küche und legte zwei Bouletten, die vom Mittag übriggeblieben waren, in die Brotbüchse, zwei Tomaten aus eigener Ernte dazu. „Komm nicht zu spät, ja?"
Das zwiespältige Gefühl von Ettersburg löste sich langsam auf.
Ich war schon fast auf dem Gehweg vor unserem Haus – den Wagen hatte ich nicht erst in die Garage gefahren –, da hatte ich das Gefühl, dass irgendetwas anders ist als sonst. Ich drehte mich um. Die Lärche stand, die Blautanne stand. Die Kiefer stand nicht mehr. Wenn Lilli eine Sache in die Hand nimmt, macht sie nicht viel Federlesens.
„Du warst bei Astrid?", fragte ich meine Frau, die noch in der Tür zum Windfang stand.
„Ja, aber vor Tagen schon. Wir hatten uns zufällig getroffen, da wollte sie mir ihren Garten zeigen. Sie hatte gerade einen Plastikbeutel mit Goldfischen bei sich. Goldfische mag ich nicht. Aber der Teich hat mir sehr gefallen."
Ich nickte und hatte Mühe, ein Schmunzeln zu verbergen. Meinetwegen, wenn es ihr Spaß macht. Ich hatte ja zu der Zeit noch keine Ahnung, dass unser Garten drei Wochen lang eine Großbaustelle sein würde.

Die Kollegen warteten tatsächlich auf mich. Trotz des mageren Ergebnisses von Ettersburg war ich geneigt, Frau Schneider wieder nach Hause zu schicken.
„Der Meinung bin ich ganz und gar nicht", setzte Hans dagegen. Ausgerechnet Hans, der noch vor ein paar Stunden ganz anderer Ansicht als ich war. Macht er das aus Prinzip? Ich sah ihn überrascht an.

„Während du nach Ettersburg gefahren bist, waren Astrid und ich bei Herrn Schneider, also dem Mann der Frau, die bei uns einsitzt.“ Hans blickte zu Astrid, als ob er sich ihres Beistandes versichern müsste. Die nickte nur auffordernd. Er solle erzählen.
„Schneider war völlig überrascht, als wir ihm sagten, weswegen wir kamen“, begann Hans.
Astrid assistierte ihm. „Er hat uns aber ohne große Fragerei in die Wohnung gelassen. Als wir wissen wollten, wo seine Frau an dem Montagnachmittag gewesen sei, war er sicher, sie hätte ihre Mutter in Ettersburg besucht, wie sie das seit über einem Jahr regelmäßig tut. Sie habe, sagte er, ihre Tasche mit frischer Wäsche für die Mutter gepackt …“
„Eine schwarze Sporttasche?“, fiel ich Astrid ins Wort.
„Eine schwarze Sporttasche, du sagst es“, berichtete Hans nun weiter. „Aber als wir ihn baten, sie uns zu zeigen, konnte er sie nicht finden. Nicht dort, wo sie sich immer befand, nicht in einem Schrank in einem Nebenraum, wo sie seine Frau manchmal abstellte, nicht im Auto oder in der Garage, auch nicht in einem anderen Nebengelass. Er konnte sich das nicht erklären. Die Tasche war nicht zu finden.“
„Im Flur hing eine Jacke, eine leichte Lederjacke“, ergriff Astrid wieder das Wort. „Hans mit seinem fotografischen Gedächtnis hat sofort gesehen, dass es sich um die Jacke handeln muss, die Frau Schneider am Montag in der Bank getragen hat. Auf den Bildern der Überwachungskamera ist an einer Stelle bei genauem Hinsehen – und Hans sieht genau hin!“, meinte Astrid mit Blick zu mir deutlich artikulieren zu müssen, „auf dem linken Ärmel eine ausgebesserte Stelle zu entdecken. Vermutlich hat sich die Trägerin wegen eines kleinen, reparablen Defektes nicht von der Jacke trennen wollen. Oder eine neue wäre ihr einfach zu teuer gewesen. Kurzum: die Tasche ist weg, die Jacke ist da.“
„Ich habe die Jacke untersucht“, sagte Elke. „Wenn sie die Frau in der Bank getragen hat und sich dort hat auf den Boden legen müssen, lassen sich Anhaftungen nachweisen.“
„Und?“, fragte ich.

„Die Jacke wurde zweifelsfrei in der Bank getragen." Elke legte mir die ausgedruckten Nachweise auf den Tisch.
„Ihr seid gut drauf", lobte ich meine Kollegen. Die Indizien häuften sich zu Ungunsten der Anna Schneider. Genaugenommen waren das schon beweisfähige Fakten.
„Und du berichtest, in Ettersburg könne niemand mit Sicherheit sagen, ob Frau Schneider an diesem Nachmittag wirklich bei ihrer Mutter gewesen ist und nicht doch in der Bank, wo sie auf dem Film zweifelsfrei zu erkennen ist und wo Schobler sie gesehen hatte", sagte Astrid.
„Sie hat den Überfall nicht selbst gemacht", schlussfolgerte Hans, „das wissen wir definitiv. Aber sie hat mit der Sache zu tun. Und ich finde heraus, was sie damit zu tun hat."
„Wir", korrigierte ich, „wir finden es heraus."
„Ja, wir", sagte Hans mürrisch. Er hatte mich schon verstanden.
„Es gibt nur ein Problem", schaltete sich Elke wieder ein. „Was ist mit dem, um den es hauptsächlich geht, mit dem, der die Bank überfallen und die Kassiererin angeschossen hat? Möglich, dass Frau Schneider in den Fall verwickelt ist, sogar sehr wahrscheinlich. Die Jacke geht schließlich nicht allein in die Bank. Möglich auch, dass Schobler der Komplize war oder sie alle drei den Überfall gemacht haben. Den dritten im Bunde, den eigentlichen Täter, kennen wir bisher nur durch die Videoaufzeichnung. Merkwürdig ist schon, dass sie alle drei zur gleichen Zeit in der Bank gewesen sind und nicht miteinander gesprochen haben, obwohl sie sich kennen, jedenfalls der Schobler und Frau Schneider. Wir müssten uns auch noch um die beiden Bankangestellten kümmern, die eine, die wir nicht mehr befragen können, und die andere, die ausgerechnet zur Tatzeit den Kassenraum verlässt. War das wirklich nur ein Zufall? Ich werde nämlich das Gefühl nicht los, dass sie dir gegenüber nicht in allen Punkten ehrlich war. Sie dachte wohl, sie könne mit dir spielen."
Ich nickte. „Das dachte sie wohl. Sie ist noch nicht draußen."
„Die beiden verbleibenden Kundinnen", fuhr Elke fort, „die eine vor, die andere hinter Frau Schneider stehend, kommen nach un-

seren Recherchen nicht in Betracht. Die waren einfach zur falschen Zeit am falschen Ort. Aber der Bankräuber, von dem wir ein eindeutiges Porträt besitzen, von dem wissen wir noch gar nichts."
Ich glaube, das war die längste Rede, die ich Elke habe halten hören. Sie hatte recht. „Das Foto ist schließlich in allen Tageszeitungen veröffentlicht worden. Gibt es schon erste Reaktionen?", fragte ich in die Runde.
„Oh ja", sagte Hans. „Siebenunddreißig Personen behaupten, den Mann zu kennen. Ich habe dir die Unterlagen nach Männlein und Weiblein sowie nach glaubhaft und eher unglaubhaft sortiert, darunter einige alte Bekannte, die immer etwas gesehen haben wollen. Erinnert ihr euch an Frau Schmitt und die entlaufene Leiche vom Zeughof?", fragte Hans in die Runde.
„Um Gottes willen, war die auch darunter?", fragte ich mit gespieltem Entsetzen. Die Frau hatte uns seinerzeit genervt, aber dennoch dank ihres Handys einen wichtigen Beweis geliefert.
„Nein, diesmal war sie nicht dabei", lachte Hans. „Aber warten wir es ab. Morgen kommen mit Sicherheit noch ein paar Dutzend dazu. Vielleicht ist deine Freundin, unserer aller Schmitten, doch noch unter denen, die etwas gesehen haben wollen. Das wird eine Sisyphusarbeit werden, die alle zu überprüfen. Ich argwöhne nur, dass es ist, wie es fast immer ist: Da hat einer eine alte Rechnung mit seinem Nachbarn zu begleichen, da will eine geschiedene Frau ihrem Ex etwas anhängen, da hat der Taube zum Blinden gesagt ..."
Ich unterbrach ihn. Ich wusste ja, wie solche Veröffentlichungen in aller Regel wirken. Aber wir mussten nach der Nadel im Heuhaufen suchen und wussten nicht einmal genau, wo sich der Heuhaufen befindet. Wir durften keine Spur unbeachtet lassen, sondern mussten nach allen, auch den scheinbar abwegigsten Seiten ermitteln. Denn natürlich hatte Elke recht: Was den eigentlichen Täter betraf, waren wir noch kein Stück weitergekommen. Der Bart, die grauen Kopfhaare, der schlurfende Gang und die vermutlich viel zu großen Schuhe mit den unübersehbaren Spuren in der Bank – das konnte eigentlich nur Maskerade sein. Kein halbwegs gescheiter Mensch, auch der dümmste Räuber nicht, marschiert ohne

Tarnung einfach in eine Bank, um sie auszurauben; denn natürlich muss er mit einer oder mehreren Überwachungskameras rechnen. Eigentlich hätten wir uns das Fahndungsfoto sparen können. Eigentlich. Aber uneigentlich durften wir nichts unversucht lassen.
Ich blickte auf die Uhr. Es war schon längst Feierabend. „Geht nach Hause. Ich bleibe noch. Ich will mir Frau Schneider noch einmal kommen lassen."
„Dann bleibe ich auch", sagte Astrid.
„Das ist gut", erwiderte ich. „Ich habe sowieso noch ein Hühnchen mit dir zu rupfen, du Goldfisch!"
Die beiden anderen wussten nicht, wovon die Rede war, wollten es aber offensichtlich gar nicht wissen. Der Tag war lang genug.
Da fiel mir plötzlich noch etwas ein. „Hast du die Jacke ausschließlich auf die Anhaftungen vom Fußboden der Bank untersucht, Elke?" Dabei fasste ich sie leicht am Arm, als wollte ich sie zum Bleiben auffordern. Ich bemerkte das kurze Blitzen in ihren Augen und ließ sie sofort wieder los.
„Nein, natürlich nicht nur", sagte sie in sachlichem Ton. Das kurze Erschrecken war schon wieder verflogen. „In der Tasche befand sich übrigens das Handy der Frau. Ich lasse gerade ein Bewegungsprofil erstellen. Wenn die Schneider in Ettersburg war, lässt sich das ebenso beweisen wie ihre Anwesenheit in der Bank, falls sie dort gewesen ist."
„Sehr gut", lobte ich Elkes Arbeit. „Und andere Spuren?"
„Es gibt Spuren, die ich bisher nicht zuordnen kann. Hast du eine Idee?"
„Nein." Ich bedankte mich bei Elke. Sie lächelte fast entschuldigend. Lilli hatte einmal mit freundlichem Spott gesagt, dass nicht alle Frauen meinem unwiderstehlichen Charme verfallen müssen. Nein, das war es nicht.

Die zweite Befragung der Anna Schneider noch am gleichen Abend, bei der mir Astrid zur Seite saß, gestaltete sich schwierig. Sie war, vermutlich von den wenigen Stunden, die sie bei uns hatte verbringen müssen, völlig verstört. Selten antwortete sie auf meine oder Astrids Fragen direkt, noch seltener in ganzen Sätzen. Sie wolle nach Hause zu ihrem Mann. Sie habe nichts getan. Nein, sie war nicht in der Bank, schon gar nicht am fraglichen Tag zur fraglichen Zeit. Wenn sich in Ettersburg niemand an sie erinnern könne, müssen die Schwestern anderweitig beschäftigt gewesen sein. Vielleicht haben sie gerade eine Kaffeepause gemacht oder alle auf dem Balkon gestanden und eine geraucht. Sie sagte aber nicht, dass just zu dieser Zeit der Teufel los war auf der Station. Das hätte sie eigentlich bemerken müssen, wenn sie dort gewesen wäre.

„Ich hatte nicht den Eindruck, Frau Schneider, dass die Mitarbeiter alle gleichzeitig Kaffee trinken oder auf dem Balkon Zigaretten rauchen. Mindestens eine Schwester ist immer auf der Station", widersprach ich ihr.

„Weiß nicht", war die unwirsche Antwort. „Will nach Hause. War's nicht."

Die schwarze Tasche, nach der ich sie fragte, stünde im Schlafzimmer, Kleiderschrank, links unten. Nein? Dann eben rechts oben oder so oder ich weiß das doch auch nicht! Sie sah weder mich noch Astrid an, sondern starrte blicklos in den Raum.

Astrid legte ihr die Jacke vor. „Gehört die Ihnen, Frau Schneider?"

„Haben Tausende, so eine Jacke", lautete die knappe Antwort.

„Aber nicht alle mit diesem sichtbar reparierten Triangel." Astrid wies auf die Stelle.

Die Frau sah nicht einmal hin. „War ein Nagel. Werkstatt. Teure Jacke. Schmeißt man nicht gleich weg." Kurze, abgehackte Sätze, störrisch und widerwillig. Hörte die Frau überhaupt noch zu?

„Das Problem ist nur, Frau Schneider, dass die Person in der Bank, die nach unseren Erkenntnissen ganz eindeutig Sie sind, exakt diese Jacke trug. Soll ich Ihnen die Fotos vorlegen?" Mein letzter Satz klang ziemlich scharf. Sie zuckte zusammen, als hätte ich mit der flachen Hand auf den Tisch geschlagen.

„Frau Schneider", sagte Astrid leise, als wolle sie ihr hilfreich entgegenkommen, „leugnen hilft doch nichts. Wir können auch die

beiden anderen Kundinnen nach Ihnen befragen. Die werden sich natürlich an Sie erinnern. In so einer Situation, wie die in der Bank, prägen sich Gesichter besonders deutlich ein. Herr Schobler hat Sie schließlich auch identifiziert."
„Der!", sagte sie verächtlich. „Der würde doch alles erzählen, um mir zu schaden. Ich war nicht in der Bank." Das kam sehr kläglich. Und plötzlich brach sie in Tränen aus, schluchzte, schnäuzte sich und konnte sich nicht beruhigen.
„Möchten Sie ein Glas Wasser?", fragte Astrid.
Der versöhnliche Ton war mir nicht recht. Ich wartete ihre Antwort auf Astrids Angebot nicht ab. „Sie lügen uns an, Frau Schneider! Alles spricht gegen Sie. Sie waren in der Bank. Sie besitzen eine solche Tasche und es ist eindeutig Ihre Jacke, die die Frau in der Bank, die Sie angeblich nicht sein wollen, weil Sie doch in Ettersburg waren, woran sich dort niemand erinnern kann, getragen hat. Es ist Ihre Jacke! Ihr Mann hat sie uns mitgegeben."
Jetzt blickte sie die auf dem Tisch liegende Jacke wirklich an und erkannte auch die ausgebesserte Stelle. „Ja. Ist meine Jacke. Stimmt."
Diese Antwort überraschte uns beide. Wollte sie endlich erzählen, welchen Zusammenhang es zwischen ihr und dem Überfall gab? Wir irrten uns.
„Ich war nicht dort." Das klang nicht mehr störrisch, eher hilflos, weil sie nicht wusste, wie sie die Dinge erklären sollte, die sie nicht erklären konnte, und weil sie nicht sagen konnte, warum ihr Mann der Polizei ihre Jacke mitgegeben hatte.
Genervt lehnte ich mich zurück. Astrid sah mich an und schüttelte den Kopf. Das sollte wohl heißen: Aus der bekommen wir heute nichts mehr heraus. Ich wollte schon das Aufnahmegerät abschalten, aber ich hatte den Eindruck, dass Frau Schneider nun doch reden wollte.
„Es ist alles so furchtbar", sagte sie in einem völlig veränderten Tonfall, als wolle sie uns etwas anvertrauen, was auszusprechen ihr sehr schwer fiel. Und erstaunlicherweise redete sie nun klar und in ganzen Sätzen.
„Es ist alles so furchtbar. Erst wird meine Mutter krank, so krank,

dass wir sie nicht mehr zu Hause pflegen können. Wissen Sie, wie einer Tochter zumute ist, die von ihrer eigenen Mutter nicht mehr erkannt wird? Wie oft hat sie gefragt: Was wollen Sie hier? – wenn ich sie besuchte. Ich weiß ja, was diese Krankheit aus einem Menschen macht, aber ich bin manchmal fast verzweifelt."
Sie schwieg einen Moment. Ihre Aussage kostete sie offenbar sehr viel Kraft.
„Wenn sie auch sonst alles vergessen hat", fuhr sie schließlich fort, „aber wie man einen Menschen quält, wie man ihn demütigt, das wusste sie sehr genau." Das klang sehr bitter. „Gerade hatte ich das Bett gereinigt, da geht sie in die Wohnstube und pinkelt durch die Unterhose auf den Teppich. Absichtlich! Mein Mann hat sich jedes Mal verdrückt, wenn es zu arg wurde. Ist deine Mutter, hat er immer gesagt. Und im Heim fragt sie die Schwestern, wer denn diese fremde Frau sei, die ständig in ihr Zimmer kommt. Die kenne sie gar nicht. Was will die denn hier? Meine eigene Mutter! Wir konnten immer gut miteinander. Wissen Sie, wie sie mich genannt hat, als ich noch klein war? Meine Prinzessin, hat sie gesagt. Wir konnten über alles miteinander reden. Und dann so etwas! Das kann keiner verstehen, der nicht selbst in solch einer Lage ist. Keiner. Und ich wünsche es niemandem, so etwas durchmachen zu müssen. Die Krankheit hat einen ganz anderen Menschen aus ihr gemacht. Ich weiß nicht, woher diese Boshaftigkeit kommt. Trotzdem gehe ich jeden Tag hin. Jeden Tag, verstehen Sie? Es ist meine Mutter. Sie weiß ja nicht, was sie tut."
Astrid und ich verständigten uns mit einem Blick, der bedeutete: Lass sie reden.
„Es ging uns immer gut. Die Tischlerei war zu klein, als dass man uns in eine Genossenschaft pressen konnte, wie das vielen widerfuhr. Doch sie warf genug ab. Es fehlte uns an nichts. Na, gut, verreisen in die Dominikanische Republik war nicht. Aber an den Balaton oder in die Tatra, das war aller zwei Jahre drin. Wir haben das nicht gebraucht, was man heutzutage Wende nennt. Nein, brauchten wir nicht. Aber gut war das schon. Bananen und so. Und richtiges Geld. Wissen Sie, wir waren einmal in Samar-

kand, da ganz weit hinten in Usbekistan. War eine schöne Reise. Im Hotelfoyer gab es einen großen Souvenirstand, eigentlich zwei. An dem einen – na, das konnten Sie vergessen, ziemlich billiges Zeugs. Aber an dem anderen lagen herrliche Sachen aus, mit Gold und Edelsteinen und so. Alfred hat die Frau gefragt, was die Kette kostet, die mir so gefallen hat, aber die hinter dem Tisch hat uns gar nicht zur Kenntnis genommen. Die muss gerochen haben, woher wir kamen. Nur für Dollar, las ich das kleine Schild. Alfred hat gesagt: Wir sind hier die weißen Neger. Und etwas wie: Es lebe die deutsch-sowjetische Freundschaft. Der hat sich das getraut. War ja sonst keiner in der Nähe."

Ich hatte keine Lust, mir ihre Ferienerlebnisse aus der Sowjetunion anzuhören oder das Lob auf die Bananen, die es nun überall gab. Es wäre auch sinnlos gewesen, mit ihr über das verquere Bild zu reden, das sie sich vom Leben in der DDR machte. Sie blickte zurück aus einer für sie und ihren Mann weniger erfreulichen Lage. Da ist man leicht geneigt, die Vergangenheit in ein rosa Licht zu tauchen. So viele DDR-Bürger wird es im Übrigen nicht gegeben haben, die sich eine Reise nach Samarkand leisten konnten oder die ihnen genehmigt worden wäre.

„Frau Schneider, waren Sie in der Bank?", verlangte ich Auskunft. Sie reagierte nicht auf meine Frage. „Plötzlich blieben die Aufträge weg. Wer kauft denn noch Handgefertigtes, wenn in den Baumärkten der Schrank nur noch 'n Appel und 'n Ei kostet? Die Maschinen standen die meiste Zeit still in der Werkstatt. Das Geld blieb aus. Die Kosten stiegen. Die unbezahlten Rechnungen stapelten sich. Mutter, die sonst den Haushalt fast ganz alleine geschmissen hat, weil ich in der Werkstatt mitgeholfen habe, musste an der Hüfte operiert werden. Ihr Körper hat das künstliche Gelenk abgestoßen. Noch eine Operation. Da konnte sie sich nur noch an Stöcken durchs Haus schleppen. Die teuren Medikamente. Sie redete wirres Zeug. Und dann kommt die Bank. Das bisschen Geld, das wir gespart hatten, geht für die Pflege der Mutter drauf. Aber das interessiert die Bank nicht. Sie haben unterschrieben, Sie müssen den Kredit bedienen! Fast achtzehn Prozent Überziehungszinsen. Achtzehn Prozent! Das ist doch Wucher, das ist doch Halsabschneiderei! So etwas müsste verboten werden. Denen müsste man mal …“

An der Stelle unterbrach sie plötzlich ihren Redefluss. Sie hatte begriffen, wie diese Drohung gedeutet werden konnte. Ich war fast geneigt, ihr recht zu geben. Achtzehn Prozent! Wer stoppt diese Schein-Heiligen? Aber ich behielt meine Bemerkung für mich. Die lange Vorrede sollte uns wahrscheinlich erklären, warum sie es getan haben, Alfred und sie.
„Das Konto ist leer, leerer als leer. Kontokorrent gestrichen. Wir hatten sogar einmal im Lotto gewonnen, fast zehntausend Euro. Wissen Sie, wie schnell die Bank war? So schnell kann man gar nicht die sechs Zahlen tippen!“ Sie lachte kalt.
„Alfred musste die Tischlerei verpfänden“, fuhr sie schließlich fort, „die schon seit Generationen in Familienbesitz ist. Sein Vater würde sich im Grab umdrehen. Natürlich sahen wir keinen Cent von dem Erlös. Auch da hatte die Bank längst die Hand drauf. Auf ein Extra-Konto hatten wir monatlich hundert Euro eingezahlt, fürs Alter. Das mit der normalen Altersrente würde nicht reichen, wussten wir. Glauben Sie, das hätte irgendwen interessiert? Weg war's. Wir haben beide versucht, Arbeit zu bekommen. Alfred hat gesagt: Und wenn ich Scheiße fahren muss! Aber kriegen Sie mal was mit dem Rucksack voller Schulden. Verlierer haben schlechte Karten in dieser Gesellschaft. Die ist nur für Gewinner gemacht. Dazu gehören wir schon lange nicht mehr.“
Sie sah uns an, als ob sie tatsächlich eine Antwort von uns erwartete. Wir wollten sie reden lassen. Möglicherweise erleichterte sie das und endete in einem Geständnis, weil sie mit der Schuld einfach nicht leben konnte und auch nicht mehr wollte. Wir irrten uns auch in diesem Punkt.
„Und jetzt kommen Sie“, sagte Frau Schneider fast vorwurfsvoll. „Sie sagen, ich wäre an dem Tag und zur nämlichen Stunde in der Bank gewesen und hätte etwas mit dem Überfall zu tun. Ist doch

klar, die Schneiders haben Schulden wie ein deutscher Major. Denen steht das Wasser Unterkante Oberlippe. Die wissen keinen Ausweg mehr und überfallen eine Bank. Machen doch alle so! – Und wer soll mein Komplize sein?"
Sie sah uns an, sie sah uns lange an, als ob sie plötzlich ahnte, wohin unsere Gedanken liefen. Und dann flüsterte sie ein kaum hörbares, aber von Entsetzen geprägtes, langgezogenes Nein. Wir sahen sie nur an. „Nein", wiederholte sie nun etwas deutlicher, „nicht mein Mann, nicht Alfred. Der nun wirklich nicht!"

Alfred Schneider hatte, das ist von Hans unmittelbar nach der Verhaftung seiner Frau Anna ermittelt worden, für die Tatzeit ein gesichertes Alibi. Er saß mit einer Nierenkolik im Wartezimmer der Unfallstation des Klinikums an der Sackpfeife. Gegen fünfzehn Uhr dreißig hat ihn die Schwester in die Warteliste aufgenommen. Montags kommen viele Patienten. Er musste etwa zwei Stunden warten und wurde 17.15 Uhr untersucht. Er hatte schon seit langem Probleme mit der rechten Niere und hätte eigentlich stationär behandelt und operiert werden müssen. Er ließ sich stattdessen quaddeln und eine schmerzstillende Spritze geben. Alfred Schneider verließ nach Auskunft der Schwester kurz vor 18 Uhr die Klinik.
„Sie wissen, wer es gewesen ist, Frau Schneider, und wir werden es herausfinden, mit oder ohne Ihre Hilfe."
Ich wollte eben das Aufnahmegerät abschalten, weil wir uns seit zwei Stunden nur noch im Kreis drehten. Alles Weitere war nun Sache des Haftrichters. Da klingelte das Telefon. Es war Hans. Ich blickte auf die Uhr. Fast um zehn.
„Ja?", fragte ich überrascht.
„Sitzt du gut?", fragte er auf seine besondere Art, die ich nicht mochte.
„Ich sitze. Ob gut, wird sich gleich herausstellen. Lass das mit den Kaninchen, Hans!"
„Hast du das Video zur Hand?"

Als ich es bestätigte, sagte er: „Geh mal zu der Stelle, wo der stolpert und sich der Schuss löst."
Ich folgte seinem Hinweis. „Ja?"
„Was siehst du?"
Ich kam mir ein bisschen geschulmeistert vor. „Lass das, Hans, mir ist heute Abend nicht nach Rate-mal!"
„Du siehst, was wir alle gesehen haben. Der Kerl geht rückwärts, um abzusichern, dass niemand den Alarmknopf betätigt. Er stolpert über die Beine der am Boden liegenden Frau Schneider. Da löst sich der Schuss. Gleichzeitig fällt ihm die Tasche aus der Hand. Scheinbar ist er erschrocken, weil er eigentlich nur drohen, aber nicht auf einen Menschen schießen wollte. Er kriegt sich wieder ein, greift hastig nach der Tasche und verlässt fluchtartig die Schalterhalle."
„Das haben wir alle gesehen, und das sehe ich eben mit Astrid. Wo ist der Punkt?"
Hans genoss seinen Triumph. „Ich habe mir die Szene ein Dutzend Mal angeschaut. Und nun blickt beide genau hin. Der Bankräuber hebt eine schwarze Tasche auf."
„Das sehen wir!", sagte ich unwirsch.
„Aber wessen Tasche ist das?"
Wir taten ihm den Gefallen und blickten auf den Bildschirm. Plötzlich rief Astrid völlig perplex „Nein!", während ich noch immer versuchte herauszufinden, was Hans meinte. „Es ist wie beim Magier auf der Bühne. Man schaut angestrengt auf die rechte Hand, mit der er herumfuhrwerkt, und achtet nicht auf die linke, mit der er den Trick ausführt. Du bist der Größte, Hans!" Aber nach einem Blick zu mir sagte sie: „Jedenfalls der Zweitgrößte."
„Ich fass' es nicht!", rief auch ich verblüfft aus und überhörte die kleine Spitze Astrids. „Die Frau vergießt hier bittere Zähren, dass man geneigt ist, ihr zu glauben, und in Wahrheit haben die beiden sich einen infamen Trick ausgedacht. Er stolpert angeblich, lässt die Tasche fallen, ein Schuss löst sich, wahrscheinlich aus Versehen, er verwackelt und trifft die Bankangestellte. Und während wir alle bei der Aufzeichnung darauf achteten, was am Tresen passiert,

tauschen die beiden die einander gleichenden Taschen quasi vor unseren Augen aus."

Frau Schneider hatte die ganze Zeit zugehört. Sie sah zu mir, sie sah zu Astrid, sie sah wieder zu mir und begriff anscheinend nicht, wovon wir redeten. Oder spielte sie auch das, um weiterhin als unschuldig zu gelten? Es ärgerte mich, dass ich fast aus Gutgläubigkeit einer raffinierten Betrügerin und Komplizin eines Bankräubers auf den Leim gegangen wäre, weil ich aus einem ungenauen Gefühl von Mitleid nicht wollte, dass sie mitschuldig war an einem Verbrechen, das einer unschuldigen Frau das Leben gekostet hatte.

Es war ein raffinierter Trick der beiden. Das musste ich zugestehen. Tauschen einfach die Taschen aus! Der Gangster verschwindet. Selbst wenn man ihn gefasst hätte, wäre nichts anderes als Wäsche in der Tasche gewesen, aber kein Cent des geraubten Geldes. Das schleppt die Komplizin, ein scheinbares Opfer des Überfalls, seelenruhig an den Polizisten vorbei aus der Bank.

Das Spiel war aus, jedenfalls das der Schneider. Allerdings hatte ich zu diesem Zeitpunkt noch keine Ahnung, wer der eigentliche Täter war. Alfred Schneider schied aus, der ließ sich seine Niere beruhigen im Krankenhaus. Schobler, nun ja, irgendwie könnte er in den Überfall verwickelt gewesen sein, aber Beweise hatten wir dafür nicht. Noch nicht, sagte ich mir. Frau Quandt? Möglicherweise hat sie dem Räuber einen Tipp gegeben. Oder Laurien, der Filialleiter? Doch auch dafür reichten die Beweise nicht aus.

Ich glaubte nicht, dass Frau Schneider schon bereit war, den Namen preiszugeben. Sie dachte wohl noch immer, mit ihrer Mitleidsmasche durchzukommen. Eine zweite Nacht in der Zelle konnte ihr verdeutlichen, dass weiteres Leugnen sinnlos wäre.

„Frau Schneider, ich werde Sie morgen dem Haftrichter überstellen. Und früher oder später werden Sie uns sagen, wessen Komplizin Sie waren. Sie beide haben es zwar ziemlich raffiniert angestellt, aber nicht schlau genug. Wissen Sie, meine Großmutter

hatte da einen schönen Spruch: Auch die klügsten Hühner scheißen einmal ins Nest. Abführen!", wandte ich mich an den Polizisten, der sichernd in der Nähe der Tür gestanden hatte, um notfalls eingreifen zu können.
Anna Schneider starrte uns ungläubig an. Sie begriff nicht oder sie tat so, als ob sie nichts begreife. „Ich war das nicht, Herr Kommissar. Ich war das wirklich nicht."
„Dann muss es meine Großmutter gewesen sein!", sagte ich verärgert. Dass jemand lügt in der Situation, kann ich nachvollziehen. Meinetwegen ist es sogar sein gutes Recht. Aber für dumm verkaufen lasse ich mich nicht und von niemandem.
Die Frau wurde abgeführt. Astrid blieb noch sitzen. „Weißt du", sagte sie nach einer Weile, „um *meinen* Großvater zu zitieren: Der Teufel scheißt immer auf denselben Haufen. Und manche Leute ziehen das Unglück regelrecht an."
„Die Zwei müssen sich gekannt haben", sagte ich hintersinnig.
„Gewiss", bestätigte Astrid.
„Ich rede von meiner Großmutter und deinem Großvater. Waren wohl beide solche Sprücheklopfer", sagte ich lachend. Die Heiterkeit tat uns gut nach der anstrengenden und im Grunde genommen ergebnislosen Befragung der Anna Schneider.
Hatten wir nun das eine Ende des Fadens in der Hand? Aber es musste noch ein anderes geben oder sogar mehrere Fäden. Und davon war bisher nirgendwo etwas zu erkennen in dem ganzen Knäuel.
„Nein, Astrid", kam ich auf ihre Bemerkung über den Teufel und den Haufen zurück, „man kann noch so viel Pech haben im Leben –, nichts berechtigt eine solche Tat. Das mit der Krankheit der Mutter ist schlimm. Aber wissen wir zum Beispiel, wie es zur Insolvenz der Tischlerei gekommen ist? Aus der Schilderung von Schobler klingt das nämlich ganz anders."
„Ich verstehe es trotzdem noch nicht", sagte Astrid mehr für sich als in Erwartung einer Antwort. „Sie war in der Bank. Welchen Grund sollte Schobler haben, uns etwas vorzumachen? Sie ist auf der Videoaufzeichnung eindeutig zu erkennen. Sie hat sich bei der

Befragung vor Ort mit ihrem Personalausweis identifizieren lassen. Ihre Behauptung, sie wäre zur nämlichen Zeit bei ihrer Mutter im Heim gewesen, kann niemand bestätigen. Allerdings kann das auch niemand widerlegen. Es ist ihre Jacke, die sie in der Bank getragen hat. Und sie hat mit dem Bankräuber die Tasche getauscht. Wieso will sie eigentlich die gewaschenen Sachen für ihre Mutter ins Heim gebracht haben?"

„Na, das wird sie wohl tun für die kranke Frau. Würdest du das nicht auch machen?", fragte ich Astrid.

„Ich würde das auch machen für meine Mutter, Ekke", antwortete sie, „aber aus hygienischen Gründen waschen sie in den Heimen die Sachen ihrer Bewohner selbst. Es könnten ja sonst Krankheiten eingeschleppt werden."

Das wusste ich nicht. Ich musste an die alte Frau denken, die Katzenmutter am Eingang zum Pflegeheim, die mich aufgefordert hatte, die Hände zu desinfizieren. *Desfizieren,* hat sie gesagt. „Wen deckt sie?", fragte ich grübelnd.

„Alfred Schneider ist nachweislich beim Arzt gewesen", sagte Astrid. „Der kann es definitiv nicht gewesen sein."

Astrid kannte meine Abneigung gegen das ausschließende Wort definitiv. „Ich weiß, dass ich nichts weiß", lautete mein Kommentar.

„Ach, der Herr Philosoph!", spottete Astrid. „Gehen wir noch auf ein Bier zu Mario?"

Ich blickte auf die Uhr. „Ein andermal, Astrid. Aber das trinken wir an deinem Fischteich. Ist schon spät."

„Mann, Ekke, nimm's locker. Ich konnte ja nicht ahnen, dass dich deine Frau so überrumpelt."

„Ich sag doch gar nichts", entgegnete ich. „Soll ja sehr beruhigend sein, so ein Tümpel."

„Sag ich doch!" Astrid lachte mich aus.

Diese Frau ist wie Lilli. Ich weiß nie, ob sie es ernst meint oder ob sie mich einfach auf den Arm nehmen will. Nette Kollegin, die Astrid Korn.

„Ich will mal sehen, ob ich heute noch einen Durchsuchungsbeschluss für Schneiders Haus bekomme“, kam ich zu unserem eigentlichen Thema zurück, „sonst gilt morgen früh Gefahr in Verzug und ich hole mir den Wisch hinterher beim Staatsanwalt. Nach allem, was wir bis jetzt wissen, ist die Frau – auch wenn sie es vehement bestreitet – in den Fall verwickelt. Vielleicht finden sich Spuren im Haus, vielleicht sogar das Geld oder irgendetwas, was sich der Tat zuordnen lässt.“

„Um die Zeit bekommst du doch keinen Durchsuchungsbeschluss mehr“, hielt Astrid dagegen.

„Gefahr im Verzug“, wiederholte ich. „Morgen früh sechs Uhr. Was ist eigentlich mit ihrem Mann, mit Alfred Schneider? Ich habe Pferde schon *in* der Apotheke kotzen sehen. Das Alibi ist mir zu perfekt.“

„Gut, gegenprüfen. Aber zu viele Verdächtige verderben den Brei. Wieso der Mann?“

„Wenn Anna Schneider an der Tat beteiligt war, indem sie mit einer gleich aussehenden schwarzen Sporttasche in die Bank gegangen ist wie der Täter, wenn der nur scheinbar versehentlich, sondern bewusst über ihr ausgestrecktes Bein gestolpert ist, wenn er mit einer Tasche voll Wäsche aus der Bank gelaufen ist, während sie mit dem Geld in der anderen Tasche seelenruhig als angebliche Geisel zurückbleibt, kann ich mir vorstellen, dass ihr Mann den Überfall begangen hat“, überlegte ich laut.

„Ein paar Wenn zu viel“, erwiderte Astrid. „Alfred Schneider scheidet aus. Er wird kaum seine Komplizin und Ehefrau in die Nähe eines Verdachts bringen, indem er auf die fehlende schwarze Tasche hinweist, mit der sie angeblich die Wäsche für ihre Mutter ins Heim gebracht haben will.“

„Die Schneiders sind in großer Geldnot“, fuhr ich nachdenklich fort. „Sie wissen nicht mehr, wie und wovon sie alles bezahlen sollen. Die Werkstatt ist weg. Das Ersparte perdu. Vielleicht müs-

sen sie auch noch das Haus aufgeben. Die Mutter liegt dement im Heim. Die laufenden Kosten für Strom, Wasser, Grundstücksteuern, Krankenkasse, Versicherung und was weiß ich noch alles müssen bezahlt werden. Aber es reicht hinten und vorn nicht mehr."
Astrid nickte bestätigend und fuhr in meinen Überlegungen fort. „In so einer Lage denkt man nicht mehr logisch. Die Verzweiflung gebiert abstruse Gedanken. Und dann die Wut auf die Bank. Die ist natürlich an allem schuld mit ihren fast achtzehn Prozent Überziehungszinsen. Die Schneiders wären nicht die Ersten, die auf die Idee gekommen sind, das Geld dort abzuholen, wo es gestapelt wird."
„Aber er war genau zur Tatzeit im Krankenhaus", hielt ich erneut dagegen.
„Vielleicht zu genau? Das checke ich noch einmal. Die Maskerade des Mannes mit Vollbart und Perücke, die auffällig großen Schuhe, der schlurfende Gang – wir sollten uns den Film noch einmal ansehen."
„Morgen", sagte ich. „Gleich wenn wir von der Durchsuchung zurück sind, Astrid. Heute Abend sehen wir nur noch lauter grüne Männlein. Ich versuch das mit dem Staatsanwalt auf die Reihe zu bekommen. Mach du Schluss. Kannst ja mit deinen Goldfischen noch eine Runde schwimmen gehen."
Astrid lachte. „Du wirst Lilli eines Tages dankbar sein, wenn du am Teichrand sitzt, deine Kriminalistenrentnerpfeife rauchst und die japanischen Karpfen dir das Futter aus der Hand fressen. Mach's gut, bis morgen früh, Ekke. Wir treffen uns vor Schneiders Haus. Oder soll ich dich abholen?"
„Ich hole dich ab", bot ich ihr an.
Astrid hob leicht die Hand zum Abschiedsgruß. Ich nickte ihr zu, während ich das Telefon schon aufgenommen hatte und den Staatsanwalt auf seiner Privatnummer anwählte. „Bis morgen früh!"

Es war mir gelungen, den Durchsuchungsbeschluss noch am späten Abend zu bekommen. Die Gefahr, durch weiteren Zeitverlust dem Täter einen noch größeren Vorsprung zu verschaffen, war zu groß. Auch die heißeste Spur kühlt nach wenigen Tagen ab. Wir hatten zwar die mögliche Komplizin, auch der Verdacht gegen Schobler war nicht gänzlich ausgeräumt, doch den eigentlichen Täter suchten wir noch vergebens, zumal die Veröffentlichung des Fahndungsfotos bisher nur heiße Luft gebracht hatte. Es wundert mich immer wieder, wie viele Leute solche Gelegenheiten nutzen, um einem anderen Menschen Schaden zuzufügen, oder wer alles was gesehen haben will. Ein wenig erinnert mich solches Verhalten an die professionellen Leserbriefeschreiber in der Zeitung, die sich bemüßigt fühlen, zu jedem Furz und Feuerstein ihren Kommentar abzugeben. Es gibt Leute, die glauben, ihre Bedeutungslosigkeit mit der Denunziation eines anderen kompensieren zu können. Sie dienen sich gern einer Macht an, um selbst ein bisschen Teil dieser Macht zu werden. Herr Lehrer, ich weiß was!

Die kleine Siedlung An der Dürrenbacher Hütte, zwischen Weimar und Tiefurt gelegen, ließ mich an das Sieben-Zwerge-Land denken. Die kleinen, adretten Häuser mit ihren kleinen gepflegten Vorgärten standen dicht beieinander. Da wäre Wildwuchs ein Sakrileg gewesen. Wenn beim rechten Nachbarn die Milch überläuft, dachte ich, muss auch der linke aufwischen.

Es war noch sehr ruhig in der Siedlung. Aber nach Vogelgezwitscher und Morgensonne stand mir nicht der Sinn. Noch kurz vor der Abfahrt hatte mir Elke das Bewegungsprofil vom Handy Anna Schneiders gezeigt. Ich kann immer noch nicht sagen, warum mir die Sache missfiel, aber es gab keinen Zweifel: Anna Schneider hatte sich zum infrage kommenden Zeitpunkt in der Bank aufgehalten.

Zu meiner Überraschung sagte Hans: „Jedenfalls ihr Handy." Zweifelte er? Hans verfügte über eine geballte Ladung Erfahrung in unserem Beruf. Er war ein alter Hase im Kriminalistengeschäft. Ich hatte kein Problem damit, das eine oder andere von ihm zu lernen. Ich mochte nur nicht, wenn er sein Wissen etwas zu betont ausspielte. Ich bin der Boss! Trotzdem war sein Hinweis zu bedenken, dass nicht die Anwesenheit eines georteten Handys ein Beweis für die Anwesenheit der besitzenden Person ist. Irgendwie hatte ich das Gefühl, wir stocherten noch immer in einem dichten Nebel herum.

In aller Frühe und mit vollem Programm rückten wir bei Alfred Schneider in der Siedlung an. Der Mann war völlig überrascht und erbleichte, als wir ihn noch vor dem Frühstück herausklingelten. Ich beruhigte ihn erst einmal. Es habe nichts mit ihm zu tun. Es sei wegen seiner Frau, die im dringenden Verdacht stehe, an dem Überfall beteiligt gewesen zu sein. Von unserer Vermutung, dass er sich hinter der Maskerade verborgen haben könnte, sagte ich nichts. Er sollte sich, falls er wirklich der Gesuchte war, in Sicherheit wähnen.

Alfred Schneider bat uns ins Haus. Er warf kaum einen Blick auf den Durchsuchungsbeschluss, den ich ihm vorhielt. Ich bemerkte allerdings, wie er sich plötzlich in die Hüfte griff und das Gesicht schmerzhaft verzog. „Scheiß Niere", sagte er.

Die Durchsuchung brachte nichts. Weder die Tasche noch irgendein anderer Beleg ließ sich finden. Und das geraubte Geld konnte schon gar nicht sichergestellt werden. Als ich nach einer Stunde abbrechen ließ, entschuldigte ich mich bei Alfred Schneider für das Ungemach und die Aufregung.

Ich hatte den Eindruck, der ganze Vorgang berührte ihn nicht wirklich, als hätte er sich längst in die unglückliche Lage gefügt, dass seine Frau an dem Überfall auf die Bank beteiligt gewesen ist.

„Da gehen Sie mal gleich noch zu allen Nachbarn, Herr Kommissar. Das ist doch das gefundene Fressen für die. Polizei im Haus! Wie lecker."

„Herr Schneider, den Ärger hat Ihnen Ihre Frau eingebrockt. Die Nachbarn erfahren das früher oder später sowieso. Sie persönlich haben nichts zu befürchten, denn Sie haben mit der Sache nichts zu tun. Oder haben Sie etwas damit zu tun?", fragte ich scheinbar beiläufig.

Er sah mich verunsichert an. „Wieso ich? Ich glaube nicht einmal,

dass meine Frau an dem Überfall beteiligt war, denn um diese Zeit ist sie immer bei ihrer Mutter in Ettersburg. Sie hat mir doch noch gesagt, dass sie nach Ettersburg fährt, und mich noch gefragt, ob sie mich nicht doch in die Klinik begleiten soll wegen meiner Niere. Ich wüsste nicht, wann sie Ettersburg einmal ausgelassen hätte. Sie ist an diesem Montag zu ihr gefahren, obwohl meine Niere rebellierte. Aber ich habe gesagt, sie soll fahren. Man weiß schließlich nicht, was so eine kranke Frau noch mitbekommt. Und ich, Herr Kommissar", sagte er, „war im Krankenhaus, nachweislich. Das wissen Sie doch. Fragen Sie die Schwester an der Rezeption. Die kennt mich. Wir haben sogar noch ein wenig miteinander geschwätzt, obwohl der Laden ziemlich voll war."
„Herr Schneider, das haben wir natürlich überprüft. Sie waren im Krankenhaus. Ist Ihre Niere wieder in Ordnung?", erkundigte ich mich. „Oder was war das vorhin?"
Er machte ein schiefes Gesicht, als hätten sich die Nierensteine soeben bewegt. „Wird schon wieder. Sie kennen den Spruch vom Unkraut, das nicht verdirbt."
„Mit so etwas ist nicht zu spaßen, Herr Schneider! Ich muss Sie aber bitten, gleich mit uns in die Dienststelle zu kommen wegen des Protokolls. Sie müssen es unterschreiben."
Das schien ihm gänzlich zu missfallen. „Was glauben Sie, wer jetzt alles hinter der Gardine steht und wie bei einem Krimi im Fernsehen aufpasst, dass er auch ja nichts verpasst! Ha'mer doch schon immer gewusst, der Schneider! Ich kenne die Leute, Herr Kommissar. Wenn die sich über einen das Maul zerreißen können, stehen die noch vor den Hühnern auf."
Schöne heile Welt, die Siedlung, dachte ich. Alle sind nett zueinander. Aber alle beäugen auch einander. Wenn da in aller Frühe drei Autos von der Polizei vorfahren, Leute in weißer Schutzkleidung mit Aluminiumkoffer voller Gerätschaften ins Haus des Nachbarn gehen, über den seit einiger Zeit ohnehin gemunkelt wird … Der Schneider soll pleite sein. Die Anna ist seit ein paar Tagen nicht zu Hause. Einer hatte vielleicht den Schobler getroffen. Da war doch dieser Banküberfall! Ob die Schneiders damit was zu tun haben?

Hochmut kommt eben vor dem Fall. Was hat der Kerl angegeben mit seinem schönen neuen Auto. Neid frisst größere Löcher als Salzsäure.
Ich schlug Alfred Schneider vor, gemeinsam mit ihm aus dem Haus zu gehen, als wären wir alte Bekannte, die gerade über den neuesten Polizistenwitz lachen. Das schien ihn ein wenig zu beruhigen. Er sollte glauben, dass wir keinen Verdacht gegen ihn hegten. Außerdem mochte ich Schaden von ihm abwenden, denn Hans' und meine Zweifel an seiner Mittäterschaft, ja selbst an der Komplizenschaft seiner Frau, waren nicht einmal wirklich handfeste Verdachtsmomente. Es konnte alles anders sein.

Wir gingen wie versprochen aus dem Haus. Ich lachte und schlug ihm mit der Hand auf die Schulter, als hätte er mir wirklich den neuesten Polizistenwitz erzählt. Als er ins Auto stieg, wollte ich, einer antrainierten Gewohnheit folgend, seinen Kopf mit meiner Hand vor dem Türrahmen schützen, damit er hinterher nicht behaupten konnte, wir hätten ihn misshandelt. Aber ich unterließ es, weil ich ihm versprochen hatte, den Vorgang als ganz harmlos erscheinen zu lassen.
Aus den Augenwinkeln beobachtete ich, wie verschiedene Gardinen wackelten. Manch einer starrte auch schamlos aus dem geöffneten Fenster in Richtung des Schneiderschen Hauses. Unser Aufgebot war schließlich nicht zu übersehen. Das war doch mal etwas anderes als das tägliche Einerlei und die Betulichkeit in der Siedlung. Ist schon erstaunlich, wie viele Leute um diese frühe Stunde wach sein können, dachte ich. Im Haus gegenüber hatte sich eine Frau ein Kissen wegen der besseren Bequemlichkeit auf die Fensterbank gelegt. Sie starrte unverwandt in Richtung des Schneiderschen Hauses. Man sah, dass sie die Morgentoilette noch vor sich hatte.
Ein bisschen unwohl fühlte ich mich schon. Was, wenn sich der Anfangsverdacht als unbegründet erwies und die Schneiders tatsächlich nichts mit dem Überfall auf die Bank zu tun hatten?

Irgendjemand, vielleicht die Frau am Fenster von gegenüber mit den Haarwicklern und im schnell übergeworfenen Morgenmantel, würde unbeeindruckt von jedem Freispruch sagen: Wo Rauch ist, ist auch Feuer. Da wird schon was dran gewesen sein. Vielleicht neidete der eine oder andere Schneider seinen relativen Wohlstand zu DDR-Zeiten, weil er damals für ein kleines Schränkchen in Spezialausführung ein paar Scheine von Tantes Zuwendung aus Hannover hergeben musste. Die Leute haben mitunter ein ziemlich schräges, aber langes Gedächtnis. Häme macht heiter und schafft Genugtuung.
Alfred Schneider bemühte sich, möglichst unbeeindruckt zu erscheinen. Aber als er hinter mir im Auto Platz genommen hatte, sah ich, wie fahl er im Gesicht war.

Fangen wir mit den persönlichen Daten an, Herr Schneider", sagte ich, als er mir im Befragungsraum gegenübersaß.
Er wirkte sehr verunsichert und gereizt. Vielleicht, weil er wusste, dass seine Frau nur wenige Türen weiter in einer Untersuchungszelle saß. Vielleicht aber auch, weil er Grund hatte, auf der Hut zu sein.
„Ist das ein Verhör? Bin ich nun auch verdächtig, weil meine Frau unter Verdacht steht? Ich wette, dass sie nichts mit der Sache zu tun hat. Sippenhaft war vorgestern, Herr Kommissar!"
Mir klang das eine Spur zu aggressiv. Ich war um einen sachlichen Ton bemüht. „Herr Schneider, das ist eine ganz normale Befragung im Zusammenhang mit einer Hausdurchsuchung, für die es zwingende Gründe gab. Also", wandte ich meinen Blick den vor mir liegenden Akten zu und verlas die Personalien zur Kontrolle und für das Protokoll. „Schneider, Alfred. Geboren am 30. Oktober 1960 in Weimar." Er bestätigte mir die Angaben, auch die Anschrift, mit Kopfnicken.
Ich klappte den Ordner zu. Die Aufzeichnung lief.
„Herr Schneider", begann ich die eigentliche Befragung, „ich will nicht um den heißen Brei herumreden. Alle Indizien sprechen da-

für, dass Ihre Frau an dem Überfall auf die Bankfiliale beteiligt war."
Er schüttelte energisch den Kopf. „Das glaube ich nicht. Meine Frau doch nicht, Herr Kommissar. Die räumt doch keine Bank aus. Dazu bedarf es schließlich einer Menge krimineller Energie. Die lässt doch nicht einmal eine Tube Zahnpasta in der Drogerie mitgehen. Nee, Anna nicht. Das muss ein Irrtum sein. Bloß wegen der Tasche, nee", er bekräftigte seinen Widerspruch mit einem erneuten heftigen, verneinenden Kopfschütteln. „Andererseits …", begann er nach einem kurzen Moment des Überlegens in einer von Unsicherheit bestimmten Tonlage, ohne den Satz zu vollenden.
„Ja?", horchte ich überrascht auf.
„Nein, war nur so ein Gedanke", wich er aus.
Ich schaltete den Computer an, drehte den Bildschirm in seine Richtung. Das Video aus der Bank lief. „Ist das Ihre Frau, Herr Schneider?" Ich hatte mir die Szene, auf der Anna Schneider ganz deutlich zu sehen war, bereits kurz zuvor eingestellt. „Was war nur so ein Gedanke, Herr Schneider? Was meinten Sie mit *andererseits*?"
Er sah interessiert auf das Bild, er sah mich an, er sah wieder auf das Bild, diesmal etwas länger, und sah wieder zu mir.
„Das, das kann doch nicht, nein, das kann doch niemals Anna …" Er schluckte heftig. Er konnte den Satz nicht zu Ende sprechen. Ich ließ ihm Zeit. Und dann sagte er kaum hörbar: „Hat sie es doch gemacht." Das war keine Frage, eher eine traurig-hilflose Feststellung.
„Was, Herr Schneider, was hat sie doch gemacht?", hakte ich sofort nach.
Er nestelte Feuerzeug und Zigaretten aus der Tasche. Wollte er nur Zeit gewinnen oder wollte er seine Nerven beruhigen? „Darf man hier rauchen?", fragte er, statt eine Antwort zu geben.
„Normalerweise nicht, aber meinetwegen", erlaubte ich. „Möchten Sie einen Kaffee dazu?"
„'n ordentlicher Schnaps wär' mir lieber." Das sollte wohl ein Scherz sein, klang aber eher sarkastisch.

„Kaffee geht. Ich sage meiner Kollegin Bescheid. Moment." Ich stand auf und verließ den Raum. Draußen traf ich Astrid, die das Gespräch verfolgt hatte. „Was meinst du?"
„Der ist entweder unschuldig oder sehr raffiniert", sagte sie.
„Unschuldig geht anders", sagte ich. „Aber ich lasse ihn noch in seinem Glauben, dass wir nichts ahnen. Ist Elke schon fertig mit der Untersuchung der Spuren aus dem Haus?"
„Sie bringt dir die Vergleiche, wenn sie mit dem Kaffee kommt."
Ich ging wieder ins Zimmer zurück. „Kaffee kommt gleich, Herr Schneider. Wo waren wir stehengeblieben? Ach ja, der Überwachungsfilm. Sehen Sie", ich drehte den Bildschirm nun ganz in seine Richtung, „das ist Ihre Frau. Sie trägt auch die Jacke, die wir in Ihrer Flurgarderobe sichergestellt haben. Und das", ich zeigte mit dem Finger auf die Stelle, „ist die Tasche Ihrer Frau, in der sie die Wäsche für ihre Mutter ins Heim gebracht hat. Oder angeblich bringen wollte."
„Was heißt angeblich?", fragte er. „Anna bringt mindestens einmal die Woche frische Sachen ins Heim. Wissen Sie, so eine kranke Frau, die ist wie ein Kleinkind. Die macht sich ein, ohne es zu merken. Da helfen auch die Windeln nicht. Ist schon ein Jammer."
„Nein, Herr Schneider, das stimmt nicht. Die Wäsche wird vor Ort gewaschen in der hauseigenen Wäscherei", sagte ich mit Nachdruck. „Wozu benötigte Ihre Frau diese Tasche wirklich?"
Er sah mich verunsichert an. „Keine Wäsche? Warum erzählt sie mir dann so etwas?", sagte er nachdenklich. „Stimmt, die waschen dort alles selbst wegen der Hygiene und so. Hat sie mir sogar mal erzählt. Vielleicht, weil die so scharfe Waschmittel nehmen, damit auch alles rausgeht? Nach drei Waschgängen ist das Zeug hinüber und muss ersetzt werden. Aber dafür reicht eigentlich ein einfacher Plastebeutel von Aldi oder so. Muss ich Ihnen recht geben, Herr Kommissar. Ich weiß nicht, wofür sie die große Tasche mitgenommen hat. Ich habe aber auch nicht darauf geachtet, was drin ist. Hatte sie die wirklich mit?"
Ich registrierte die Bemerkung, ging aber nicht darauf ein. „Sehen Sie genau hin, Herr Schneider", fuhr ich fort und ließ den Film

weiterlaufen. „Der Täter geht mit der gefüllten Tasche voller Geld rückwärts. Er stolpert über die Beine Ihrer Frau, die wie die anderen Kunden auf dem Boden liegt. Ein Schuss löst sich und trifft die Bankangestellte. Der Täter verliert die Tasche mit dem Geld, langt nach ihr – und?"
Alfred Schneider starrte auf den Bildschirm. „Na, er haut mit dem Geld ab, wie man sieht."
„Er verschwindet mit einer Tasche, die genauso aussieht wie die, in der er das Geld hatte, aber es ist die identisch aussehende Tasche Ihrer Frau!"
Er schien nicht zu begreifen. „Was will er denn mit der Tasche meiner Frau?" Und plötzlich lachte er. „Kennen Sie den, wie Fritz zu seinem Geigenlehrer kommt, das Futteral öffnet und eine Maschinenpistole statt seiner Geige vorfindet?"
„Sehr lustig", erwiderte ich. „Und sein Papa stand mit einer Geige in der Bank. Herr Schneider, über den Witz hätte ich vor einer Woche gern gelacht, obwohl wir ihn uns schon als Kinder erzählt haben. Was hat sie *doch* gemacht?", wiederholte ich seine eigenen Worte.
Da schien er wieder ganz klein zu werden auf seinem Stuhl. Er nestelte eine Zigarette aus der Schachtel und zog ein Feuerzeug aus der Tasche. Weil kein Aschenbecher auf dem Tisch stand, steckte er beides wieder weg. „Ist vielleicht besser so", sagte er.
Ich blickte ihn fragend an.
„Aufhören. Man macht sich die Lunge kaputt und teurer wird es auch von Jahr zu Jahr. Rauchen Sie?"
Ich verneinte, aber das schien er gar nicht zur Kenntnis zu nehmen.
Elke kam mit dem Kaffee für Alfred Schneider und legte mir einen geschlossenen Ordner auf den Tisch. Sie nickte mir bestätigend zu, als wollte sie sagen: Du hattest recht.
Ich bedankte mich. „Sagst du bitte Astrid Bescheid, dass sie kommt?"
„Mach' ich, Chef." Sie verließ den Raum.
„Was, Herr Schneider, hat Ihre Frau *doch* gemacht?" Seine mehr

für sich gesprochene Bemerkung von vorhin hatte ich natürlich weder überhört noch vergessen.
Er lehnte sich in seinem Stuhl zurück und wippte leicht mit dem Oberkörper „Das fängt viel früher an, Herr Kommissar“, sagte er schließlich. „Irgendwann fiel uns auf, dass Mutter Sachen vergaß oder alte Gedichte nicht mehr wusste, die sie blind gefunden hätte oder im Schlaf aufsagen konnte. Sie kannte viele Gedichte noch aus ihrer Kinderzeit. Am Anfang dachten wir, wer weiß, wie es uns geht, wenn wir so alt sind wie Mutter. Sie ist 85 gewesen. Und man vergisst ja jetzt schon das eine oder andere. Was glauben Sie, wie oft ich in der Werkstatt stehe und nicht mehr weiß, warum ich an die Hobelmaschine gegangen bin.“
Ich ließ ihn reden, obwohl er meine Frage nicht beantwortet hatte. Ich hatte einen Ordner vor mir liegen, den ich nur aufschlagen musste, um ihm zu beweisen, dass er die Bank überfallen hat, und seine Frau uns als Komplizin mit dem Taschentrick täuschen wollte. Ihre List hätte sogar klappen können, wenn man den Bankräuber auf der Flucht gestellt und er sich seiner Maskerade im nächsten Container rechtzeitig entledigt hätte. In der Tasche wäre nichts anderes als frische Wäsche für die alte Frau im Pflegeheim gewesen.
„Jedenfalls“, fuhr er fort, „als wenn wir nicht schon genug Sorgen hätten, sind die Aufträge für die Tischlerei immer mehr eingebrochen. Wer lässt sich denn heute noch einen Tisch aus richtigem Holz bauen, wenn er Pappmöbel für ’n Appel und ’n Ei beim schwedischen Discounter kriegen kann? Deutsche Wertarbeit, Hand-Werk, Herr Kommissar, wen interessiert das noch? Ich musste meinen Gesellen entlassen, den Schobler. Geholfen hat das auch nicht mehr. Und Anna fährt jeden Tag zur Mutter, wo sie ansehen muss, wie die völlig, na ja, Sie wissen schon, verblödet. Das sagt man natürlich nicht so direkt, man denkt es aber von früh bis spät. Ihre eigene Mutter! Weil ihre Rente viel zu mickrig ausgefallen ist wie bei vielen Frauen, die rententechnisch nur ein Anhängsel ihres Mannes waren, mussten wir kräftig zuzahlen für die Pflegestufe. Und dann kommt die Bank. Sie sind mit Ihren Raten bereits den dritten Monat im Rückstand, Herr Schneider! Hinter

solchen Sätzen steht immer ein Ausrufezeichen, Herr Kommissar. Da müssen wir Ihr Kontokorrent streichen. Das sind jetzt 17,75 Prozent Überziehungszinsen, werter Herr Schneider. Das sagen sie dir einfach ins nackte Gesicht."
Er machte eine wegwerfende Handbewegung. Die galt wohl den Bankern. Schließlich fuhr er fort: „Dann rennst du von Pontius zu Pilatus, um etwas Geld aufzutreiben, bevor der Gerichtsvollzieher das nächste Mal kommt und auf alles den Kuckuck klebt. Die Schulden wachsen schneller als das Unkraut im Garten. Schulden sind keine Hasen, die laufen nicht davon. Du kannst nichts mehr machen. Du kannst einfach nichts mehr machen. Nichts! Du bist im Arsch, um das deutlich zu sagen. Mal abends essen gehen, ins Kino oder Theater, Urlaub … Vergiss es. Nur noch Angst, wenn du die Post aus dem Briefkasten holst. Noch 'ne Mahnung, noch 'ne Zahlungsaufforderung, noch 'ne Drohung vom Finanzamt, den Inkassohaien oder gleich vom Amtsgericht. Und die Nachbarn gucken dich blöd an, als hättest du Pest und Cholera gleichzeitig."
„Woher sollen die Nachbarn wissen, wie es um Ihre Finanzen steht, Herr Schneider?", fragte ich ihn.
Er lachte höhnisch. „Glauben Sie denn, dass die Briefträgerin, die hier jeden Zweiten mit Du anspricht, nicht dem einen oder anderen unter dem Siegel der Verschwiegenheit erzählt, welche blauen und gelben Briefe sie dem Schneider in den Briefkasten steckt oder sich als Einschreiben quittieren lässt? Die Siedlung, das ist so etwas wie eine Wagenburg. Gegen äußere Angriffe schützt sie sich, aber dafür gibt es innerhalb so gut wie keine Geheimnisse. Das ist so."

Das konnte ich mir durchaus vorstellen. Ich erinnerte mich, wie das war, wenn ich bei meinen Großeltern auf dem Land die Ferien verbrachte. Wollte einer seinen Nachbarn besuchen, ging er einfach hin. Da waren selten die Türen verschlossen. Eine Klingel brauchte niemand. War die vordere Tür trotzdem abgeschlossen, ging man über den Hof zur hinteren. Die war immer auf. Manchmal nahm mich Großvater mit, wenn er Futter für seine Kaninchen holte oder Eier zum Nachbarn brachte. Die Kartoffelschalen standen gleich hinter der hofseitigen Tür, die Eier stellte Großvater in der Küche auf den Tisch. Da musste gar niemand zu Hause sein. Ich weiß nicht, ob das heute noch so ist, aber in meiner Kinderzeit war das so. Und es funktionierte. Wahrscheinlich ist so eine Siedlung auch ein kleines Dorf. Ich verstand Alfred Schneider. Jetzt schwieg er. Ich ließ ihm die Zeit. In seinem Kopf arbeitete es. Seine kräftigen Hände umspannten die Tischplatte, als müsse er sie festhalten. Als er wieder sprach, schien es, er rede mehr zu sich selber, als dass er mir etwas sagen wolle.

„Du schaust nicht mehr in den Spiegel, weil du das eigene Elend nicht mehr ertragen kannst. Aber du siehst die Frau neben dir. Die wird immer dünner und hinfälliger und verschreckter. Und du kannst nichts machen. Du kannst nichts machen! Wissen Sie", nahm er mich jetzt wieder als Gesprächspartner wahr, wenn auch nicht als Kriminalist, der ihn verhörte, „wie man sich da vorkommt als Mann, als der – ha! – Ernährer der Familie? Du schlägst die Zeitung auf, die sie dir auch bald nicht mehr zustellen, weil du zwei Monate im Rückstand bist mit der Zahlung – schlägst die Zeitung auf und liest, wie gut es uns doch neuerdings geht. Leck mich am Arsch, Marie! So gut, dass Großganoven, die eine Firma oder eine Bank gegen die Wand gefahren haben, Abfindungen in Millionenhöhe hinterhergeschmissen bekommen. Da sollst du nicht ausrasten? Da sollst du sagen, statistisch gesehen geht es uns gut. Da sollst du denken, wenn einer ein Hühnchen verzehrt hat und sein Nachbar nicht einmal die Knochen bekommt, dass statistisch gesehen jeder ein halbes Huhn hat. Vater, die Scheune brennt! Gehen wir hin und löschen mit Benzin."

Er hatte sich in Rage geredet. Ich merkte schon, was er mir eigentlich erzählen wollte. Dass er und seine Frau aus lauter Verzweiflung und weil sie keinen anderen Ausweg mehr aus der Falle wussten, in die sie – nach seiner Überzeugung jedenfalls – unschuldig geraten waren, als das Geld dort zu holen, wo es gestapelt liegt.

„Und Sie, Herr Schneider?", fragte ich.

„Was ich?"

„Waren Sie auch so verzweifelt wie Ihre Frau, die nur noch diese eine Lösung wusste?", wollte ich wissen.
Er schwieg einen Moment. Als er erneut zur Zigarettenschachtel griff, sagte ich: „Lassen Sie es lieber, Herr Schneider. Und Sie?"
„Ich war zur Tatzeit mit meiner beschissenen Niere in der Klinik. Das haben Sie überprüft. Ich war nicht in der Bank." Er blickte mich starr an.
„Wann waren Sie denn in der Bank?", versuchte ich es erneut.
„Ich?", fragte er, als sei noch eine dritte Person im Raum.
„Sie", sagte ich.
Er schüttelte den Kopf. „Das können Sie einen ganzen Tag lang probieren, Herr Kommissar. Ich war nicht in der Bank." Er hatte ein Alibi.

Astrid kam herein und setzte sich an meine Seite. „Herr Schneider, Sie waren in der Notaufnahme, das stimmt", sagte sie. „Aber Sie hatten reichlich Zeit, um zwischen Anmeldung und Behandlung das Wartezimmer zu verlassen. Es waren siebzehn Personen vor Ihnen an der Reihe bei nur zwei Ärzten. Sie wussten, dass Sie mindestens zwei Stunden warten müssen. Das hatte Ihnen die Schwester an der Rezeption gesagt. Sie konnten also ungefährdet die Klinik für gut eine Stunde verlassen, zur Bank fahren, den Überfall mit Ihrer Frau durchziehen, dann wieder zurück ins Klinikum und dort in aller Ruhe warten, bis Sie aufgerufen werden. Erst zwei Stunden nach Ihrer Anmeldung wurden Sie dem Arzt vorgestellt. Das reichte für den Überfall. Hatten Sie überhaupt eine Nierenkolik?"
„So ein Quatsch!", widersprach Schneider heftig.
Doch ich sah die kleinen Schweißperlen auf seiner Stirn. „Sie waren also nicht in der Bank?", wiederholte ich meine Frage.
„Nein!", beharrte er störrisch. „Nicht an dem Tag, nicht einen Tag vorher. Ich weiß überhaupt nicht, wann ich das letzte Mal in diesem Laden war! Was wollen Sie eigentlich von mir? Ach, ich bin der ideale Bankräuber? Mir steht das Wasser bis zum Hals und

höher. Meine Frau, es ist nicht richtig, was sie getan hat, aber ich habe nichts davon gewusst. Das müssen Sie mir glauben. Arme Anna“, seufzte er.
Ich schlug den Hefter auf, den mir Elke während der Befragung gebracht hatte. Obenauf lag das zum Teil beschriebene Bankformular aus dem Papierkorb der überfallenen Filiale. Ich legte es Alfred Schneider vor. „Es geht nicht nur um den Überfall. Sie waren in der Bank, Herr Schneider. An dem Tag, zu der Stunde. Und Sie haben eine Frau getötet. Hören Sie auf zu lügen. Hier“, ich legte das von ihm zur Hälfte ausgefüllte Überweisungsformular auf den Tisch. „Sie waren in der Bank. Sie kennen ja den Spruch von den klügsten Hühnern, Herr Schneider. Aber so schlau waren Sie gar nicht. Auf dem Formular befinden sich mit Sicherheit Ihre Fingerabdrücke. Sie haben so getan, als füllten Sie ein Überweisungsformular aus. Aber in Wahrheit beobachteten Sie den Raum, um den günstigsten Zeitpunkt für den Überfall zu finden. Sie haben die Bank überfallen, Herr Schneider. Sie!“

Er starrte auf den Zettel. Das Blut wich ihm aus dem Gesicht. Jetzt wusste er, dass er verloren hatte. Noch machte er einen verzweifelten Versuch. „War ich nicht!“, sagte er trotzig.
Elke hatte bei der Hausdurchsuchung Schneiders Fingerabdrücke von einer Tasse abgenommen. Das wäre nicht verwertbar gewesen vor Gericht. Aber nun wussten wir, dass Schneider die Bank überfallen hatte, denn der Vergleich mit der Spur auf dem Beleg war eindeutig.
„Herr Schneider, was passiert, wenn wir nachher Ihre Fingerabdrücke nehmen und sie vergleichen mit den Spuren auf dem Einzahlungsbeleg?“
Er gab auf. Es schien sogar, als ob er erleichtert sei, weil er die Last der Lügen los war. „Hätte sowieso nicht gereicht, das Geld. Nicht mal hunderttausend Euro. War ’n Versuch wert. Wenn man in der Scheiße sitzt, sollte man das Maul nicht aufmachen, Herr Kommissar. Sie haben mich. Na und? Sperren Sie mich eben ein.

Da kriege ich regelmäßig mein Essen, Kost und Logis frei, muss keine Miete bezahlen und keinen Strom, kann mich im Fitnessraum trimmen. Radio, Fernsehen, alles da. Ich habe von Leuten gehört, die in der Zeit ihren Dr. jur. gebaut haben. Die paar Jährchen sitze ich auf einer halben Arschbacke ab. Und Anna können Sie gar nichts."
Ich sah ihn kopfschüttelnd an. „Herr Schneider, Sie verkennen die Lage. Gemessen an der Geschichte der Menschheit sind das wirklich nur Jährchen, die Sie in der JVA verbringen werden. Aber wenn ich Sie schon einmal vorbereiten darf: Strafgesetzbuch Paragraf 250 sieht eine Freiheitsstrafe für schweren Raub von mindestens drei Jahren vor, wenn der Täter eine Waffe oder ein anderes gefährliches Werkzeug bei sich führt, was sich übrigens auch auf den oder die Mittäter bezieht. Dazu kommen weitere zwei Jahre, wenn bei der Tat unter Einsatz einer Waffe eine andere Person in die Gefahr des Todes gebracht wird. Der Gesetzgeber spricht von Körperverletzung mit Todesfolge, Herr Schneider. Strafgesetzbuch Paragraf 227. Aus ihren Jährchen werden Jahre."
Er zuckte mit den Schultern, als ginge ihn das alles nichts an.
„Dass dabei eine junge Frau ums Leben gekommen ist, schert sie nicht? Kollateralschaden, ja?" Astrid fauchte ihn regelrecht an.
„Das wollte ich nicht. Das ist passiert. Tut mir leid. Aber wegen Mord kriegen Sie mich nicht dran. Fahrlässige Tötung, meinetwegen. Ist mir jetzt sowieso alles egal. Alles." Er kicherte, als sei alles nur ein Spaß gewesen.
„Wenn das Gericht befindet, dass es sich nicht um einen Zufall handelte, sondern der Schuss gezielt auf die Angestellte abgefeuert wurde, um eine Zeugin Ihres Verbrechens auszuschalten, reden wir von Mord: Paragraf 211. Da kennt der Gesetzgeber nur eine Antwort: lebenslang. Soviel zu Ihren Jährchen, Herr Schneider. Sie haben ein Menschenleben auf dem Gewissen. Falls Sie überhaupt noch ein Gewissen haben."
„Was geht mich das alles noch an, Herr Kommissar?" Er lehnte sich in seinem Stuhl zurück. War das Zufriedenheit? War es Sturheit? Hatte der Mann alle Skrupel und Bedenken hinter sich gelassen,

um nur noch von zwölf bis Mittag zu denken, weil das Gewesene Vergangenheit war? Interessierte ihn das Morgen nicht, weil er seine ganze Hoffnung auf das Übermorgen setzte?
Wird man so, wenn man sich in einer verzweifelten Lage befindet, aus der es scheinbar keinen Ausweg mehr gibt? Da müssten eine Menge Leute ihre Bank überfallen. „Und das Geld, Herr Schneider, wo ist denn die schwarze Tasche mit dem Geld?“, fragte ich.
Da grinste er mich tatsächlich an. „Müssen Sie schon selber finden, Herr Kriminaler. Ich hab's nicht. Anna hat die Tasche gehabt. In meiner war nur Wäsche für Muttern. Sie hat gesagt: Ich nehme das Geld. Auf mich kommt niemand. Und für dich ist es besser, wenn du nicht weißt, wo es ist, falls sie dich doch erwischen. Ich habe keinen müden Cent von der Beute. Fragen Sie Anna. Ich glaube aber nicht, dass sie es Ihnen verrät. Sie wird auf mich warten und die Kohle sicher bunkern. Und später, wenn ich wieder rauskomme, hauen wir ab, Südamerika oder so. Mord ist nicht, Herr Kommissar! Das lasse ich mir nicht anhängen. Alles andere ist mir scheißegal. Sperren Sie mich ein. Und von nun an rede ich nur noch, wenn mein Anwalt dabei ist.“ Demonstrativ verschränkte er beide Arme vor der Brust. Selten sah ich einen derart zufriedenen Bankräuber.
„Gut“, sagte ich. „Wir machen jetzt ein schriftliches Protokoll, das Sie unterschreiben. Und falls Sie keinen Anwalt haben, kümmern wir uns um einen Pflichtverteidiger. Herr Schneider“, fügte ich noch hinzu, „keine noch so verzweifelte Lage verzeiht ein Verbrechen. Es gibt immer einen Ausweg. Nur für die junge Frau hinter der Kasse, für die gibt es keine Alternative mehr. Sie ist tot. Dass Sie es nicht mit Vorsatz getan haben, wie Sie behaupten, macht sie nicht weniger tot. Ihr dummes Grinsen, Herr Schneider, können Sie gern steckenlassen. Es wird Ihnen schon noch vergehen.“
Ich stand auf und bedeutete dem Polizisten, er möge den Mann abführen. Vorher erklärte ich Alfred Schneider noch seine Rechte. Ich hätte zufrieden sein müssen. Wir hatten den Täter, wir hatten die Komplizin. Und doch hatte ich einen schalen Geschmack im Mund.

„Astrid“, bat ich meine Kollegin, „machst du das bitte mit dem Protokoll?“
„Mach ich. Was ist mit Frau Schneider?“, fragte sie.
Ich sah auf die Uhr. „In einer Stunde. Ich muss mich erst einmal etwas sortieren und in den alten Protokollen nachlesen. Nein“, sagte ich kopfschüttelnd, „dass sie das gemeinsam mit ihrem Mann durchgezogen hat, die Anna Schneider –, ich glaube, ich wollte das gar nicht wahrhaben, weil sie mir leid getan hat. Die kranke Mutter, der Zusammenbruch ihrer Existenz, die scheinbare Hilflosigkeit … Am Ende zählen eben nur noch die Fakten. Ziemlich besch…eiden, das alles.“ Nichts von Genugtuung. Kein Triumph. Ich musste an das Opfer denken, Frau Bauer. Wird die Trauer ihres Mannes kleiner sein, wenn er erfährt, dass wir den Mörder seiner Frau haben? Trauer ist nicht teilbar.

Ich ging in mein Zimmer, um mich zu sammeln, bevor Anna Schneider vorgeführt würde. Auf dem Flur begegnete mir Hans.
„Er hat gestanden?“, fragte er.
Ich nickte.
„Und was ist mir ihr?“, erkundigte sich Hans.
„Anna Schneider?“, fragte ich, als müsse ich mich vergewissern, ob wir von der gleichen Person sprechen.
„Anna Schneider, ja.“
„Die will ich in einer Stunde verhören. Aber ihr Mann hat ein umfassendes Geständnis abgelegt. Sie war seine Komplizin. Die beiden dachten, sie könnten auf diese Weise ihre finanziellen Probleme lösen. Müssen ziemlich verzweifelt gewesen sein, denn die klassischen Ganoven sind sie beide nicht.“
Hans blickte mich gerade an. „Du siehst Scheiße aus, Ekke.“
Ich lachte trocken. „Herzlichen Dank.“
„Weißt du was? Wir gehen jetzt zu Mario. Der Biergarten ist noch geöffnet. Du musst mal für eine halbe Stunde an die frische Luft.“
Mich überraschte Hans’ Anteilnahme. Natürlich wusste er, wie einem zumute ist, wenn der Fall gleichsam abgeschlossen ist. Aber

ich hätte ihm nicht zugetraut, dass er meine Empfindungen so gut nachvollziehen konnte.
„Bier während der Dienstzeit geht gar nicht, Hans“, wollte ich die Einladung dankend ablehnen. Stimmte aber schließlich doch zu, mit ihm eine kleine Pause zu machen. „Kaffee geht.“
Ich sagte Astrid Bescheid. Sie blickte uns beide erstaunt an, schien es aber gern zu sehen, dass wir einmal nicht miteinander im Clinch lagen.

Wir verließen die Dienststelle, überquerten die Friedensstraße unterhalb des zum Kaufhaus umfunktionierten einstigen Gauforums der Nazis, und gingen die Freiligrathstraße vor. In Höhe des einstigen Siechhauses amüsierten wir uns über das Wasserspiel. Drei auf allen Vieren ruhende Basaltriesen speien Wasser in eine Lache oder trinken daraus, in der sich zwei barfüßige Kinder plantschend gegenseitig bespritzten.
„Übrigens“, sagte Hans, indem er auf die Gaststätte „Zum Siechenbräu“ wies, „wenn du mal Appetit auf Rippchen hast“, und dabei schnalzte er genüsslich mit der Zunge, „solltest du diese Kneipe aufsuchen. Da kannst du essen, bis der Arzt kommt.“
„Nicht bei Mario?“, fragte ich spöttisch nach dem Kneiper seines Vertrauens.
„Büchners Rippchen sind ’was Besonderes. Marios Bier auch“, erklärte er mir.
Die Freiligrathstraße mündete in die Jakobstraße. Wir überquerten den breiten Graben, der die einstige Stadtgrenze markiert, und gelangten zum Herderplatz.
Als wir den Platz vor der mächtigen Stadtkirche St. Peter und Paul, die nach ihrem berühmtesten Prediger meistens kurz Herderkirche genannt wird, erreichten, beobachteten wir interessiert die Ausgrabungsarbeiten der Archäologen. Das Terrain sollte komplett neu gestaltet werden. Als die Oberschicht entfernt wurde, entdeckte man die sterblichen Überreste von gut hundert Verstor-

benen, die hier, zum Teil in mehreren Etagen übereinander, auf dem einstigen Friedhof begraben wurden.
„Menge Arbeit für uns", sagte Hans.
„Wieso?", wollte ich wissen.
„Na, sind die wirklich alle eines natürlichen Todes gestorben?"
Ich sah ihn verdutzt an. Meinte der das ernst? Aber dann musste ich lachen. „Du erst!"
Nachdenklich blickte Hans über die freigelegten Gräber. „Ist das nicht ein Scheiß-Beruf? Wir suchen überall Mord und Totschlag."
Ich hatte schon in der Dienststelle gemerkt, dass Hans in einer besonderen Verfassung war. Midlife-Crisis?
Am oberen Ende des Platzes, wo links die Rittergasse und rechts das Eisfeld wie eine große Zange den „Sächsischen Hof" umspannten, blieben wir noch einmal stehen und blickten über den aufgewühlten Platz vor der Kirche. Das Denkmal des großen Predigers und Philosophen Johann Gottfried Herder war vorsichtshalber mit Brettern eingeschlagen, damit es bei den Bauarbeiten keinen Schaden erleide.
Dann nahmen wir im Biergarten Platz. Ich hätte gern mit meinem Wissen brilliert, dass eben dieses Haus Goethes erste Adresse in Weimar gewesen ist und dass der Mundkoch der Herzogin Anna Amalia, François Le Goullon, vor gut zweihundert Jahren in eben diesem Haus sein Restaurant „Hotel de Saxe", später wegen des Deutsch-Französischen Krieges 1870/71 in „Sächsischer Hof" eingedeutscht, gegründet hat. Aber vermutlich wusste Hans das alles selbst gut genug. Außerdem wollte ich nicht Gefahr laufen, von ihm wie des Öfteren von unserem Gerichtsmediziner Dr. Pause Klugscheißerchen genannt zu werden.

Wir bestellten unsere Getränke bei Mario, Hans ein Pils, ich ein Radler. Immerhin war noch nicht Feierabend. Hans scherte sich weniger darum. Er hatte vermutlich seinen philosophischen Tag. Oder seinen melancholischen.

„Was machen wir eigentlich?", fragte er. Ich begriff, dass die Frage mehr an ihn selbst gerichtet war als an mich. „Leben wir?"
Er erwartete keine Antwort. Er suchte selbst nach einer. „Da sitzen wir uns den ganzen Tag in der Dienststelle den Arsch breit oder rennen irgendwelchen Ganoven hinterher. Mit etwas Glück fangen wir den Lumpen. Danach sitzen wir wieder herum, erledigen den ganzen schwachsinnigen, liegengebliebenen Papierkram für die Bürokraten in der oberen Etage. Mit etwas Glück haut irgendeiner irgendeinen tot. Dann dürfen wir wieder draußen herumrennen … Mensch, ich mache das schon ein halbes Leben. In zwei Jahren bin ich fünfzig. Lebensmitte, sagt man. Da müsste ich ja hundert werden! Was ist daran so erstrebenswert? Weißt du es?"
Aber auch auf diese Frage wollte er keine Antwort haben. „Hundert. Das bedeutet, ich müsste mir für die restlichen vierzig Jahre nach der Pensionierung ein neues Leben ausdenken. Was denn für eines?" Er sah irgendwie in die Luft. Leise, kaum zu verstehen, setzte er noch hinzu: „Und mit wem?"
Jetzt begriff ich. Das war der Punkt, um den sich seine Gedanken wirklich drehten. „Wie lange seid ihr verheiratet gewesen?"
Es schien ihn nicht zu überraschen, dass ich diese Frage stellte.
„Silberhochzeit und drei Tage. War eine gute Frau. Aber viel hat sie nicht von mir gehabt. Du verstehen? Immer Verbrecher gejagt. Immer im Dienst. Das Telefon auch nachts griffbereit. Du schläfst in der Hoffnung ein, dass es einmal ohne Anruf geht und schläfst doch nur halb, damit du das Klingeln nicht überhörst. Ich hau in Sack, Ekke. Ich bin lange genug dabei. Jetzt seid ihr Jungen dran. Ich glaube, ich kaufe mir ein kleines Häuschen im Grünen, ernte Möhren und Kohlrabi und züchte vielleicht Kaninchen. Blaue Wiener oder so."
Ich lachte. „Du doch nicht, Hans!" Ich hatte noch nicht gemerkt, wie ernst er das meinte.
Versonnen starrte er in das halbleere Bierglas. „Aber was soll ich mit Häuschen und Möhren und Kohlrabi und Blauen Wienern, wenn niemand da ist, mit dem ich das alles teilen kann?"

„Die Hübsche?“, fragte ich vorsichtig, denn ich wusste, dass er gern *mal schnell zur Zeitung* musste, um bei seinem Freund Michael Peters, dem Fotografen, ein Bild abzuholen oder sich über neueste Bildbearbeitungsprogramme für den Computer zu erkundigen. Aber es war eigentlich nicht der Fotograf. Im Vorzimmer des Chefredakteurs saß die Hübsche, die tatsächlich so hieß und es auch war. Hans schwärmte für sie. Das war mir schon lange aufgefallen. Aber sie ist verheiratet.
„So eine, ja“, antwortete Hans. Ein Lächeln erhellte sein sonst eher miesepetriges Gesicht. „Aber was will die mit einem alten Knacker, wenn sie einen knackigen Jungen hat?“
„Lass das Grübeln, Hans.“ Ich legte ihm die Hand auf den Arm. Das überraschte ihn. Es war nicht üblich zwischen uns.
„Das ist der Unterschied, mein Lieber. Du sitzt hier wie auf Kohlen, weil in der Dienststelle eine Menge Arbeit auf dich wartet. Ich sitze im Büro wie auf Kohlen, weil draußen das Leben vorbeirennt. Du hast wenigstens deine Familie.“ Ich begriff, dass das kein Vorwurf sein sollte.
Er sah mich lange an, mehr in den Raum hinein und vielleicht an die eigene, viel zu kurze Ehe denkend: „Aber hat deine Familie dich?“
Wieder so eine Frage. Ich hätte nicht gewusst, was ich darauf erwidern sollte.
„Vielleicht doch die Möhren“, sinnierte Hans.
Um die etwas gedrückte Stimmung aufzuhellen, setzte ich hinzu: „Und die Blauen Wiener.“
Hans blickte schräg an mir vorbei. „Ich kann Karnickel nicht ausstehen. Nicht einmal in der Pfanne.“ Ich wusste immer noch nicht, was ich zu all dem sagen sollte. Da lachte er plötzlich. „Was guckst du? Sitzt im Biergarten herum, trinkst Radler, und in der Dienststelle stapeln sich die Formulare.“ Er schluckte den Rest seines Bieres, legte ein paar Münzen auf den Tisch, winkte Mario am Tresen in der Gaststube zu und war schon fast wieder auf dem Herderplatz, bevor ich ihm folgen konnte.
„Mach bloß kein' Scheiß, Alter.“ Ich legte ihm die Hand auf die

Schulter, während wir noch einmal zusahen, wie mit Akribie Knochen für Knochen vorsichtig freigelegt wurde.
„Tauben züchten wäre auch 'was Feines", schlug Hans vor.
„Bloß nicht!", sagte ich. „Die scheißen dir die ganze Landschaft voll."
„Ich meine doch Friedenstauben, du Arsch!"

Es war Zeit, wieder in die Dienststelle zurückzukommen. Wir nahmen diesmal den kürzeren Weg gleich durch das Atrium. In der Halle kam mir eine junge Frau entgegen, die zweite Kassiererin aus der Bank, Frau Quandt. Ich hatte keine Lust auf ein Gespräch mit ihr, aber sie strahlte mich an, als seien wir alte Bekannte. Hans hob leicht die rechte Hand in meine Richtung. „Ich geh mal schon vor." Er grinste. Blödmann, dachte ich, wobei mein Ärger eigentlich mehr der Quandt galt als ihm.
Sie streckte mir die Hand entgegen. Es wäre unhöflich gewesen, die Begrüßung nicht zu erwidern.
„Herr Hauptkommissar! Schön, Sie mal nicht im Dienst zu erleben."
„Wie geht es Ihnen?", fragte ich. Es interessierte mich nicht.
„Gut", sagte sie. „Sehr gut. Ich bin jetzt Erste Kassiererin!" Der Triumph war unverkennbar.
„Wie schön für Sie", sagte ich sarkastisch. „Ich hatte allerdings eher den Eindruck, Herr Laurien hätte gewisse Vorbehalte."
Sie lachte. „Der doch nicht! Der frisst mir aus der Hand."
„Na, dann passen Sie ja bestens zueinander." Ich konnte mir die Bemerkung nicht verkneifen.
Sie lachte schnippisch. Da tat mir der Herr Laurien sogar ein bisschen leid. Wahrscheinlich hatte sie gedroht, seiner Frau von ihrem Verhältnis zu erzählen. „Klar!", sagte sie. „Und was nicht passt, wird passend gemacht."
„Da kann man Ihnen also gratulieren, Frau Quandt …"
Sie bedankte sich mit Augenaufschlag.
„… dass Ihnen Frau Bauer nicht mehr im Wege steht", vollendete

ich den Satz. Ich wartete ihre Antwort nicht ab und ging grußlos weiter. In der Dienststelle angekommen, ging ich gleich in mein Zimmer. Ich wollte mit meinem Groll allein sein.

Für die erneute Befragung von Frau Schneider bat ich Hans an meine Seite. Als die Frau gebracht wurde, machte sie den Eindruck, als nähme sie die Dinge um sich herum gar nicht richtig wahr. Die 24 Stunden in der Zelle hatten sie zu einer alten Frau werden lassen, die Wangen hohl, der Blick leer, die Bewegungen fahrig, der Gang mühsam.
„Frau Schneider", begann ich, „wir haben Ihren Mann in Untersuchungshaft nehmen müssen."
Sie nickte, aber ich hatte nicht das Gefühl, dass sie mich wirklich verstanden hatte. „Frau Schneider", sprach ich sie noch einmal direkt an, „Ihr Mann befindet sich bei uns in Untersuchungshaft. Er hat den Überfall auf die Bank gestanden."
Sie sah mich wie aus weiter Ferne an. „Was hat er gestanden, bitte?"
„Den Überfall auf die Bank und Ihre Mitwirkung dabei", erklärte Hans.
Sie lächelte auf eine verquere Art. „Ich weiß", sagte sie. Nicht einmal der Hauch eines Widerspruchs war herauszuhören. „Und das hat er Ihnen erzählt?"
„Hat er", antwortete ich. „Es ist also sinnlos, weiter zu lügen und die Tat abzustreiten, Frau Schneider. Sagen Sie uns nur noch, wo wir die Tasche mit dem Geld finden, dann sind Sie die schwere Last los. Sie wissen ja, ein Geständnis wirkt sich immer positiv auf die Strafzumessung aus. Also, wo ist das Geld?"
Sie blickte von mir zu Hans und von Hans wieder zu mir. „Ja, hat er Ihnen das nicht gesagt?"
„Nein", antwortete ich. „Hat er nicht."
„Und woher, ich meine, woher soll ich das wissen?"
Glaubte die Frau, mit uns ebenso spielen zu können, wie es ihr Mann erfolglos versucht hatte? Ich blätterte in dem Verhörpro-

tokoll Alfred Schneiders, fand die Passage und las sie ihr vor: „Während ich mit der Tasche, in der sich nur die Wäsche für meine Schwiegermutter befand, weggelaufen bin, hat meine Frau die ebenso aussehende Tasche mit dem Geld an sich genommen und fortgebracht. Wohin, hat sie nicht gesagt, weil sie nicht wollte, dass ich mich verplappere, falls ich doch erwischt würde."
Frau Schneider begriff offenbar nicht. „Das soll er gesagt haben?" Sie lächelte, aber der Anflug eines Zweifels schimmerte durch.
„Gesagt und unterschrieben", bestätigte Hans und zeigte ihr die Unterschrift auf dem Protokoll.
„Ja, ja", sagte sie, „das ist seine Unterschrift. Aber von welchem Geld spricht er denn? Wir haben kein Geld. Das gehört alles der Bank."

Sie muss eine begnadete Schauspielerin sein, dachte ich, oder wirklich vollkommen ahnungslos. Aber ahnungslos konnte sie nicht sein. Also suchte ich die Passage seiner Aussage heraus, wo er sie zweifelsfrei als Mittäterin bezeichnete. Man konnte fast in ihren Kopf hineinsehen, so arbeitete es darin, bis sie die ganze Tragweite der Anschuldigung begriffen hatte.
„Ich war doch gar nicht in der Bank", sagte sie völlig verunsichert. „Warum erzählt er das, Herr Kommissar?" Sie sah mich treuherzig an, als sei ich ein Freund oder ein Nachbar, dem sie vertrauen konnte. Aber plötzlich fing sie an zu lachen, zuerst keckernd und keuchend, dann immer überstürzter, irrer geradezu, von schrillen Aufschreien unterbrochen. Sie rang nach Luft, ihr ganzer Körper zuckte hektisch, die Augen wurden erschreckend groß. Und ehe wir es verhindern konnte, riss sie die Arme hoch, wankte und kippte seitwärts vom Stuhl, wobei sie sich eine heftig blutende Platzwunde am Kopf zuzog. Wir sprangen beide auf, als könnten wir sie im Nachhinein noch auffangen, aber da lag sie bereits mit verkrampftem Gesicht und blutender Wunde und offensichtlich ohne Besinnung auf dem Fußboden.
Hans rief sofort nach einem Arzt. Der kam glücklicherweise rela-

tiv schnell und untersuchte die noch immer besinnungslos daliegende Frau, deren Kopf wir mit einer Decke gestützt hatten. Aus der Wunde sickerte ein dünnes Rinnsal Blut.
„Wie ist das denn passiert?", wollte der Arzt wissen, und im Unterton schwang ein Vorwurf mit, als seien wir beide schuld an dem Zustand der Frau.
„Das kam völlig überraschend. Ihr Mann hat eine Bank überfallen." Das schien dem Arzt als Erklärung zu genügen.
Als ich ihn fragte, ob wir Frau Schneider hier bei uns behalten und behandeln lassen können, verneinte er. „Auf gar keinen Fall. Die Frau ist nicht vernehmungsfähig. Sie muss umgehend in ein Krankenhaus. Wahrscheinlich hat sie neben dem schweren Schock auch noch ein SHT. Schädel-Hirn-Trauma", erläuterte er. „Ob eine Fraktur des Schädels vorliegt, Hirnblutung oder andere Komplikationen, muss stationär abgeklärt werden." Noch während er mit mir sprach, wählte er eine Nummer auf seinem Handy und bestellte den Krankentransport.
„Das geht aber nicht so einfach", erklärte ich dem Arzt. „Mein Kollege kommt auf jeden Fall mit. Und wir werden auch jemanden vor Ort haben, der sie bewacht. Es besteht Fluchtgefahr."
„Und Suizidgefahr", ergänzte Hans. „Ich komme mit, denn ich muss mit dem Krankenhaus sicherstellen, dass sie keine Minute unbeobachtet ist."

Kurz darauf kamen zwei Sanitäter mit einer Trage. Der Arzt legte der Frau noch eine Infusion, dann wurde sie weggebracht. Hans blieb an ihrer Seite.
„Was war denn das?", fragte Astrid, als wir uns auf dem Weg in unsere Zimmer begaben.
„Frag mich mal etwas Leichteres", antwortete ich noch völlig unter dem Eindruck des eben Erlebten. „Kannst du dir vorstellen, dass ein Mann seine Frau einer Komplizenschaft beschuldigt, obwohl sie an der ganzen Sache nicht beteiligt war?"
„Ich kann mir eine ganze Menge vorstellen", lautete Astrids Ant-

wort. „Jedenfalls war sie zur Tatzeit in der Bank, hatte die nämliche Tasche …"
„Ja", erwiderte ich miesepetrig, „das weiß ich alles selber."
„Warum?", fragte Astrid.
„Warum was?"
„Du bist unzufrieden, Ekke. Der Fall ist abgeschlossen."
„Ist er das?"
„Ekke", sagte Astrid und legte mir beruhigend die Hand auf den Arm, eine vertraute Geste, die auch zwischen uns bisher noch nicht oft vorkam. „Wir haben sein Geständnis, wir haben klare Beweise gegen beide. Alles andere ist jetzt Sache der Staatsanwaltschaft und des Richters."
Ich wusste ja, dass sie es freundschaftlich meinte, fast ein bisschen besorgt, weil ich mich nach ihrer Meinung noch immer mit einem Restzweifel plagte, aber ich fühlte mich einfach nicht in der Verfassung, ihr zu sagen, dass sie recht hat. Vielleicht wäre ich auch fehl am Platz, wenn ich nach erfolgreichem Abschluss einer Ermittlung triumphieren würde wie ein siegreicher Gladiator. Wenn man ein Verbrechen aufgeklärt hat, bedeutet das, dass es ein Verbrechen gegeben hat. Es wird Sache der Staatsanwaltschaft sein, herauszufinden, ob Anna Schneider wegen Beihilfe oder doch wegen Mittäterschaft bei einem Raub angeklagt wird. Mit dem Tod der Bankangestellten hat sie aber bestimmt nichts zu tun. Und Alfred Schneider wird man eine bewusste Tötung nicht vorwerfen können. Es handelte sich nicht um einen gezielten Schuss.
„Wie geht es eigentlich Herrn Bauer, dem Mann des Opfers?", fragte ich Astrid.
Sie blickte mich überrascht an. „Ich weiß es nicht, Ekke. Aber es ist gut, dass du an ihn erinnerst. Ich kümmere mich um ihn. Was soll eigentlich mit den vielen Anrufen und Hinweisen geschehen", wechselte sie das Thema, „die aufgrund des Fahndungsfotos bei uns eingegangen sind?"
„Zu den Akten", sagte ich. „Wir haben ihn ja."
„Wir haben sie beide", ergänzte Astrid.
Eine anstrengende Woche lag hinter uns. Ich freute mich auf das

Wochenende, auch wenn das Wetter nichts Gutes versprach. Ich freute mich auf die Stunden mit Lilli und den Kindern. „Bis Montag!", sagte ich zu Astrid.
„Bis Montag", erwiderte sie.

Wir hatten Frühstück gegessen. Der Duft frisch aufgebackener Brötchen und des Kaffees hing noch in der Luft. Den Rest vom Rührei naschte ich vom Teller, als wir das Geschirr gemeinsam abtrugen. Lilli schüttelte unwillig den Kopf. „Mit den Fingern!"
Die Kinder waren in ihren Zimmern, denn es regnete heftig. Lilli und ich lasen die Zeitung, ich den Sportteil zuerst, sie die Beilage, die jeden Samstag erscheint. Nach draußen blickte ich lieber nicht. Eine Baustelle ist selten ein erquickender Anblick. Eine leere Grube im einst mühsam aufgeräumten Garten, in der sich bereits ein kleiner See zu bilden schien, und die kleinen schmutzigen Bäche, die von den Schrägen hineinflossen, machten das triste Bild komplett.
Lilli legte ihren Zeitungsteil zur Seite. „Ich hätte dich fragen sollen, Ekke. Das tut mir leid."
Hinter meinem Sportteil verschanzt, antwortete ich: „Vielleicht wird es ganz lustig mit den Fischen." Dann legte ich die Zeitung vor mich auf den Tisch. „Ja, du hättest mit mir vorher reden sollen. Ich komme mir ein bisschen überrumpelt vor, weißt du. Es ist ja nicht ein neues Küchenbeet, das du anlegen willst. Irgendwie machen auch die Lärche und die Tanne einen traurigen Anblick, als ob sie jemanden vermissen."
„Das ist der Regen."
„Ja. Vielleicht. Ich war", verfiel ich in heiterer Erinnerung plötzlich in einen ganz anderen Ton, „mit Großvater gern angeln. Schmecken Kois eigentlich?"
Lilli brauchte einen Moment, ehe sie begriff, dass ich sie auf den Arm nehmen wollte, aber dann protestierte sie mit gespieltem Ernst: „Untersteh dich!"

Da mussten wir beide lachen. „Ich bin nicht dagegen, Lilli", entschied ich mich für einen versöhnlichen Ton. „Das würde ohnehin zwecklos sein. Aber du hättest mich fragen können."
„Ich hätte dich fragen müssen." Das war so ziemlich die höchste Form einer Entschuldigung, die meine liebe Frau in solch einem Fall auszusprechen in der Lage ist. Zwar merkte ich, wenn ihr eine Äußerung, die mich hätte verletzen können oder wirklich verletzte, leid tat, aber sie würde sich eher die Zunge abbeißen, als zu sagen: „Entschuldige, bitte." Ich hatte im Laufe der Jahre gelernt, wie sie um Schönwetter bitten wollte. Dann fasste sie mich zärtlich an oder kochte etwas besonders Feines oder lächelte mir einfach zu. Zwölf gemeinsame gute Jahre –, da geht auch manches ohne Worte.
„Wann wollen die denn fertig sein mit der Bauerei?", erkundigte ich mich.
„Das zieht sich", antwortete Lilli ausweichend. „Ich dachte, sie schaffen es in einer Woche. Jedenfalls war das mein Plan."
„Ja mach nur einen Plan", zitierte ich Brecht. „Sei nur ein großes Licht. Und mach dann noch 'nen zweiten Plan." Lilli sang die Schlussstrophe mit: „Geh'n tun sie beide nicht."
Ich argwöhnte, dass der Teichbauer einen ungefähren Termin genannt hatte, den Lilli vor mir verbergen wollte, weil sich die Sache doch viel länger hinziehen dürfte, als sie es gedacht hatte. Grube ausheben, abdichten, Wasser einlaufen lassen, Fische und Pflanzen hineinsetzen – das kann doch in zwei Wochen erledigt sein. Konnte es natürlich nicht.
„Vielleicht können die Kinder im Winter wenigstens Schlittschuh laufen auf dem Tümpel. Mag ja sein, dass er mir am Ende doch ein bisschen gefällt."
„Ekke Ponte, ich hasse dich!" Lilli schickte mir einen Kuss durch die Luft. Dann nahm sie ihre Zeitung wieder auf und ich vertiefte mich erneut in den Sportteil. Es war trotz des Regens ein schöner Morgen, den ich genießen wollte. Bei dem Thema Gartenteich knisterte es immer noch ein bisschen zwischen uns.
„Kennst du Ole von der Warthe?" Das hat Lilli drauf. Ich lese et-

was und sie liest etwas und dann findet sie einen Artikel und fragt mich zum Beispiel, ob ich einen Ole von der Warthe kenne. Im Sportteil kam der nicht vor. „Kenne ich nicht. Wer ist das?"
„Ein Schauspieler. Also *der* Schauspieler am Nationaltheater. Den solltest du aber kennen. Der ist nämlich vor kurzem gestorben und nun haben sie eine ganze Zeitungsseite mit ihm aufgemacht."
Ich gebe zu, mit dem modernen Theater habe ich es nicht so sehr. Und schon gar nicht, wenn Othello als Jazzmusiker im Porsche über die Bühne braust oder Hamlet mit offener Jeans von Ophelia kommt und der Regisseur sagt: Shakespeare? Na, da machen wir mal Kunst draus. „Nein, kenne ich nicht. Was hat er denn auf dem Kerbholz?"
„Ach, Ekke! Fragt man dich nach einer Person, denkst du immer gleich, es müsse etwas gegen sie vorliegen. Er ist Schauspieler."
Ich nickte, aber ich kannte ihn nicht. Was hat er denn gespielt?"
„Seine größte Rolle war der König Lear." Sie legte mir die Zeitungsseite so hin, dass ich den Beitrag über den Mimen sehen konnte.
„Ich lese ihn nachher, Schatz."
„Du solltest dir wenigstens dieses Bild ansehen." Dabei wies sie auf ein Foto, das Ole von der Warthe als König Lear in Shakespeares Drama zeigt.
Ich warf zunächst nur einen flüchtigen Blick darauf, denn ich wollte mit meinem Sportteil zu Ende kommen, aber plötzlich rief ich aus: „Was?!" Ich traute meinen Augen nicht. Der Dramenkönig sah Alfred Schneider in seiner Überfall-Maskerade zum Verwechseln ähnlich. „Das gibt es doch gar nicht", war mein ganzer Kommentar. „Wie kommt der Schneider zu dieser Maske?"
„Da solltest du vielleicht einmal im Theater nachfragen", riet Lilli. „Entweder sind Bart und Perücke aus dem Fundus verschwunden oder sie befinden sich wieder an ihrem alten Platz, doch diesmal mit Fremdspuren."
Der Vorschlag von Lilli war gar nicht so verkehrt. Möglicherweise gesellte sich damit ein weiteres Beweisstück gegen Alfred Schneider zu den bisherigen Asservaten hinzu, wenngleich es an der Sache selber wenig ändern würde, schließlich hatte er die Tat gestan-

den. Aber interessant könnte schon sein, wie er an Perücke und Bart gekommen ist.

Noch während ich das Bild gründlich betrachtete, klingelte das Telefon. Hans meldete sich. „Hast du schon die heutige Zeitung gelesen?“

Ich hätte „Ja“ sagen können, aber ich gönnte Hans die kleine Freude als Ausgleich für manch harsche Kritik, die er von mir hatte hinnehmen müssen. „Wegen dem null zu vier der Erfurter Mannschaft?“ Mir fiel ein, dass ich den Genitiv hätte verwenden müssen. Ich sah gleichsam Vaters erhobenen Zeigefinger.

Hans genoss es, mir die Ähnlichkeit des Königs Lear mit der Maske unseres Bankräubers zu schildern. „Und erinnerst du dich, was Frau Bauer, bevor sie starb, laut Aussage des Arztes geflüstert haben soll?“ Hans ließ mir gar keine Zeit nachzudenken, so eilig hatte er es, mir seine Erkenntnis mitzuteilen. Nicht Glier, Ekke – Lear! Man hätte darauf kommen können.“ Ich sah gleichsam durchs Telefon, wie stolz er war. Alfred Schneider konnte sich seine Maske aus einem Kostümverleih geholt haben, wahrscheinlicher aber war, dass Bart und Perücke aus dem Fundus des Theaters stammten, angefertigt für Ole von der Warthe, als er den Lear gab.

„Du meinst“, fragte ich, „dass Alfred Schneider vielleicht nur gestanden hat, um seine Ruhe zu haben, und der eigentliche Täter dieser Ole von der Warthe ist?“

„Ekke!“, lachte Lilli. „Das ist eine nachträgliche Würdigung anlässlich des ersten Todestages von Ole von der Warthe.“

Hans musste die Bemerkung mitgehört haben. „Wann warst du denn das letzte Mal im Theater?“

„Kurz nach dir“, konterte ich. Ich bat ihn, gleich am Montag einen Termin mit dem Intendanten zu machen, damit wir ihn wegen der Maske fragen konnten.

„Geht klar, Chef!“, erwiderte Hans, als schlüge er die Hacken zusammen und lege die Hand zum militärischen Gruß an den Mützenschirm.

Lilli, die das Gespräch mitgehört hatte, schmunzelte.
„Wehe, du petzt, dass mein Theaterbesuch wirklich schon einige Spielzeiten zurückliegt!“, drohte ich ihr. „Ich stecke dich sonst in diesen Tümpel da draußen!“

Die überfallene Bank und das Theater standen sich, getrennt durch die Dingelstedtstraße, mit ihren Flanken gegenüber. Der repräsentative Haupteingang des Theaters befand sich am Ende der kurzen Straße zum Theaterplatz, auf dem die Bronzefiguren von Goethe und Schiller sockelhoch residierten. Aber wir benutzten den hinteren Bühneneingang. Den Wagen hatten wir auf dem Kurzzeit-Parkplatz der Bank abgestellt.
„Hummel, Hummel!“, sagte Hans, als wir an der Büste des Komponisten und ehemaligen Hofkapellmeisters vorbeigingen. Ich machte ihm die Freude und erwiderte: „Mors, Mors.“
Die Intendanz befand sich in der ersten Etage. Aus manchem Zimmer rechts und links des Flures hörten wir Sängerinnen und Sänger proben. Zwei kostümierte Schauspieler, die heftig miteinander diskutierten, kamen uns entgegen. Ich konnte nicht entscheiden, ob sie sich über etwas stritten oder eine Szene des Stückes repetierten, für das sie sich gerade anschickten, zur Bühne zu gehen.
„Wer seid ihr? Wer ist euer Mann?“, rief einer der Mimen, als wir uns bereits am Treppenaufgang befanden.
Hans drehte sich überrascht um. Ich fasste ihn schnell am Arm, damit er nicht antwortete. Den „Tell“ hat mich mein Vater rauf und runter deklinieren lassen. „Theater eben“, sagte ich gleichsam entschuldigend. Ich fragte mich, ob einer der beiden die Maske des Königs Lear benutzt haben könnte. Doch ich verwarf den Gedanken schnell. Nein, es war Alfred Schneider. Man gesteht vielleicht aus etwas schwer nachvollziehbaren Motiven einen Raub, den man gar nicht begangen hat, aber bestimmt keinen Mord, selbst wenn es „nur“ Totschlag war oder fahrlässige Tötung.
Hans blieb auf dem letzten Treppenabsatz kurzatmig stehen. „Wenn die Maske aus diesem Haus kommt“, sagte er, um sein Ste-

henbleiben wegen Atemnot zu kaschieren, „muss es in diesem Haus jemanden geben, der etwas mit dem Überfall zu tun hat. Selbst wenn dies in Unkenntnis geschehen sein sollte: Spätestens mit dem Fahndungsfoto in der Zeitung weiß er oder sie, wozu der Lear benutzt wurde."

Das bestätigte ich. „Hans", sagte ich, „wir sind noch nicht am Ende mit dem Fall, das rieche ich."

Hans hielt die Nase in die Luft und sog die Gerüche hörbar ein. „Ich rieche Menschenfleisch!" Er lachte.

„... sagte der Teufel mit den drei goldenen Haaren zu seiner Großmutter. Dann guckte er in alle Ecken und suchte, konnte aber nichts finden." Ich hatte das Grimmsche Märchen erst vor wenigen Tagen meinen Kindern vorgelesen.

Hans winkte ab. „Das macht keinen Spaß mit dir, Ekke Ponte. Du bist das wandelnde Zitatenlexikon."

„Habe du mal so einen Papa gehabt wie ich", tröstete ich ihn. „Er hat mich ganze Bücher und Dramen auswendig lernen lassen. Das kann zu einer Plage werden. Du hörst einen halben Satz und weißt, wie der ganze geht und wo er zu finden ist."

„Dann bist du vielleicht gar nicht richtig bei der Mordkommission, sondern gehörst ins Goethemuseum. Der soll den Schiller auf dem Gewissen haben."

„Na klar. Die Axt im Haus ..."

Wir waren am Vorzimmer des Generalintendanten angelangt. Ich klopfte. Wir traten nach der Aufforderung ein. „Tach, Inge", sagte Hans. Er kannte – natürlich – die Sekretärin des Intendanten. Weimar, dachte ich. Aber gesagt hatte er vorher nichts. Hans eben, dachte ich. Inge meldete uns über die Gegensprechanlage an: „Die Herren von der Kripo, Chef."

„Soll'n reinkommen!" Das hätte auch ein richtiger General sagen können.

Inge öffnete uns die gepolsterte Innentür. Der „General", wie er im Haus genannt wurde, war ein leutseliger Mann. Er hieß Jan

Franz Krüger, aber ich wusste, dass er sich gern französisiert *Shang Frangsoá Krüshé* nennen ließ. Nun, den Spleen hatte er für umsonst.
Wir wurden elf Uhr fünfzehn vorgelassen. Man muss das so nennen: vorgelassen. Im Theater hat man Sinn für Auftritte. Er kam uns in seinem großen Zimmer auf halbem Weg entgegen und geleitete – geleitete! – uns zu einer gemütlichen Sitzecke, braunes Ledersofa natürlich. „Was trinken die Herren?“
Wir lehnten dankend ab. Er beugte sich zu seiner Wechselsprechanlage und ordnete an: „Inge, drei Kaffee!“ Offensichtlich hatte er mit „trinken“ etwas anderes als Kaffee gemeint.
Als wir ihm erzählt hatten, was uns zu ihm führte, schüttelte er den Kopf: „Der ist lange totgeblieben.“ Krüger musste aus Norddeutschland stammen, von dort kannte ich die Redewendung. Oder er hatte sie sich zu eigen gemacht, weil sie ihm gefiel. Er meinte den Darsteller des Königs Lear, Ole von der Warthe.
„Der Bankräuber hat Bart und Maske benutzt, um nicht erkannt zu werden. Das ist uns aber erst aufgefallen, als wir den Zeitungsbeitrag gelesen und gesehen haben“, erklärte ich. Dass es Lilli war, die die Maskerade erkannt hatte, war für Krüger nicht wichtig.
Der Intendant begriff sofort, welchen Verdacht wir hatten. Er griff zum Telefon und beauftragte seine Sekretärin: „Die Kallmeier zu mir. Mit dem Bart und der Perücke vom Lear.“
Es dauerte nicht lang, da erschien Frau Kallmeier, die Leiterin der Maskenbildnerei. Sie hatte die geforderten Teile wohlverpackt in einer Plastiktüte bei sich. Ich sah Hans die Enttäuschung an. Er hätte es lieber gehabt, dass Frau Kallmeier ihrem Chef bedauernd mitteilen müsste, die gewünschten Teile seien leider aus dem Fundus verschwunden. Andererseits würde Elke sehr schnell mögliche Anhaftungen nachweisen können, die einen weiteren Beleg für Alfred Schneiders Täterschaft liefern würden. Nun mussten wir noch herausfinden, wie Schneider an die Sachen gekommen war, denn er wird kaum selbst im Theater erschienen sein, um unter einem Vorwand Bart und Perücke auszuleihen, falls ihm die Sachen überhaupt herausgegeben worden wären.

„Kennen Sie eine Frau Anna Schneider?“, fragte ich Frau Kallmeier.
„Nein. Wer soll das sein?“, erkundigte sie sich. Ihr Gesichtsausdruck sagte mir, dass sie mit dem Namen wirklich nichts anfangen konnte.
„War nur eine Frage. Man kennt sich in dieser Stadt“, erklärte ich. Der Intendant beeilte sich zu erklären, dass auch er keine Frau mit diesem Namen kenne.
„War's das?“, fragte er mit Blick auf die Maskenbildnerin. „Dort unten brennt nämlich die Bude. In drei Tagen ist Premiere“, setzte er erklärend hinzu.
„Danke, Frau Kallmeier“, sagte ich. „Sie haben uns sehr geholfen.“ Und an den Intendanten gewandt, fragte ich: „Dürfen wir das mitnehmen?“
Große Geste. „Wenn Sie mir nicht gleich den ganzen Fundus ausräumen … Selbstverständlich, meine Herren Kommissare.“ Seine Maskenbildnerin entließ er ohne weitere Worte. Die Bezeichnung „General“ schien nicht nur eine freundlich-respektvolle Anrede zu sein, sondern durchaus auch etwas mit dem semimilitärischen Ton zu tun zu haben, der im Theater herrschte.
Frau Kallmeier bat allerdings noch darum, dass wir ihr die Ausleihe quittierten. Ich unterschrieb ihr den mitgebrachten Zettel. „Ist das üblich?“
„Aber ja“, bestätigte sie mir. „Wir leihen öfter mal etwas aus. Da verliert man leicht die Übersicht. Anordnung vom Chef.“ Sie musste einmal schlechte Erfahrung gemacht haben, dass sie sich seither streng an die Vorschriften hielt.
„Ordnung muss sein!“, lautete der knappe Kommentar des Intendanten. Und ohne uns vorher gefragt zu haben, wollte er wissen, ob der Lear in letzter Zeit an einen Fremden ausgeliehen worden war. Die Frage hätte ich allerdings auch gestellt.
Sie schüttelte den Kopf. „Nein. Nicht dass ich wüsste.“
„Präzise, bitte! Wissen Sie es nicht oder wissen Sie nicht, ob Sie es wissen oder nicht wissen?“
Frau Kallmeier verneinte. Sie wüsste es nicht. Es gäbe jedenfalls keinen Nachweis für die Ausleihe. Kann sein, kann aber auch nicht

sein. Ich konnte mir allerdings nicht vorstellen, dass die Leiterin der Maskenbildnerei selbst die Teile ohne Quittung außer Haus gegeben hat. „Könnte jemand anderes die Sachen weggeben haben, ohne es irgendwo zu vermerken?“
„Wir schließen die Tür nicht ab“, verteidigte sie sich. „Da kann im Grunde genommen jeder rein.“ Meine Frage war ihr sichtlich unangenehm, vor allem in Gegenwart ihres Chefs. „Ich verstehe Sie aber nicht. Die Sachen sind doch da. Und sie lagen genau an der Stelle, wo sie zu liegen haben.“
„Frau Kallmeier, ich will Ihnen doch nichts unterstellen“, erklärte ich. „Wir haben ein Verbrechen aufzuklären und der Täter war maskiert wie Ole von der Warthe als König Lear. Der Täter selbst sitzt bereits bei uns ein. Wir haben zu klären, wie und durch wen er zu seiner Maske gekommen ist. Eine Möglichkeit ist das Theater. *Eine* Möglichkeit“, betonte ich zu ihrer Beruhigung.
„Man hat ja selten mit der Polizei zu tun“, erklärte sie ihre Verunsicherung. „Und dann so etwas! Nein, die arme Frau.“
Sie meinte die Bankangestellte, die an den Folgen der Schusswunde verstorben war. Ich traute mich nicht zu fragen, ob sie Frau Bauer gekannt habe, behielt mir aber vor, auch diese mögliche Verbindung durch Hans prüfen zu lassen.
Krüger entließ seine Maskenbildnerin. Sie schien froh zu sein, wieder gehen zu dürfen. Die Leutseligkeit des Mannes bezog sich vermutlich nicht auf seine Mitarbeiter.
„Meine Herren“, hob der Intendant das Gespräch auf, als hätte er uns zum Rapport gebeten, „wenn es keine weiteren Fragen gibt, bedanke ich mich für Ihren Besuch. Wie die Lear-Maske zu Ihrem Bankräuber gekommen ist, kläre ich intern.“ Da war ich zwar anderer Meinung, aber das behielt ich für mich. Ich sah nur das leichte Schmunzeln von Hans, der sich über die Theatralik des Intendanten amüsierte.
„Darf ich Ihnen bei der Gelegenheit unser neuestes Programmheft mitgeben?“, fragte Krüger. Und schon hatten wir jeder eines der Hefte in der Hand.
Ich bedankte mich und sagte mit Blick auf die Uhr, dass wir leider

weitermüssten. Der Dienst! Was hätte ich ihm sagen sollen, falls er fragte, welches Stück ich zuletzt in seinem Haus gesehen hätte? Die Fledermaus mit dem Komiker Eberhard Cohrs als Frosch. Das war siebzehn Jahre her.
Er geleitete uns zur Tür und verabschiedete uns schwungvoll. Auf der Treppe atmete Hans erleichtert auf. „Ein Glück, dass du dich so schnell verabschiedet hast. Ich war vor drei Jahren das letzte Mal im Theater. Wenn der mich nun gefragt hätte, wie mir seine letzte Inszenierung gefallen hat …"
„Kunstbanause!", beschimpfte ich ihn. Mein Grinsen musste ich hinter der hohlen Hand verstecken.

Elke nahm sich die Perücke und den Bart, auch die dazugelegten buschigen Augenbrauen sofort vor. Schon nach einer halben Stunde kam sie mit dem Ergebnis zurück. „Eindeutige Täterspuren von Alfred Schneider."
Diesen Befund hatten wir erwartet. Aber die eigentliche Frage war: „Wie kommt Schneider zu diesen Sachen? Und wie sind sie wieder zurück in den Fundus gelangt?", wollte ich wissen.
Hans kratzte sich am Kopf, als hülfe das beim Nachdenken. „Irgendjemand in dem schönen Haus muss ihm das gegeben und wieder zurückgenommen haben, wahrscheinlich jemand, der direkten Zugriff darauf hat. Und der oder die Grund hatte, die Ausleihe nicht ins Buch einzutragen."
„Frau Kallmeier?", fragte ich mehr, als dass ich es im Ernst angenommen hätte.
„Am ehesten sie oder jemand anderes aus der Maskenbildnerei", sinnierte Hans.
„Mir schwant etwas", überlegte ich laut.
Da leuchteten Hans' Augen. „Lohengrin war es. Na klar, Lohengrin hieß das Stück, in das mich meine Frau damals mitgeschleppt hat."
Ich wusste, dass seine Frau vor zwei Jahren verstorben war. Astrid hatte mir einmal erzählt, dass er diesen Verlust nie ganz verwinden konnte. Er soll früher ein Lustiger gewesen sein.

„Was schwant dir?", fragte Elke.
Ich machte eine vage Andeutung. „Hans, du hast doch einen guten Kumpel bei der Zeitung, diesen Michael Peters."
„Der Fotograf, ja."
„Ist der auch mit Photoshop und dergleichen Computerprogrammen vertraut?"
„Aber hallo!", beteuerte Hans. „Der beherrscht den Computer wie Bill Gates."
„Gut. Ruf ihn an und frage, ob wir mal längsseits kommen können", bat ich.
„Bill Gates?"
„Wen sonst!", ging ich auf seinen Witz ein.
„Und was wollen wir von ihm?", fragte Hans nun wieder im ernsten Ton.
„Dem König Lear die Maske abnehmen", war meine geheimnisvolle Antwort.
Hans begriff, was ich meinte. „Das kriegt der hin. Der kriegt noch ganz andere Sachen hin. Michael ist ein Genie auf der Bassgeige!"
„Computer reicht schon", frotzelte ich.
Hans ging in sein Zimmer und telefonierte. Kurz darauf kam er zurück. „Ich habe Michael nicht erreicht. Aber die Hübsche sagt, er würde in einer Stunde zurück sein. Wir könnten also kommen. Kaffee hätte sie immer."

Wir fuhren zur Hauptredaktion der Zeitung in die Marienstraße. Hans schärfte mir unterwegs ein, ich solle um Himmels willen nicht *Thüringer* Landeszeitung sagen, da bekäme der Chefredakteur einen Herzinfarkt. Ich wusste um die Zänkereien zwischen der größeren „Thüringer Allgemeine" und der etwas flinkeren, wohl auch weil etwas kleineren „Thüringischen Landeszeitung". *Thüringer* Landeszeitung wurde jedenfalls als Sakrileg vom leicht cholerischen Chefredakteur der *Thüringischen* Landeszeitung, der sein Blatt ansonsten gut führte, empfunden.

Ich lenkte den Wagen auf den Hof hinter dem Hauptgebäude, in dessen unterer Etage sich die Gutenberg-Druckerei befand. Den Weg kannte ich bereits. Wir klingelten unten an der Haustür.
„Ja, bitte?“, fragte eine Frauenstimme.
„Zwei Kaffee, schwarz“, sagte Hans in die Sprechanlage.
„Na, dann kommt mal hoch. Hast du deinen Chef mit?“
Ich lachte. „Nein, ich habe Hans mit!“
Der Summer ertönte. Die Tür sprang auf. Gleich unten im Treppenhaus hing ein monumentales Ölbild, eine arkadische Fantasielandschaft, gemalt von Gerhard Schunke, das in kein Wohnzimmer gepasst hätte.
Wir stiegen die breite hölzerne Treppe des imposanten Hauses empor. Die Stufen knarrten allerdings ein wenig. Die Hübsche, eine gut aussehende Mittdreißigerin, erwartete uns bereits an der Tür zur Chefredaktion. Sie gab mir die Hand.
Die Sekretärin führte uns eine Treppe tiefer in die unter der Chefetage befindlichen Räume, wo sich die Feuilletonredaktion und das Arbeitszimmer des Fotografen befanden. Sie öffnete die Tür mit einem Nummerncode. „Ich bring euch den Kaffee rübber“, sagte sie.
Peters rief aus einem hinteren Zimmer: „Hier ist er!“ Erst dann trat er auf den kleinen Flur heraus. Er begrüßte seinen alten Freund Hans mit Handschlag, bevor er auch mir die Hand gab. „Dann lasst mal sehen. Du Polizei, ich Helfer!“ Er lachte.

Hans legte ihm die DVD mit dem Videofilm der Bank auf den Tisch. Peters lud sie in seinen Computer und Hans stoppte den Film an der Stelle, wo Schneider besonders gut zu sehen war. „Kannst du das Gesicht herauskopieren und vergrößern?“
Peters sah ihn schräg an. „Spaßvogel!“ Er drückte ein paar Tasten. „Fertsch!“
Nun legte Hans das Foto von Alfred Schneider vor, das bei uns aufgenommen worden war. „Rasier’ mal den König und schneide ihm das Stoppelhaar.“

Ich erinnerte mich, welchen Aufwand wir betreiben mussten, wenn wir in der Schulzeit in unserer „Arbeitsgemeinschaft Fotografie" ein Porträt bearbeiten wollten und dabei trotzdem nur eine vage Ähnlichkeit mit einer gewünschten Person erreichten. Das lag mehr als zwanzig Jahre zurück. Es war ein komplizierter, aufwendiger Vorgang mit Mehrfachbelichtung und per Hand ausschneiden und wieder fotografieren und aufkleben und wieder ablichten und Laugenbad und alles diese Dinger. Manchmal stockt einem der Atem, wenn man feststellt, in welcher Geschwindigkeit sich die Technik entwickelt. Wenn ich zum Beispiel an meinen ersten Computer denke und an die Teufelskisten, auf denen einer wie Michael Peters heute herumklimperte – Welten liegen dazwischen! Peters scannte das Bild ein, setzte das Videobild auf eine zweite Ebene, fuhrwerkte mit irgendwelchen virtuellen Werkzeugen auf seiner Tastatur herum und hatte – eins, zwei, fix – den König Lear rasiert und ihm die Schneidersche Frisur verpasst. „Fertsch!", sagte er. Das war wohl sein Lieblingswort. Der Mime hatte die Maske abgelegt und war Alfred Schneider geworden. Das Ergebnis selbst konnte uns nicht überraschen, aber es bestätigte unser Wissen.

Die DVD mit der Aufzeichnung des Überfalls steckte noch in Peters' Computer. „Kann ich sonst noch etwas für euch tun?"

Und plötzlich begriff ich den Grund meiner inneren Unruhe in diesem Fall. „Kannst du", – ich ging ganz selbstverständlich auf seine vertraute Anrede ein –, „kannst du mal die Frau unter die Lupe nehmen?" Ich zeigte auf Anna Schneider.

„Kann ich. Was willst du wissen?", fragte Peters.

„Das weiß ich noch nicht. Ich habe nur so eine dunkle Ahnung von wegen Perücke und so", blieb ich im Vagen.

Hans war schnell von Begriff. „Auf die Idee bin ich noch gar nicht gekommen. Respekt, Herr Kriminalhauptkommissar. Respekt!"

Peters vergrößerte einen Bildausschnitt, auf dem Anna Schneider gut zu erkennen war. Wir beugten uns beide über den Bildschirm und suchten etwas, von dem wir noch gar nicht wussten, was es ist. Ein Beweis sollte es sein, wenigstens ein Indiz. Aber wir fanden nichts.

„Kriegst du das nicht ein bisschen schärfer?“, fragte ich.

Peters sah mich grinsend an. „Du guckst zu viele Krimis im Fernsehen. James Bond und so, was? Ja, die können das! Die kümmern sich nicht darum, was technisch möglich oder unmöglich ist. Die machen das einfach. Kino eben. Pass auf“, erklärte er mir. „Du hast ein schönes Mosaikbild aus vielen kleinen bunten Steinen. Du willst aber, dass es – sagen wir mal – die doppelte Größe bekommt. Also schiebst du die vorhandenen Steinchen etwas auseinander, bis du die gewünschte Bildgröße erreicht hast. Wie gefällt dir das Bild jetzt?“

„Nun ja“, sagte ich, „die Größe stimmt, aber nun sind lauter Löcher in dem Bild. Ich bräuchte neue Steinchen, um die Leerräume auszufüllen.“

„Richtig“, sagte Peters anerkennend. „Du hast lediglich die Abstände zwischen den einzelnen Pixeln, sozusagen deine Mosaiksteinchen, verändert, aber die Pixel oder ihre Anzahl selbst kannst du nicht vergrößern. Hast du solche Steinchen, mit denen du die Leerflächen füllen kannst?“

„Nein“, gab ich ihm recht. „Die muss ich mir besorgen, damit das Bild wieder nach etwas aussieht.“

„Besorgen. Genau! Und woher, wenn nicht stehlen?“, fragte Peters lachend. „So machen die das in Hollywood. Bloß gehen geht das nicht. Du hast nur eine bestimmte Anzahl Pixel, also kleine Punkte in reinen Farben, die erst im Zusammenwirken den eigentlichen Farbton erzeugen. Hast du schon mal was von den französischen Pointillisten gehört?“

„Paul Signac?“ Ich war mächtig stolz, dass mir der Name des Malers sofort einfiel. Es machte Eindruck auf Peters.

„Zum Beispiel. Die haben nicht die Farben vorher auf der Palette angemischt und mit einem Pinsel oder einem Spachtel aufgetragen, sondern ihre Bilder Punkt neben Punkt in reiner Farbe gesetzt, um damit im Zusammenspiel eine besondere Wirkung zu erzielen. Farbige Bilder bedürfen einer hohen Anzahl solcher Pixel. Handelsübliche Computerbildschirme erreichen eine Pixeldichte von ungefähr 100 ppi, also pixel per inch, entsprechend 0,3 Millimeter pro Pixel. Schwarz-Weiß-Bilder haben deutlich weniger Pixel als farbige."

Hans war in diesen Dingen besser sortiert als ich. „Außerdem sind die Aufzeichnungen aus der Bank wie die alten Stummfilme, weil die Aufnahmegeschwindigkeit der Kamera nicht identisch ist mit den natürlichen Bewegungen. Es ruckelt und zuckelt. Du müsstest nämlich eine Unmenge Daten speichern, wenn du die Überwachungskamera einen ganzen Tag laufen lässt wie für einen richtigen Spielfilm. Stattdessen liegen zwischen den einzelnen Bildern größere Zeitabstände, damit der Computer die Daten überhaupt fassen kann."

Das leuchtete mir ein. „Schade", sagte ich. „Wäre ja auch zu schön gewesen."

„Worum geht es dir genau?", fragte Peters.

„Ich habe eine Vermutung", sagte ich, „und ich wüsste zu gern, ob man der mit dem Computer auf die Spur kommen kann. Ist diese Frau wirklich die Frau, die sie darstellen soll, oder ist auch sie, na, sagen wir mal, ein weiblicher Lear?"

Michael Peters sah mich fragend an. „Versteh ich nicht."

„Wir halten es für möglich", assistierte mir Hans, „dass nicht nur der Täter eine Maske trägt, sondern auch seine Komplizin. Vielleicht ist das gar nicht die Frau, für die wir sie halten sollen."

Peters überlegte. Da brachte die Hübsche den Kaffee und entschuldigte sich, weil sie der Chef zwischendurch zum Diktat gerufen hatte. Sie stellte mir die erste Tasse hin, was Hans offenbar missfiel. Aber als sie seine abstellte, fasste sie ihn vertraut am Arm und sagte: „Lasst es euch schmecken." Hübsche, dachte ich, und sah ihr gern hinterher.

„Vielleicht", nahm Peters den Faden wieder auf, „erzählt ihr mir erst einmal, worauf sich euer Verdacht gründet, damit ich weiß, wonach ich suchen soll."

„Das ist es ja", erwiderte ich. „Ich weiß es nicht."

„Gut“, war Peters’ Kommentar. „Dann gehen wir systematisch vor und fangen mit der Körpergröße und der Statur an.“
„Das habe ich gecheckt“, sagte Hans. „Identisch. Auch das Gesicht auf dem Film stimmt mit dem der Frau überein, soweit das die Auflösung hergibt.“
Peters blickte uns ratlos an. „Ja, wonach soll ich denn suchen?“
„Nach einem Detail, einer Kleinigkeit, bei der es keine Übereinstimmung, sondern nur eine Ähnlichkeit gibt. Der Haaransatz zum Beispiel.“
Peters nahm die virtuelle Lupe zu Hilfe und suchte systematisch Frisur und Haaransatz ab. Plötzlich sah er vom Bild zu Hans und fragte, als wäre ich gar nicht anwesend: „Ist der immer so schlau?“
„Nicht immer“, lautete die Antwort meines Kollegen. Er wollte wohl nicht gar zu sehr in meinem Schatten stehen. „Aber wir helfen ihm gern. Na, rück schon raus, was hast du gefunden?“
„Ich zoome das mal etwas größer, da geht zwar die Schärfe weg, aber ich glaube, man kann es trotzdem sehen. Weißte wie? Hier“, er fuhr mit dem Cursor an eine Stelle im Nacken von Anna Schneider. Und wir sahen es: Die Frau trug eine Perücke. An einer Stelle, kaum zu erkennen ohne Vergrößerung, lugte unter der blonden Zweitfrisur eine schwarze Haarsträhne hervor.
„Gottverdammich!“, entfuhr es Hans. „Warum ist das mir nicht aufgefallen?“
Peters sah ihn spöttisch an. „Wahrscheinlich hast du es längst gesehen und brauchtest nur einen Vorwand, um dir von der Hübschen einen Kaffee servieren zu lassen.“ Er lachte ihn aus.
„Knallkopf!“, wies Hans die Unterstellung zurück. Es war ihm vor allem vor mir peinlich, auf seine Schwärmerei angesprochen zu werden. Dabei gönnte ich ihm die Freude. Den Ring an ihrer rechten Hand hatte ich allerdings gesehen.
Einmal fündig geworden, suchte Peters weiter nach verräterischen Details, aber die geringe Auflösung der Bilder gab nicht mehr her.

Ich gebe zu, das war ein gutes Gefühl. Es hatte mich die ganze Zeit belastet, dass wir eine Frau für die Komplizin des Bankräubers halten mussten, von der ich heftig wollte, dass sie es gar nicht war, obwohl alles gegen sie sprach. Es ging mir gegen den Strich, dass Anna Schneider, die schon so eine schwere Last zu buckeln hatte wie die schlimme Krankheit ihrer Mutter, die Insolvenz ihres Mannes und die daraus folgende, fast aussichtslose Verschuldung mit aller Angst und Verzweiflung, die so etwas mit sich bringt, die Komplizin ihres bankräuberischen Ehemannes sein sollte. Mit Alfred Schneider konnte ich kein Mitleid empfinden. Der war mir einfach zu abgebrüht. Als ob ich die Augen schlösse, sah ich in meiner inneren Bilderwelt, wie Anna Schneider völlig aus der Fassung geriet, vom Stuhl kippte und mit einer mächtigen Platzwunde am Kopf liegenblieb. Glücklicherweise hatte die Untersuchung im Krankenhaus keine schwereren Verletzungen nachweisen können. Es tat mir einfach gut, dass wir einen Ansatz gefunden hatten, der Anna Schneiders mögliche Unschuld bewies.

„Aber wer ist die Frau wirklich?", fragte Hans. „Als die Zeugen noch in der Bank befragt wurden, musste sie schließlich ihren Ausweis vorlegen und das Kurzprotokoll unterschreiben."

„Das ist der nächste Punkt, Hans. Wir vergleichen die Unterschrift auf dem Protokoll mit der Unterschrift auf einem anderen amtlichen Dokument von Anna Schneider. Außerdem müssen auf dem Protokoll ihre Fingerabdrücke sein. Ich bin froh, dass sie es nicht war."

„Definitiv?", frotzelte er.

„Du sollst deinen Chef nicht verarschen!", gab ich mit gespielter Strenge zurück, aber ich war zufrieden, dass er ähnlich wie ich empfand.

Wir bedankten uns bei dem Fotografen. „Du hast einen gut bei mir", sagte ich.

„Okay, dann klaue ich morgen einen Stapel DVD's."

„Pech, mein Lieber. Das ist die falsche Abteilung. Da musst du schon den Verkäufer ermorden."

„Vielen Dank für den Tipp!" Der Mann blieb keine Antwort schuldig.
„Und was ist mit dir? Willst du der Hübschen noch tschüss sagen?", fragte ich Hans.
„Nicht nötig", antwortete er vergnatzt. „Wir sehen uns heute Abend im Bett."
Ich hätte es ihm gegönnt.

Es erging Astrid und Elke ähnlich wie Hans und mir. Auch sie waren froh, Anna Schneider entlastet zu wissen. Astrid erbot sich, ins Krankenhaus zu fahren und die Bewachung aufzuheben. Fluchtgefahr bestand nicht mehr. Als sie zurückkam, machte sie einen sehr betrübten Eindruck. „Was ist denn los?", fragte ich sie.
„Der Arzt sorgt sich um den psychischen Zustand der Frau. Es ist nicht die äußere Verletzung und auch nicht die abklingende Gehirnerschütterung, sagt er. Sie macht einen sehr verwirrten Eindruck. Offenbar hat sie die Tage um den Überfall herum komplett ausgeblendet. Sie hat mich mit Frau Doktor angesprochen und wohl für eine Ärztin gehalten wegen des weißen Kittels, den ich tragen musste. Ich hoffe, sie findet bald wieder zu sich."
„Das klingt zwar jetzt ziemlich blöd", meinte Hans, „aber was passiert, wenn sie wirklich begreift, was geschehen ist? Manchmal ist es besser, wenn man in dieser anderen Welt bleibt."
Ich wollte ihn schon zurechtweisen und sagen, dass das nicht nur blöd klingt, sondern es auch ist, aber da fiel mir rechtzeitig ein, dass sich Hans nach dem Tod seiner Frau, die in ihren letzten Jahren unter schweren Depressionen litt, in einem ähnlich labilen Zustand befunden haben musste, wie mir Astrid einmal erzählt hatte. In der Zeit saß er öfter bei Mario in der Kneipe, als es gut sein konnte. Glücklicherweise hat er sich aber nach einigen Monaten wieder gefangen. Das war vor meiner Zeit, lag also mehr als ein Jahr zurück. Der Verlust eines geliebten Menschen verändert das Wesen des Zurückgebliebenen häufig.

Astrid nickte bestätigend. „Wir hätten gründlicher ermitteln müssen“, sagte sie mit belegter Stimme.
Den Vorwurf hatte ich mir selbst schon gemacht. Und da ich der Chef dieses kleinen Teams bin, interpretierte ich Astrids Bemerkung durchaus als Kritik an meiner Vorgehensweise. Vielleicht erkannte sie, wie ich mir die Worte annahm, und fügte hinzu: „Ich nehme mich dabei nicht aus.“
Um aus der etwas gedrückten Stimmung herauszukommen und das Heft des Handelns wieder zu ergreifen, sagte ich in einem forsch klingenden Ton: „Leute, lasst die Köpfe nicht hängen. Wenn wir etwas für Frau Schneider tun wollen, müssen wir die Person finden, die ihre Rolle in der Bank gespielt hat. Astrid, wir knöpfen uns Alfred Schneider gründlich vor. Das ist er seiner Frau schuldig.“
Astrid schien weniger überzeugt zu sein. „Er hat seine Frau ganz bewusst unter Verdacht gebracht. Ich fürchte, seine Komplizin ist ihm wichtiger als seine Frau. Diese Person muss auch das Geld haben, von dem er hofft, dass sie es für ihn aufbewahrt, bis er wieder frei ist.“
Wie sich herausstellte, hatte Astrid recht mit ihrer Vermutung. Alfred Schneider dachte gar nicht daran, jemandem etwas schuldig zu sein, schon gar nicht seiner Frau. Er saß uns mit einer Chuzpe gegenüber, als ginge ihn die ganze Sache nichts mehr an. Das Schicksal seiner Frau schien ihn herzlich wenig zu berühren. „Ich habe den Bruch gemacht. Ihr habt mich erwischt. Alles andere klärt mit meinem Anwalt. Ob ich die Insolvenz zu Hause absitze oder hier bei freier Kost und Logis abmache, das ist – möchte ich mal sprechen – gehupft wie gesprungen. Was bringt es mir, wenn ich singe? Drei Tage weniger Knast?“
Wir versuchten, dem Mann ins Gewissen zu reden. Aber das war vergebene Liebesmühe. Der hatte keines. Irgendwelche Auskünfte über seine Komplizin würden seine Lage nicht wirklich verbessern. Er hatte seine Frau ganz bewusst und ohne Skrupel in diese schlimme Lage gebracht. Er musste ihr sogar den Personalausweis aus der Tasche entwendet haben, weil er natürlich da-

mit rechnen konnte, dass die in der Bank anwesenden Kunden als Zeugen befragt und ihre Personalien anhand des Ausweises aufgenommen würden. Wahrscheinlich dachte er – so hatte er sich ja erst kürzlich selbst geäußert –, sich in ein paar Jahren mit dem gestohlenen Geld ins Ausland abzusetzen samt seiner Komplizin, die, wie Astrid und ich vermuteten, seine Geliebte war. Aber wer konnte das sein?

Weil alle Versuche, ihn zu einer Aussage zu bewegen, fehlgeschlagen waren, versuchte ich es mit Spott. „Herr Schneider, wir sind Beamte. Wir haben sehr viel Zeit. Und während Sie Ihre nächsten Jahre in der JVA verbringen, können wir in aller Ruhe nach der Frau suchen. Das perfekte Verbrechen ist noch nicht erfunden worden. Irgendeinen Fehler, und sei es der kleinste, machen sie alle. Wir finden ihn. Die Beute können Sie allerdings vergessen. Oder glauben Sie, dass Ihre Komplizin zehn bis zwölf Jahre wie Heimchen am Herd auf Sie wartet? Das wäre die erste treue Räuberbraut, die ich kennenlernen würde. Und ich werde sie kennenlernen, Herr Schneider, nur – treu wird auch die nicht sein."

Er sah mich verdutzt an. „Wieso zwölf Jahre für den lächerlichen Bruch?"

„Es können auch mehr sein. Wenn der Staatsanwalt und der Richter entscheiden, dass Sie nicht versehentlich auf die Frau geschossen haben, sondern in Tötungsabsicht, um eine Mitwisserin auszuschalten …"

Mit diesem Gedanken ließen wir ihn wieder in seine Zelle zurückbringen. Der Bazillus war gesetzt. Er würde sich in ihm ausbreiten und immer mehr wuchern. Alfred Schneider wird von seinen Mithäftlingen erfahren, wie treu deren Bräute sind. Und irgendwann, falls wir der Frau nicht selber auf die Spur kommen sollten, sagt er aus; denn sie wird schlau genug sein, ihn nicht in der JVA zu besuchen oder ihm zu schreiben, weil sie sich damit selbst in Gefahr begäbe, als seine Komplizin erkannt zu werden. Dann wird ihn der Zweifel, ob sie tatsächlich all die Jahre auf ihn wartet, zerfressen. Früher oder später kriegen wir sie.

Als Alfred Schneider in seine Zelle zurückgebracht wurde, saßen wir noch bei mir im Zimmer zusammen. „Das ist vielleicht ein Scheißkerl!", schimpfte Hans.
Da gab es keinen Widerspruch.
„Es gibt eine zweite Tasche", überlegte Elke laut. „In der einen ist das Geld, in der anderen war die Wäsche."
„Ja", ergänzte Astrid. „Aber wir haben sie beide nicht."
Nach den Taschen zu fahnden schien ziemlich aussichtslos. Aber aussichtslos hat im Wortschatz eines Kriminalisten nichts zu suchen. „Die Frau, die sich als Anna Schneider ausgegeben hat, ist mit ihrer Tasche voll Geld unbehelligt aus der Bank gegangen, weil niemand auf die Idee kommen konnte, ihren Inhalt zu überprüfen. Die Wäschetasche hatte Alfred Schneider beim scheinbaren Stolpern ausgetauscht. Ich glaube nicht, dass er die Wäsche seiner Schwiegermutter durch die ganze Stadt geschleppt hat. Wir müssen die Container im näheren Umfeld durchsuchen", schlussfolgerte ich. „Astrid, kannst du das bitte veranlassen?"
Sie nickte. „Wenn er sie nicht in die Ilm geworfen hat", gab sie zu bedenken.
„Kaum", sagte Hans. „Da hätte er von der Bank durch die halbe Stadt laufen müssen. Und die relativ große Tasche einfach in einen Container zu entsorgen, scheint mir auch nicht wahrscheinlich. Das hätte jemandem auffallen können."
„Kleidercontainer", warf Elke ein. „Das fällt am wenigsten auf. Da spendet einer ausrangierte Kleidungsstücke, zum Beispiel die Wäsche der kranken Mutter, für das Rote Kreuz oder so. Das ist am unverdächtigsten."
„Gut", schloss ich die Diskussion ab. „Wir lassen nichts unversucht. Meinetwegen auch die Ilm. Haben wir die Tasche, sind wir der Komplizin ein Stück näher."

Seit dem Überfall auf die Bank waren zehn Tage vergangen, zehn Tage, in denen wir, was die Komplizin anlangte, einer falschen Spur gefolgt waren. Die Tasche war übrigens weder in den umliegenden Containern noch anderswo aufgefunden worden. Meine Zuversicht, die ich vor Alfred Schneider mehr gespielt als wirklich gemeint hatte, schmolz angesichts dieses enormen Vorsprungs, den die Frau hatte. Es war eher wahrscheinlich, dass sie mit dem Geld längst irgendwo im Ausland verschwunden sein könnte, als dass sie sich – wenn schon nicht in Weimar – so doch noch irgendwo in Deutschland versteckt hielt. Ich hatte allerdings meine begründeten Zweifel, ob die Komplizin brav bis zu Alfred Schneiders Entlassung warten würde. Wahrscheinlicher schien mir, dass sie ihn nur benutzt hatte, um an das Geld zu kommen. „Männer in dem Alter kriegen manchmal die Flöhe", hatte Astrid gesagt, wofür Hans und ich uns herzlichst bedankten. Elke verzog nur das Gesicht dabei.

Astrid war hinsichtlich des Auffindens der Komplizin etwas optimistischer. „Nicht einmal hunderttausend Euro", sagte sie, „dafür muss eine alte Frau lange stricken. Aber eine junge, wovon wir ausgehen können, kommt mit dem Geld nicht weit. Die geht einmal ordentlich shoppen, und schon ist die Hälfte der Beute weg; denn dass sie mit dem Geld wartet, bis Alfred Schneider seine Strafe abgesessen hat, das glaubt er vermutlich selbst nicht mehr."

Wahrscheinlich hatte Astrid recht. Dennoch besaßen wir keinen Plan, wo wir mit der Suche beginnen sollten. Die Bilder der Überwachungskamera hatten uns schon einmal in die Irre geführt. Außerdem stand zu vermuten, dass die infrage kommende Person nicht nur mit Perücke und unberechtigt benutztem Ausweis in der Bank erschienen ist, sondern auch sonst noch bestimmte Eigenarten wie Gang oder eine typische Handbewegung der Anna Schneider nachgeahmt hat. Vielleicht hatte sie eine gewisse Ähnlichkeit, die mit einigen kosmetischen Tricks noch angeglichen wurde. „Kurzum", schloss ich meine Überlegungen, „sie muss Anna Schneider gekannt haben. Ich fürchte nur, dass es zurzeit aussichtslos ist, von Frau Schneider eine sachdienliche Auskunft zu bekommen."

„Die Maskerade von Alfred Schneider war perfekt", überlegte Elke laut. „Immerhin wissen wir, wo King Lear zu finden ist."

„Im Theater!", folgte Hans Elkes Überlegung. „Irgendwie müssen Bart und Schopf des sagenhaften Königs aus dem Theater heraus und – ja!, auch wieder hineingekommen sein."
„Theater", sagte Hans gedehnt. „Maskenbildnerei. Klingelt da was bei euch?"
Wir begriffen Hans' Anspielung. „Dann fragen wir doch mal Frau Kallmeier, die Chefmaskenbildnerin. Sie selbst kommt vermutlich für eine Täterschaft aufgrund ihres Alters nicht infrage. Ich geh da gleich mal hin. Elke, ich brauche die Fotos von Alfred und Anna Schneider", bat ich die Kollegin.
„Sofort", sagte Elke und schlug ihren Hefter auf, in dem beide Bilder lagen. Ich steckte sie ein und machte mich zu Fuß auf den Weg. Mit dem Auto hätte ich wahrscheinlich angesichts der vielen Baustellen und Umleitungen einmal um Weimar herumfahren müssen.

Ich überquerte die Ampelkreuzung unserer Dienststelle gegenüber und nahm die Abkürzung durch das große Atrium-Kaufhaus. Die leicht abschüssige Jakobstraße hinab, den Graben überquerend, kam ich am Herderplatz vorbei. Das war noch immer eine große Grabungsstelle. Eigentlich sollten die umfangreichen Pflasterarbeiten und die Neugestaltung zum Zwiebelmarkt Anfang Oktober abgeschlossen sein, aber wegen der archäologischen Ausgrabungen verzögere sich die Wiedereröffnung des Platzes vor der Stadtkirche um ein Jahr, hatte ich gelesen.
Ich erreichte den Marktplatz vor dem Rathaus, dem gegenüber das beeindruckende Cranachhaus stand. Der Platz und die ihn umschließenden Gebäude waren am Ende des Zweiten Weltkrieges nahezu zerstört worden und über mehrere Umwege und Rekonstruktionen wieder fast in alter Schönheit erstanden. Nur das Haus, in dem Johann Sebastian Bach einige Jahre gelebt hat, ließ noch auf seine Wiedererstehung warten. Vom Balkon des spätestens durch Thomas Mann berühmten Hotels „Elephant" grüßte ein mit Bronzefarbe angemalter Henry van de Velde. Ich grüßte zurück.

Der Markt selbst hätte ein bunteres Treiben vertragen. Einige Stände boten bereits die traditionellen Zwiebelzöpfe an, den kommenden Zwiebelmarkt ankündigend. Dann würden am zweiten Oktoberwochenende wieder fünfmal mehr Besucher in die Stadt strömen, als Weimar Einwohner hat, und die Innenstadt heillos verstopfen. Die Weimaraner schimpften auf die Invasion und freuten sich gleichzeitig darauf. Besonders die Schillerstraße war in den Tagen so überfüllt, dass man nur die Arme anlegen und die Füße anheben musste, um durch die Menge geschoben und getragen zu werden.

Kurz hinter dem Markt bog ich rechter Hand in die Schillerstraße ein, der „Broadway" von Weimar, der um diese Zeit gut besucht war, vor allem aber von flanierenden und schwatzenden und permanent fotografierenden Touristen dampfwalzenartig überflutet wurde.

Am Schillerhaus vorbei, gelangte ich am Ende des Boulevards bis zum Wittumspalais. Ich ging an dem gelb getünchten Haus vorbei und erreichte den Theatervorplatz mit dem Denkmal der Dichterfürsten Goethe und Schiller. Mir war das Monument um ein paar Nummern zu mächtig und vor allem zu fern. Ich hätte es lieber gehabt, der Bildhauer Rietschel hätte auf den mächtigen Sockel verzichtet und die Dichter auf Augenhöhe oder vielleicht auf einem kleinen Podest zum Zwiegespräch eingeladen. So wirkten sie doch recht abgehoben vor dem dahinterstehenden Theater.

Ich ging linker Hand am Nationaltheater vorbei, der kurzen Dingelstedtstraße folgend, wählte den rückwärtigen Eingang der „moralischen Anstalt" in der Hoffnung, dass es nicht allzu unmoralisch – zum Beispiel in der Maskenbildnerei – zuginge.

Der Pförtner waltete seines Amtes, als ich einfach an ihm vorbei ins Innere des Hauses wollte, denn ich kannte den Weg von unserem letzten Besuch. Er steckte seinen Kopf durch das kleine Fenster und fragte diensteifrig: „Wohin wollen wir denn?"

Ich zeigte meinen Ausweis.

„Kriminalpolizei? Na, was haben wir denn angestellt?"

„Don Carlos geschlachtet", sagte ich, weil mein Blick zufällig auf das Plakat fiel.

„Und wo wollen wir hin?"
„Zur Maske", bedeutete ich ihm.
Er nickte verstehend. „Aha, verdeckter Ermittler."
„Genau", erwiderte ich. Da ließ er mich wortlos passieren.
Ich musste dann doch ein wenig suchen, denn so ein großes Haus hat viele Gänge und Türen, aber ich fand Frau Kallmeier, die ziemlich überrascht war, mich schon wieder zu sehen.
„Ist was mit dem Lear?", fragte sie verunsichert.
Ich beruhigte sie. „Eher mit seiner Komplizin."
„Da verwechseln Sie aber etwas, junger Mann. Oder meinten Sie seine ungeratenen Töchter?"
Ich kam ohne Umschweife zur Sache und legte ihr erneut das Bild von Anna Schneider vor. „Kennen Sie die Frau?"
Die Maskenbildnerin sah genau hin, verneinte aber schließlich. „Nie gesehen."
Ich steckte das Foto wieder weg und zeigte ihr das Konterfei von Alfred Schneider. Da musste sie nicht lange überlegen. „Der schöne Freddy! Was hat er denn angestellt, dass die Polizei nach ihm fragt?"
Ich blieb ihr die Antwort schuldig und verbarg meine Überraschung, dass sie Alfred Schneider offensichtlich kannte, gut kannte sogar. „Woher kennen Sie den schönen Freddy, wie Sie ihn nennen?"
„Nun ja, auf das Kennen könnte ich gut und gerne verzichten. Das ist doch der, mit dem die Heike durch die Kante zieht. Sitten sind das aber auch! Der Kerl ist verheiratet und gut dreißig Jahre älter, aber das scheint beiden egal zu sein."
„Welche Heike?"
„Heike Becker, die arbeitet als Aushilfe bei uns, weil doch meine Kollegin krank ist. Nun macht die auch noch auf krank. Ein paar Tage vor der nächsten Premiere! Junger Mann, wenn es nicht so dringend ist, könnten Sie dann vielleicht zu einem anderen Zeitpunkt kommen? Ich weiß bald nicht mehr, wo mir der Kopf steht. Ist immer dasselbe." Vermutlich meinte sie den Stress vor jeder Premiere.
„Tut mir leid, Frau Kallmeier", erklärte ich. „Muss sein. Ich fasse

mich kurz. Also, Heike Becker ist die Geliebte vom schönen Freddy?"
„Ach, Geliebte! Die treibt es mal mit diesem, mal mit jenem. Ich weiß nicht, zu meiner Zeit …"
„Und sie hat sich krank gemeldet?", fragte ich weiter. „Seit wann ist sie denn krank?"
„Wenn Faulenzia eine Krankheit ist – seit zehn Tagen. Letzten Montag kam ihr Krankenschein hier angeflattert. Sie hat ihn einfach beim Pförtner hinterlegt. Ich weiß nicht, das hätten wir uns früher nie getraut, so rotzfrech wie die ist. Am Mittwoch soll sie noch einmal im Haus gewesen sein. Keine Ahnung, was sie wollte. Sie hat nur kurz reingeschaut und war gleich wieder fort."
Wahrscheinlich hat sie die Maske wieder an ihren Platz zurückgelegt, dachte ich mir, sagte aber nichts von meiner Vermutung zu Frau Kallmeier.
„Und wo finde ich Frau Becker? Ich meine, wo wohnt sie?"
Frau Kallmeier überlegte. „Ja, so genau weiß ich das auch nicht. Irgendwo in der Weststadt. Aber wo? Am besten, Sie fragen im KBB nach ihr."
„KBB?" Die Abkürzung kannte ich nicht.
„Künstlerisches Betriebsbüro. Erste Etage. Gleich neben dem General."
„Haben Sie ein Foto von Heike Becker?", wollte ich wissen.
„Habe ich nicht. Aber die im KBB können Ihnen bestimmt eines überlassen."
Also begab ich mich in die erste Etage und fand in der Nähe des Allerheiligen eine Tür mit der Aufschrift KBB, darunter stand der Name Hella von Pillsen. Ich klopfte und trat nach der Aufforderung durch eine wohlklingende Altstimme ein. Hinter dem Schreibtisch saß eine elegante Dame, der man ansah, dass sie schon bessere Zeiten gesehen hatte.
Zuvorkommend bat sie mich, Platz zu nehmen, nachdem ich ihr meinen Ausweis gezeigt hatte. Ich fragte sie nach Heike Becker.
„Die Dame hat sich vor zehn Tagen krank gemeldet." Das Wort *Dame* wurde von ihr wie mit spitzen Fingern gebraucht.

„Dass sie krank ist, weiß ich bereits. Ich benötige ihre Anschrift und, wenn möglich, ein Foto von ihr."
Sie lächelte fein, fast malizös. „Krank sein und krank geschrieben werden können zweierlei Dinge sein. Sie wird wohl einen Dr. G. Fällig als Hausarzt haben." Frau von Pillsen machte eine elegante Drehung mit ihrem Schreibtischstuhl, klickte ein Verzeichnis auf ihrem Computer an und fand auf Anhieb die gesuchte Adresse. „Ich schreibe sie Ihnen am besten auf", erbot sie sich.
Ich las die Adresse. „Danke." Und weil ich noch etwas Nettes sagen wollte, lobte ich ihre schöne Handschrift.
Sie lächelte milde. Sie war Komplimente gewohnt. „Wir haben noch Schönschrift gelernt, junger Mann!" Es wäre zu dick aufgetragen gewesen, wenn ich jetzt gesagt hätte, dass sie wesentlich jünger aussähe als jemand, der zu Schönschreibjahren in die Schule gegangen ist. Frau von Pillsen schlug eine Mappe auf, in dem sich ein Foto von Heike Becker befand, das sie mir übergab. Ich könne es behalten. So wichtig sei die Dame nicht. Wieder die abwertende Betonung.

Ich betrachtete das Foto genau. Eine gewisse Ähnlichkeit mit Anna Schneider war zu erkennen. Mit etwas Geschick und Erfahrung konnte durchaus nachgeholfen werden.
„Sie ist nicht fest engagiert an unserem Haus", erläuterte Frau von Pillsen, als wollte sie die erforderliche Distanz zu der Becker festhalten. „Kann ich sonst noch etwas für Sie tun?", fragte sie freundlich.
Ich bedankte mich. Nein, mit dem Foto und der Anschrift sei mir bereits geholfen. Ich wunderte mich allerdings, dass die Leiterin des KBB nicht wissen wollte, warum ich mich nach Heike Becker erkundigte. Aber vielleicht mochte sie nicht neugierig erscheinen. Oder hatte Frau Kallmeier sie informiert, als ich auf dem Weg zu ihr war?
Astrid erzählte mir später, Hella von Pillsen sei eine gefeierte Sängerin gewesen, Altistin, bis ihr von einer Stunde auf die andere

als Folge einer schweren Erkrankung des Kehlkopfes die Stimme versagte und sie nie wieder eine Bühne in irgendeiner Rolle betreten konnte. Der damalige Intendant, ein Schweizer, hatte ihr die Stelle als Leiterin des KBB angeboten. So war sie wenigstens immer noch am Theater tätig. In jeder anderen Luft wäre sie wahrscheinlich erstickt.

Noch am gleichen Tag fuhr ich mit Astrid zur Wohnung der Becker. Auch nach mehrmaligem Klingeln wurde uns nicht geöffnet. „Ich denke, sie ist krank? Da bleibt man doch zu Hause und hütet das Bett?", wunderte ich mich.
„Vielleicht ist sie beim Arzt?", meinte Astrid.
„Falls sie krank ist", erwiderte ich.
„Wenn nicht, ist sie bei den sieben Zwergen."
Ich sah Astrid fragend an.
„Über alle Berge", erklärte sie.
Ich wollte aber nicht ganz umsonst hergekommen sein, deshalb klingelte ich an der Tür gegenüber. Sie wurde sofort geöffnet, als hätte der Mann dahinter das Geschehen im Treppenhaus durch seinen Spion beobachtet und nur auf unser Klingeln gewartet. Er wirkte wie ein verspäteter Beamter aus einem staubigen Archiv. Seine Körperhaltung war leicht nach vorn geneigt, die Stimme durchaus höflich, aber vielleicht eine Spur zu devot. „Sie wünschen?"
„Wir wollten zu Frau Becker", sagte Astrid. „Aber sie ist wohl nicht da?"
„Das Heikchen", sagte er und ein schwaches Leuchten huschte über sein Gesicht. „Tja, tut mir leid, aber sie ist verreist. Wissen Sie, ihre Tante Mechthild ist ganz plötzlich erkrankt. Und da musste sie natürlich hin. Erbtante, wenn Sie verstehen, was ich meine."
Er lächelte uns zuvorkommend an, weil er eine Auskunft geben konnte, aber er gewahrte eine gewisse Distanz, als säße er noch immer hinter seinem Schalter.
Wir verstanden. „Wann ist Heikchen denn weggefahren?" Ich ging auf seinen Ton ein.

„Ach, Sie kennen sie? Das ist mal ein properes Mädchen, die Heike, gelle? Immer freundlich, immer hilfsbereit. Ich würde sonst nicht ihre Blumen gießen. Wissen Sie, früher, da hatten wir eine richtige Hausgemeinschaft. Da gab es einmal im Vierteljahr eine Mieterversammlung im Gemeinschaftsraum und hinterher wurden die Würste und Brätel auf den Rost gelegt. An solchen Abenden habe ich sogar mal eine Flasche Bier getrunken, was sonst nicht meine Art ist. Das war immer sehr schön. Aber jetzt wohnt niemand mehr von den Alten hier. Auch Heike ist neu, doch die ist nicht wie die anderen. Die geht nicht einfach an einem vorbei. Die grüßt stets sehr höflich und hat auch mal ein bisschen Zeit für ein …"

„Herr Püschel", ich hatte den Namen an seiner Tür gelesen. „Herr Püschel", unterbrach ich seinen Redefluss, „wann ist die liebe Heike denn weggefahren zu ihrer Tante Mechthild?"

„Letzten Mittwoch. Warum wollen Sie das eigentlich wissen?" Er war ein wenig mürrisch, weil er seine schöne Geschichte nicht zu Ende erzählen konnte.

Wir zeigten dem Mann unsere Ausweise. Da erschrak er heftig. „Um Gottes willen, ihr ist doch nichts Schlimmes passiert?"

Wir beruhigten ihn. Wir hätten nur ein paar Fragen an sie.

„Das tut mir aber jetzt leid", sagte Herr Püschel, „dass sie nicht da ist. Aber vielleicht kann ich Ihnen helfen? Worum geht es denn?"

„Wo die Tante Mechthild wohnt, wissen Sie wohl nicht?", fragte Astrid.

Nein, das wisse er leider nicht. „Irgendwo da oben", sagte er. Es hätte Norden bedeuten können. „Hat sie es Ihnen nicht gesagt? Sie kennen sie doch, oder?"

Ich überhörte die Frage. „Sie gießen Heikes Blumen?"

„Jeden zweiten Tag", beteuerte er. „Auch die in ihrem Schlafzimmer." Er lächelte versonnen.

Ich überhörte geflissentlich den verräterischen Unterton von wegen Schlafzimmer. „Dann haben Sie auch ihren Wohnungsschlüssel?"

Ja, den habe er natürlich. Wie sollte er sonst die Blumen gießen können?
„Wir würden da gern mal reinsehen", erklärte ich.
„Dürfen Sie denn das?", fragte der Nachbar misstrauisch. Der Mann war es gewohnt, dass man ihm eine Vollmacht oder ein amtlich bestätigtes Schreiben vorlegte, wenn man Zutritt zu einer fremden Wohnung oder einem sonst abgeschlossenen Raum haben wollte.
„Herr Püschel", sagte Astrid, „wir sind die Polizei."
„Ja, ja, aber haben Sie auch so einen, na, so einen Durchsuchungsbefehl?"
„Durchsuchungsbeschluss", korrigierte ihn Astrid.
„Herr Püschel", tat ich hochamtlich, „natürlich haben wir die Erlaubnis. Wir würden doch nicht einfach in eine Wohnung eindringen!" Das war zwar nicht ganz nach Dienstvorschrift, aber ich hätte es immer mit Gefahr in Verzug begründen können. Herrn Püschel schien mein sicheres Auftreten zu überzeugen. Er ging in seine Wohnung zurück und holte den Schlüssel, den er an mich übergab. „Darf ich noch einmal Ihre Ausweise sehen?", vergewisserte sich der aufmerksame Nachbar.
Wir taten ihm beide den Gefallen. Doch als er uns in Heike Beckers Wohnung folgen wollte, bedeutete ich ihm, dass wir uns anschließend wieder bei ihm melden würden. Das sei jetzt eine polizeiliche Maßnahme. Man konnte ihn mit solchen Worten beeindrucken.
Das gefiel ihm trotzdem nicht. „Aber keine Zugluft, bitte. Das mögen die Pflanzen nicht."
Wir versprachen es ihm und betraten die Wohnung von Heike Becker.

Erwartet hatte ich ein, na, sagen wir mal, nicht unbedingt aufgeräumtes Zimmer, in dem Wäsche und Schuhe und allerhand Kleinkram über die Räume verteilt herumlagen oder das Bett nicht gemacht war und die Spüle in der Küche mit nicht abgewaschenem Geschirr vollstand. Aber die Wohnung befand sich zu meiner Überraschung in einem tadellosen Zustand, nach meinem Geschmack sogar in einem sehr tadellos aufgeräumten Zustand, als habe die Bewohnerin nicht die Absicht, in nächster Zeit zurückzukommen.

„Oha!", sagte Astrid. „Hier hat aber jemand sehr gründlich für Ordnung gesorgt. Ich wollte, bei meiner Tochter sähe es wenigstens einmal die Woche so aus."

Ich öffnete den Kleiderschrank. Die Wäsche war fein säuberlich einsortiert. Ich hatte allerdings den Eindruck, dass vorher mehr in den Fächern gelegen haben muss. Astrid kam aus dem Bad. „So wenige Kosmetika hat keine Frau. Zahnbürste fehlt auch. Ich wette, unser Vogel ist ausgeflogen. Und an eine Erbtante Mechthild möchte ich auch nicht glauben."

Ich war schon dabei, Elke anzurufen. Sie sollte mit ihrem Team die Spuren in der Wohnung sichern. Das sah mir doch alles sehr nach einer geplanten Abreise aus.

„Wahrscheinlich ist sie wirklich schon über alle Berge", sagte ich. Natürlich würden wir die möglichen Fluchtwege eruieren, aber ich war skeptisch. Nach zehn Tagen hatte sie einen viel zu großen Vorsprung, denn sie wäre an keinem möglichen Kontrollpunkt aufgefallen, weil niemand bisher nach ihr gesucht hatte. Und Grenzkontrollen wie einst gab es in Europa kaum noch.

Astrid hielt es allerdings für denkbar, dass sich Heike Becker noch in Deutschland aufhielt. Mit knapp unter hunderttausend Euro kommt man im Ausland als Fremder auch nicht weit. Das Geld ist schnell ausgegeben. „Außerdem", überlegte sie, „dürfte sie sich ziemlich sicher wähnen. Es ist mehr oder weniger ein Zufall, dass wir ihr auf die Spur gekommen sind. Hätte Hans' Fotofreund die schwarze Strähne nicht entdeckt, sähen wir jetzt ziemlich alt aus."

Das bestätigte ich ihr. Dass ich dabei an Anna Schneider dachte, die auf skrupellose Weise ein Opfer nur der anderen Art als die Bankangestellte geworden ist, sprach ich nicht aus. Ihr Mann hatte sie bedenkenlos in diese fatale Lage gebracht.

Elke kam mit zwei Kollegen und komplettem Besteck. Als sie an der Wohnungstür der Becker klingelte, steckte Herr Püschel neugierig seinen Kopf aus seiner Tür. „Herrgottchen, Herrgöttchen, was ist denn los? Der Heike ist doch hoffentlich nichts …" Aber seine Befürchtung wagte er nicht auszusprechen.
„Wir kommen nachher zu Ihnen, Herr Püschel", komplimentierte ich ihn in seine Wohnung zurück.
Ich wies Elke ein, worauf sie besonders achten sollte. Dann bat ich Astrid, mich in die gegenüberliegende Wohnung zu Herrn Püschel zu begleiten.

Auf dem mit einem gestickten Tuch belegten Couchtisch standen drei Tassen – Blümchenmuster –, eine aus einem anderen, aber ähnlichen Geschirr stammende Kaffeekanne mit Tropfenfänger, ein paar Kekse und drei kleine Tellerchen; dazu Zucker in der Dose und Kaffeesahne in einem Kännchen, dessen Tülle irgendwann deutlichen Schaden genommen hatte. Es roch ein bisschen muffig in der Wohnung, die ansonsten aufgeräumt war, aber nach einsamem, altem Herrn aussah. Wahrscheinlich lüftete er aus Angst vor Zugluft die Räume nur selten.
„Erwarten Sie noch Besuch, Herr Püschel? Wir können auch später kommen", sagte ich mit Blick auf den gedeckten Kaffeetisch.
„Nein, nein", beeilte er sich zu sagen. „Ich dachte nur, eine kleine Erholungspause sollten Sie sich gönnen." Dabei goss er etwas in unsere Tassen, das Kaffee hätte genannt werden können, wenn das Mischungsverhältnis Kaffee zu Wasser nach einer anderen Gleichung gebrüht worden wäre. „Na, dann erzählen Sie mal", sagte er mit vor Aufregung geröteten Wangen.
Ich sah Astrid an, Astrid sah mich an. „Eigentlich geht das anders, Herr Püschel. Wir fragen und Sie antworten."
Bevor der Mann zu einer ausführlichen Erzählung ausholen konnte, wollte ich wissen: „Sie kennen Frau Becker." Das war eigentlich keine Frage.

Er konnte nicht antworten, denn Astrid setzte nach: „Wie gut kennen Sie Frau Becker?"
„Sie nennen sie Heikchen. Wie muss ich das verstehen?", stellte ich gleich die nächste Frage.
Herr Püschel brauchte einen Moment, um sich zu sortieren. „Na, das möchte ich nicht, dass Sie ihr sagen, dass ich sie Heikchen nenne. Da könnte sie ja sonst was bei denken, gelle? Die Leute reden sowieso nur dummes Zeug. Aber das ist mir egal. Man wird doch mal einer jungen Frau die Einkaufstasche nach Hause tragen dürfen. Oder der Nachbarin ein paar Blümchen schenken. Es ist mir egal, was die Leute reden", setzte er noch einmal trotzig hinzu, weil es ihm natürlich nicht egal war. Da wird der eine oder andere schon mal eine gehässige oder lästerliche Bemerkung gemacht haben von wegen alter Gockel und junge Henne.
Es stand uns nicht an, über die kleine Schwärmerei eines einsamen Mannes zu spotten. So viel Freude wird der nicht mehr im Leben haben. Ich mutmaßte nur, dass die liebe Heike die harmlose Verliebtheit des Nachbarn leidlich ausnutzte und sich hinterher bei anderen über ihn lustig machte.
„Bloß das mit ihrem Freund oder wie man dazu sagen soll …" Herr Püschel biss sich auf die Lippe, weil er etwas auszuplaudern begonnen hatte, was er gar nicht erzählen durfte.
„Freddy? Wir reden von Freddy?", vergewisserte sich Astrid überrascht.
„Ach, den kennen Sie auch?" Er machte eine wegwerfende Handbewegung und zog die Nase kraus. „Das hat sie doch gar nicht nötig. So ein properes Mädchen! Aber ich will nichts gesagt haben, Herr Kommissar. Es geht mich nichts an, was die Heike so tut."
Astrid nickte nur, als bestätige sie ihm, dass Heike ein properes Mädchen ist, fragte aber nachdrücklich: „Seit letztem Mittwoch, Herr Püschel, sagen Sie, ist Frau Becker verschwunden?"
„Was heißt: verschwunden?", fragte er überrascht. „Sie ist zu ihrer Tante Mechthild gefahren. Oder heißt sie Krimhild? Ach nein, das ist ja die vom Siegfried."
„Welcher Siegfried?", fragte ich schnell. Ich bemerkte meine

Dummheit erst, als ich sah, wie Astrid sich das Lachen verbeißen musste. „War nur ein Scherz, Herr Püschel", beeilte ich mich, meine Blamage zu kaschieren. „Klar doch, der den Drachen getötet hat."

Das fand Herr Püschel lustig und er lachte ein bisschen keckernd. „Ja, der Freddy." Er beugte sich über den Tisch und flüsterte, damit es keiner außer uns hören könne: „Ich glaube, das ist kein Guter. Man will ja keinem etwas Schlechtes nachsagen, aber ein Guter ist dieser Freddy nicht. Außerdem ist der viel zu alt für sie." Alfred Schneider war mindestens zwanzig Jahre jünger als Herr Püschel.

Wir würden über Heike Becker von ihm nichts erfahren, was uns weiterbrächte, und ich wollte auch möglichst schnell zurück in die Dienststelle, um die Fahndung nach der Komplizin von Alfred Schneider einzuleiten. „Herr Püschel, Sie haben uns sehr geholfen. Und vielen Dank für den Kaffee und die Kekse." Die Kekse hatte ich nicht angerührt, von dem Kaffee-Ersatz hatte ich nur genippt. Astrid hatte ihn tapfer getrunken. „War noch schön warm", sagte sie liebenswürdig.

Herr Püschel bedankte sich für unseren Besuch. Da hatte er endlich wieder einmal etwas Abwechslung in seinem sonst so tristen Einerlei gehabt. Viel wird nicht mehr los sein im einsamen Leben des Herrn Püschel.

„Das Miststück nimmt ihn wahrscheinlich aus wie eine Weihnachtsgans!", schimpfte ich, als wir Püschels Wohnung verlassen hatten. Elke war mit ihrem Team noch dabei, die Wohnung gründlich zu durchsuchen.

„Wahrscheinlich", sagte Astrid, „aber es wird den netten Herrn Püschel nicht reuen."

Frauenlogik, dachte ich. Oder hatte ich sie nur nicht richtig verstanden?

Elke und ihr Team hatten nichts in Heike Beckers Wohnung gefunden, was mit dem Banküberfall in Verbindung gebracht werden konnte. Allerdings konnten sie Spuren sichern, die eindeutig Alfred Schneider zugeordnet werden mussten. Aber auch Elke war aufgefallen, dass nur wenige Kosmetika im Bad standen und der Kleiderschrank der jungen Frau hätte voller sein müssen. Sie war nicht zu ihrer Tante Mechthild gefahren, falls es die überhaupt gab. Sie hatte sich mit den knapp hunderttausend Euro Beute abgesetzt. Nur hatten wir keine Ahnung, wohin sie mit dem Geld geflüchtet sein konnte.

Alle Nachfragen bei den zuständigen Behörden, Flughäfen und Zollämtern blieben ergebnislos. Es ärgerte mich, dass uns die Frau so völlig im Nebel stehen ließ. Jeder Mensch hinterlässt Spuren. Aber wir wussten nicht, wo wir hätten suchen können.

Da hatte Astrid eine Idee. „Vielleicht kann uns Frau Schneider weiterhelfen?"

Ich sah sie überrascht an. „Wie das?"

„Es ist doch möglich, dass sie von dem Verhältnis ihres Mannes mit dieser Heike Becker wusste und eine Ahnung hat, wohin das Vögelchen ausgeflogen ist. Außerdem dürfte die Becker irgendwie Kontakt mit Anna Schneider gehabt haben. Woher wusste sie sonst so genau, wie sie ihre Rolle spielen musste, um für Anna Schneider gehalten zu werden? Schobler war vermutlich zufällig in der Bank. Er behauptete, sie hätte vor ihm in der Reihe gestanden. Die Becker hatte ihre Rolle sehr genau einstudiert."

Hans hielt das für eine sehr vage Vermutung. „Ich glaube nicht, dass sie von der Liebschaft ihres Mannes gewusst hat. Woher denn? Er wird es ihr kaum erzählt haben. Und die Betroffene merkt es zuletzt."

Astrid lächelte. „Eine Frau spürt das, wenn ihr Mann fremdgeht!", behauptete sie. Wir wussten, dass es jedenfalls in Astrids Fall anders war. Erst durch einen dummen Zufall hatte sie von den Eskapaden ihres Mannes erfahren, der offensichtlich Schwierigkeiten hatte, ihren Beruf mit den sehr unregelmäßigen Arbeitszeiten und den spontanen Einsätzen zu akzeptieren. Oder er gebrauchte ihre berufliche Belastung als Vorwand, um nicht über sein eigenes mieses Verhalten nachdenken zu müssen.

Ich war auch wegen dieses Wissens skeptisch, meinte aber, wir

sollten es trotzdem versuchen. „In der Not frisst der Teufel Fliegen. Es ist ja wirklich nicht auszuschließen, dass Heike Becker nicht nur Alfred Schneider kannte, sondern auch seine Frau."
Frau Schneider, erfuhren wir im Krankenhaus, sei austherapiert und befände sich derzeit in einer Reha-Klinik. Austherapiert heißt, wusste ich noch von der Krankheit meiner Großmutter, dass die Patientin das Bett im Krankenhaus räumen musste, weil der finanzielle Aufwand höher wäre als der medizinische Nutzen. Sprache verrät. Austherapiert ist ein grässliches Wort.

Ich fuhr in die Rehabilitationsklinik nach Bad Berka, wo Frau Schneider behandelt wurde. Ein wenig fürchtete ich mich vor der Begegnung. Das lag nicht nur an meinem schlechten Gewissen, das ich ihr gegenüber hatte, sondern auch an dem Mitleid, das ich für sie empfand. Ich war sogar geneigt, kurz vor Bad Berka wieder umzudrehen, weil mir der Gedanke kam, es könnte sie nur noch zusätzlich belasten, wenn ich ihr von Heike Becker erzählte. Außerdem, sagte ich mir, hat sie den Namen uns gegenüber nie erwähnt. Wahrscheinlich wusste sie wirklich nichts von dem Verhältnis ihres Mannes mit einer wesentlich jüngeren Frau, die gut und gerne seine Tochter hätte sein können, und ich würde, spräche ich davon, eine neue Wunde schlagen. Ich fuhr dennoch weiter, nahm mir aber fest vor, sehr vorsichtig zu sein.
Ich durchquerte Gelmeroda, wo die durch Feininger berühmte Kirche stand, und passierte die Autobahnbrücke Richtung Legefeld. Nach Legefeld ging es zunächst ziemlich steil bergab bis zu den Bahnschienen. Von dort stieg die Straße steil an. Wer hier im Winter bei starkem Schneefall fahren muss, wird seine liebe Not haben, dachte ich mir. Auf der Höhe angelangt, blickte ich vorab hinunter in das weite Tal nach Bad Berka. Die Ilm zog sich als ein langer Silberfaden dahin.
Ich fuhr hinab zur Stadt. Gleich rechts sah ich den Hinweis auf den Schnitzel-Kaiser. Den gibt es immer noch, dachte ich heiter. Wenn wir mit Vater im Auto unterwegs in Richtung Bad Berka

und Blankenhain waren, richtete er es immer so ein, wenigstens auf eine Tasse Kaffee bei dem Wirt einzukehren. Die beiden hatten sich im Krankenhaus kennengelernt, als Vater wegen einer Herzgeschichte untersucht werden musste, und Gefallen aneinander gefunden. Den Namen Schnitzel-Kaiser trug der Kneipier zu Recht. „Groß wie ein Klosettdeckel", hatte Vater immer von der Spezialität des Hauses geschwärmt, für die sogar extra große Teller genommen werden mussten. Und die Bratkartoffeln dazu! Ich spürte große Lust, den kleinen Schwenker von der Hauptstraße nach rechts zu machen. Der Grund meiner Fahrt nach Bad Berka war jedoch wichtiger als meine nostalgische Erinnerung. Vielleicht sind die Schnitzel gar nicht mehr so groß, redete ich mir ein. In der Erinnerung verändern sich die Dimensionen. Ich wollte mir eine mögliche Enttäuschung ersparen. Wahrscheinlich zu unrecht.

Ich musste durch die kleine Stadt fahren. Das Reha-Zentrum befand sich oberhalb des Goetheparks, in dem der Dichter bei seinen häufigen Besuchen in Berka gewandelt war, woran der viel frequentierte, nunmehr 200 Jahre alte Goethebrunnen als bekannteste Sehenswürdigkeit des Ortes erinnert.

Frau Schneider erwartete mich bereits in der Vorhalle. „Können wir ein bisschen gehen?", fragte sie. Offensichtlich freute sie sich über meinen Besuch, obwohl sie doch wenig gute Erinnerungen an unsere vorherigen Begegnungen haben musste. Sie schien sie vergessen oder verdrängt zu haben. Vielleicht war sie auch froh, in dem täglichen Klinikeinerlei eine Abwechslung zu haben. Wahrscheinlich besuchte sie sonst niemand.

Wir schlugen den Weg zum Goethepark ein. Nach ein paar belanglosen Sätzen blieb sie plötzlich stehen und fragte mich, warum ich gekommen sei.

„Kennen Sie eine Heike Becker, Frau Schneider?" fragte ich sie direkt.

Erstaunt antwortete sie: „Die Heike? Ja, die kenne ich. Die hat in dem Friseursalon gearbeitet, in den ich immer gehe. Alfred auch. Aber die ist jetzt nicht mehr dort. Die wollte zum Theater, wenn

ich mich recht erinnere. Hab' sie lange nicht mehr gesehen. Was ist mit ihr?"
Frau Schneider sprach sehr vorsichtig, als mache ihr das Finden der Worte große Mühe.
„Ja", sagte ich. „Sie arbeitet in der Maskenbildnerei im Theater. Jedenfalls war sie bis vor kurzem dort beschäftigt."
Frau Schneider sah mich lange und nachdenklich an. Dann sagte sie, mehr für sich als für mich bestimmt: „So, so, in der Maskenbildnerei. Dann hat sie es ja geschafft, die Heike." Den Sinn dieser Bemerkung begriff ich noch nicht.
Ich ließ ihr Zeit zum Nachdenken. Und sie dachte nach. Über ihr sonst ausdrucksloses, fast apathisch wirkendes Gesicht huschte ein leichtes, aber gewiss nicht zufriedenes Lächeln, das ich mir nur damit erklären konnte, dass sie die Zusammenhänge mit Heike Becker, dem Überfall und ihrem Mann zu begreifen oder wenigstens zu vermuten begann. Eine Ahnung, die nunmehr ihre Bestätigung fand. Völlig überraschend, weil ich keine Verbindung erkennen konnte, fragte sie mich: „Herr Ponte, würden Sie mit mir nach Ettersburg fahren? Ich habe meine Mutter seit zwei Wochen nicht mehr gesehen. Ich weiß ja, dass sie mich nicht mehr erkennt. Aber *ich* kenne sie. Sie ist meine Mutter. Oder ist das gegen Ihre Dienstvorschriften?"
Ich legte meine Hand auf ihren Arm. „Das machen wir, Frau Schneider. Das machen wir ganz bestimmt. Ich spreche mit Ihrer Ärztin, und dann finden wir einen Tag, an dem wir nach Ettersburg fahren können."
Das freute sie sehr. Und mir tat es unheimlich gut, etwas für sie tun zu können, das nicht mit dem Fall zusammenhing. Einfach jemandem eine Freude machen, dem man – wenn auch völlig unverschuldet – erhebliche Sorgen bereitet hatte.
Wir gingen eine Weile schweigend nebeneinander her, jeder mit seinen Gedanken beschäftigt. Als wir uns einer Parkbank näherten, sagte sie: „Können wir uns setzen? Das Laufen strengt mich doch ein bisschen an."
Von der Bank aus hatten wir einen weiten Blick über den Park. Um

diese Zeit waren nur wenige Spaziergänger unterwegs. Ich genoss die Aussicht. Anna Schneider atmete ruhig. Dann sagte sie leise: „Warum tut er das?“ Sie fragte es mehr für sich, als dass sie von mir eine Antwort haben wollte. Ich ließ ihr die Zeit zum Nachdenken. „Was habe ich ihm getan?“

Ich sah, wie sie ihre Hände unruhig auf den Oberschenkeln hin und her rieb. Die Frau tat mir aufrichtig leid. „Sie dürfen die Schuld nicht bei sich suchen, Frau Schneider. Er hat es getan. Er bekommt seine gerechte Strafe.“ Aber ich wusste, dass das kein Trost für sie sein konnte. Der Mann, mit dem sie ihr Leben geteilt hatte, dem sie auch und gerade in den schwierigsten Zeiten beigestanden hatte, nie geklagt, stets nach vorn schauend –, dieser Mann hat sie offensichtlich nicht nur mit einer wesentlich Jüngeren betrogen, er hat sie in niederträchtiger Weise in die Nähe eines Verbrechens gebracht, das er selbst mit seiner Geliebten begangen hatte. Kann man so etwas erklären? Konnte sie das verstehen, selbst wenn sie alle Details gewusst hätte? Er entwendet ihren Ausweis und ihr Handy, er benutzt die Wäschetasche für die Schwiegermutter, er hilft dieser Heike Becker, das Aussehen seiner Frau anzunehmen. Und schließlich, wie infam, denunziert er seine Frau als Komplizin, um – ja, warum eigentlich? Er wollte das Geld, er wollte die junge Geliebte. Da störte die Frau, die stets treu zu ihm gestanden hat. Mir fiel nur das Wort Charakterschwein ein.

Anna Schneider hatte nicht einmal mehr Tränen. Ich ließ ihr die Zeit. Es wäre unsinnig gewesen, in ihre Gedanken hineinzureden.

„Ist sie denn nicht mehr beim Theater?“, kam Anna Schneider überraschend auf unser Thema zurück.

„Nein“, antwortete ich. Allerdings wollte ich zu diesem Zeitpunkt ihr gegenüber noch nicht von unserem dringenden Verdacht reden.

„Weiß Alfred, wo sie jetzt ist?“

Diese Frage überraschte mich. „Warum soll Ihr Mann wissen, wo sich Heike Becker zurzeit aufhält?“, erkundigte ich mich.

„Hätt’ ja können sein“, sagte sie wieder mehr für sich, als dass es eine Antwort auf meine Frage sein sollte. Und sie wiederholte leise: „Hätt' ja können sein."

Sie wusste oder ahnte wenigstens mehr, als sie zu erzählen bereit war. Dessen war ich mir nun sicher. Aber ich glaubte auch nicht, mehr aus ihr herausfragen zu können. Noch war sie nicht bereit zu reden. Noch nicht.

Ich begleitete sie zurück zur Klinik und bedankte mich, als wir uns an der großen Glastür verabschiedeten, dass ich sie besuchen durfte. „Ich spreche mit Ihrer Ärztin, Frau Schneider. Wir finden einen Tag, bestimmt noch in dieser Woche. Wenn es Ihnen etwas besser geht, fahren wir nach Ettersburg zu Ihrer Mutter. Alles Gute für Sie."

„Mir geht es doch gut, Herr Ponte. Wenn man das Schlechte weglässt." Es wäre ihr fast ein Lächeln gelungen.

Da hatte ich die Hoffnung, dass sie die Kraft haben würde, um wieder ins normale Leben zurückzufinden, soweit man bei den Umständen von normal sprechen konnte. Ich hoffte es sehr. Der Spruch vom Weglassen des Schlechten hätte von meiner Großmutter stammen können. Seltsam, wie manche Redensarten weitergetragen werden.

Die Ärztin, mit der ich noch kurz sprechen konnte, als Frau Schneider mit dem Fahrstuhl wieder in ihre Etage fuhr, war einverstanden mit meinem Vorschlag, mit Anna Schneider einmal zu ihrer Mutter nach Ettersburg zu fahren. „Vielleicht gelingt es Ihnen, sie aus ihrer Lethargie herauszuholen. Wie schlimm der Zustand ihrer Mutter auch ist, es wird ihr guttun, sie zu sehen", stimmte mir die Ärztin zu.

Drei Tage später holte ich Frau Schneider von Bad Berka ab. Wir redeten nicht viel auf der Fahrt. Ich wollte ihr Zeit lassen, sich auf das Wiedersehen vorzubereiten. Und ich hielt es auch nicht für angebracht, über den Raubüberfall und die Geliebte ihres Mannes zu sprechen. Als wir vor dem Heim in Ettersburg ankamen, half ich ihr aus dem Auto und blieb auch noch bis zum

Eingang, wo wieder die alte Frau Ahavzi mit den Katzen saß, an Frau Schneiders Seite. Als sich die gläserne Eingangstür zum Foyer öffnete, sagte die Katzenfrau: „Da ist so ein Behälter gleich rechts. Sie müssen Ihre Hände desfizieren. Es ist wegen der Keime, wissen Sie. Wir wollen hier keine Scheißerei nicht eingeschleppt bekommen." Sie blickte mich an und schien sich zu erinnern. „Ach so, Sie wissen ja Bescheid, Herr Doktor." Wer weiß, mit wem sie mich verwechselte. Ich nickte ihr freundlich zu.
„In einer Stunde?", vergewisserte ich mich noch einmal bei Frau Schneider. Ja, in einer Stunde sollte ich sie wieder abholen. Da die Zeit gerade einmal ausgereicht hätte, nach Weimar zurückzufahren und nach zehn Minuten wieder nach Ettersburg, stellte ich das Auto auf dem Parkplatz gegenüber dem Heim ab, um einen kleinen Spaziergang zum Schloss zu machen. Ich ging gemächlich die Dorfstraße hoch, erreichte den kleinen Park, hinter dem sich die Anlage des einstigen Jagdschlosses befand, das mehrfach umgebaut und erweitert der Herzogin Anna Amalia zeitweise als Sommerresidenz gedient hatte. Hier traf sich einst ein musikalisch-literarischer Kreis, dem auch Goethe, Wieland, Herder, Musäus und die Schauspielerin Corona Schröter angehört hatten. Was hat mich mein Vater mit seinen Bildungsausflügen traktiert! Später kamen – erinnerte ich mich wieder – auch der dänische Märchendichter Hans Christian Andersen, die Schriftsteller Emanuel Geibel, Friedrich Hebbel und der Komponist Franz Liszt hierher. Ein beschaulicher Ort mit viel Geschichte, der in den vergangenen Jahren, nachdem er lange Zeit arg vernachlässigt worden war, aufwendig restauriert wurde und wieder ein geistig-kulturelles Zentrum zu werden schien.
Ich spazierte ein wenig durch den Park, der sich weit bis ins Tal hinunterzog, wo ein Schäfer seine Herde über die Wiese führte. Die idyllische Szene hätte einem Bild von Albert Heinrich Brendel entlehnt sein können.
Hinter dem jenseits wieder aufsteigenden Gelände befand sich das einstige Konzentrationslager Buchenwald. So nah liegen Kunst und Grauen in Weimar beieinander. In meines Vaters Bibliothek

im Obergeschoss unseres Hauses hatte ich mir neulich Volker Mauersbergers Buch „Hitler in Weimar. Der Fall einer deutschen Kulturstadt" entnommen und mich darin festgelesen. Darin erzählt er auch von seiner Familie, in der ein Kommunist, ein Sozialdemokrat, ein Deutsch-Nationaler und eine überzeugte Hitleranhängerin samt ihrem SS-Verlobten nahezu einträchtig unter einem Dach lebten, regiert von ihrer strengen Mutter, die jede politische Auseinandersetzung in der Familie verbot. Hier herrschen nur zwei: Der liebe Gott und ich. Und der liebe Gott ist nicht da. Der SS-Scharführer bemerkte unter den Buchenwald-Häftlingen seinen Schwager Rudi und sorgte dafür, dass der in ein anderes Lager abgeschoben wurde und bald im Strafbataillon 999 landete. Es war nie herausgefunden worden, ob dem Flüchtenden in die Stirn oder in den Rücken geschossen wurde. Solche Geschichten leben bis heute in Weimar. Selten ist die Rede davon. Vergangenheitsbewältigung oder der Vergangenheit Gewalt antun?
Die Herde im Tal zog weiter. Die Hunde hielten die Schafe in Schach. Die Bilder schoben sich in seltsamer Weise übereinander. Langsam ging ich wieder die Dorfstraße hinab. Ich hätte noch Zeit für einen Kaffee im Schlossrestaurant gehabt, aber für Gemütlichkeit hatte ich keinen Sinn. Falls Frau Schneider eher von ihrer Mutter kommen sollte, wollte ich sie nicht warten lassen.

Kurz nachdem ich an meinem Auto angelangt war, kam sie die wenigen Stufen herab. Sie trug eine größere Tasche von schwarzem Tuch. Das konnte nur eine ganz bestimmte Tasche sein. Verblüfft starrte ich sie an. „Wie kommt diese Tasche zu Ihrer Mutter?"
„Ich weiß es nicht", rätselte sie. „Ich wollte in Mutters Schrank etwas Ordnung schaffen, da habe ich sie gesehen. Alfred kann sie doch gar nicht dort abgestellt haben?"
Nein, das konnte er nicht. Aber ich hatte einen sehr konkreten Verdacht. Deshalb bat ich Frau Schneider, ein paar Minuten im Wagen auf mich zu warten, weil ich noch etwas klären wollte.

Die Katzenfrau lächelte mir zu, unterließ aber den Hinweis auf die Desinfektion. Ich lächelte zurück, ging ins Haus und fuhr mit dem Fahrstuhl in die dritte Etage. Es war Zufall, dass ich noch ein Foto von Heike Becker bei mir hatte, als wäre das der Grund gewesen, warum ich nach Ettersburg gekommen bin.

Die Schwestern, die ich fragen konnte, waren sich nicht sicher, ob sie die Frau schon einmal auf der Station gesehen hatten. „Ja, wenn sie eine andere Frisur hätte", sagte eine der Schwestern, „könnte man fast glauben, es sei Frau Schneider. Aber das ist sie natürlich nicht." Helmut, der Pfleger, kam dazu. „Das ist doch die hübsche Enkelin von Oma Grete, Anna Schneiders Mutter. Ja, die war vor ein paar Tagen hier. Ich habe ihr noch das Zimmer gezeigt. Ist sie gar nicht ihre Enkeltochter?", fragte er verunsichert.

Ich bedankte mich bei dem Mann, ohne seine Frage zu beantworten. Aber mir ging Vielerlei durch den Kopf. Ich brachte Frau Schneider, die mir die schwarze Tasche überlassen hatte, wieder zu ihrer Reha-Klinik nach Bad Berka und rief noch auf der Rückfahrt nach Weimar Astrid an. Ich müsste unbedingt etwas mit ihr besprechen. Es war eigentlich schon Dienstschluss. „Ist Elke noch da?" Das bestätigte sie. „Möchte bitte auch warten."

Die beiden sahen mich verdutzt an, als ich mit der schwarzen Tasche ankam. „Elke, kann man feststellen, ob Geld in dieser Tasche war? Und an den Henkeln oder sonst wo vielleicht irgendwelche DNA-Spuren, die wir Heike Becker zuordnen können? Du hattest ja Proben in ihrer Wohnung genommen."

„Wenn da etwas ist, finde ich es." Sie nahm die Tasche und ging ins Labor.

Ich erzählte Astrid, woher ich die Tasche hatte. „Am Dienstag nach dem Überfall auf die Bank war Heike Becker ins Pflegeheim gefahren, angeblich um ihre Großmutter zu besuchen. Der Pfleger konnte sich gut an sie erinnern. Das Geld hatte sie natürlich längst anderswo gebunkert. Warum bringt sie die Tasche nach Ettersburg?"

Astrid dachte kurz nach. „Vermutlich rechnete sie damit, dass sie auf irgendwelchen Wegen bei uns landen könnte. Interessant ist nur, dass sie die Tasche dort in den Schrank gelegt hat, als wir noch nach dem Bankräuber suchten. Warum?“

„Sie wollte, dass wir Alfred Schneider oder seine Frau, wahrscheinlich vor allem sie, damit überführen könnten. Denn dass wir ihre Maskerade durchschauen würden, war mehr Zufall als wirklicher Fahndungserfolg. Alfred hat sie gewiss die ewige Liebe geschworen, damit er sie nicht verrät in der Überzeugung, sie würde auf ihn warten, während er seine Jahre in der JVA verbringen musste, falls er tatsächlich gefasst werden sollte. Das ganze Unternehmen sieht mir inzwischen mehr nach Heike Beckers Handschrift als nach seiner aus. Er war nur der Trottel, der auf ihren raffinierten Plan hereingefallen ist. Ihren Nachbarn hat sie ja auch am Nasenring durch die Manege gezogen.“

Astrid nickte zustimmend. „Das ist gut möglich“, sagte sie. „Der ganze Coup sieht wirklich mehr nach weiblicher Raffinesse aus.“

„So?“, fragte ich.

„Frauen denken anders als Männer. Weibliche Logik geht nicht so schlicht wie die der Männer.“ Sie sah mich spöttisch an.

Weibliche Logik! Lilli liebte es, nach dem Frühstück das tägliche Kreuzworträtsel in der Tageszeitung zu lösen. Statt links oben waagerecht zu beginnen und von da an systematisch senkrecht/waagerecht vorzugehen, fing sie irgendwo an, manchmal halblinks unten waagerecht oder so, dann wieder ganz rechts senkrecht. Ich versuchte lange Zeit, hinter das System zu kommen, nach dem sie die Wörter suchte, bis ich begriff, dass sie gar keines hatte. Am meisten amüsierte mich, dass sie am Ende alle Felder richtig ausgefüllt hatte. Das ist also weibliche Logik.

„Herzlichen Dank, liebe Astrid. Ich werde es mir merken. Allerdings“ überlegte ich laut, „macht die Becker, nach allem, was wir bisher über sie wissen, nicht den intelligentesten Eindruck.“

Jetzt hatten wir die nach aller Wahrscheinlichkeit für den Überfall benutzte Tasche und konnten auch den Weg nachvollziehen, wie sie nach Ettersburg gekommen ist. Aber das half uns noch immer nicht, Heike Becker zu finden.

„Vielleicht so“, überlegte Astrid. „Wir erzählen Alfred Schneider, auf welche Weise wir zu der Tasche gekommen sind und seit wann sie bereits in Ettersburg war. Falls er nicht gleich begreift, dass die liebe Heike ihn nur benutzt hat, helfen wir ihm eben noch ein bisschen auf die Sprünge.“

„Wir sind nämlich ganz nette Menschen“, folgte ich Astrids Gedanken.

„Wenn ihm erst einmal klar geworden ist, dass und wie sehr sie ihn verladen hat, wird er keinen Grund mehr haben, sie zu schützen. Das Geld ist weg. Die Braut ist weg, vermutlich mit einem wesentlich jüngeren Burschen. Er aber sitzt in der JVA und hat einige Jahre vor sich, weil er dumm genug war, sich als ihr Werkzeug missbrauchen zu lassen. Wie wird ihm zumute sein, wenn ihm klar wird, dass der Überfall für ihn ein Reinfall war, bei dem er auch noch – versehentlich, ja, aber mit bösen Folgen – die Angestellte angeschossen hat, was seine Strafzumessung um Jahre erweitert?“

„Wir kriegen sie!“ Davon war Astrid überzeugt.

Es war spät geworden. Ich wollte noch warten, bis Elke mit ihren Untersuchungen fertig war.

„Mach Schluss für heute, Ekke, sonst kriegst du noch vor lauter Überstunden ein KK.“

„Was ist denn das nun wieder?“ Den Begriff hatte ich noch nie gehört.

„Kriminalistenkoma. Kriegt man nach 48 Stunden Dienst ohne Pause. Deine Familie freut sich, wenn sie dich heute noch zu sehen bekommt.“

„Reicht es dir nicht, dass du Lilli diesen Tümpel eingeredet hast? Jetzt soll ich mich auch noch um meine Familie kümmern?“, spielte ich den Empörten. „Na gut“, sagte ich wieder im normalen Ton. „Morgen ist auch noch ein Tag. Ich werde gleich früh in die JVA zu Alfred Schneider fahren. Kommst du mit?“

„Ja“, antwortete sie. „Und morgen früh legt dir Elke bestimmt das Ergebnis ihrer Untersuchung der Tasche auf den Tisch.“

Ich war mit dem Tag zufrieden. Wir hatten eine Spur. Die musste

uns früher oder später zu Heike Becker führen. Es wäre mir lange schwer im Magen gelegen, wenn wir den Fall nicht hätten restlos aufklären können. „Bis morgen!“, verabschiedete ich mich von Astrid.
„Bis morgen! Und schönen Gruß zu Hause an die Goldfische.“

Wir haben Alfred Schneider überführen können. Nach seiner Komplizin Heike Becker suchten wir noch. Ich glaubte nicht, dass sie unauffindbar sein würde oder sich gar ins Ausland abgesetzt hatte. Da stimmte ich Astrid zu: Knapp hunderttausend Euro sind kein ausreichendes Startkapital für eine junge, wahrscheinlich zu Verschwendung neigenden Frau in einem fremden Land. In der Wohnung selbst hatten wir keinen Hinweis auf ihren Verbleib gefunden. Die Tante Mechthild in Mecklenburg war mit Sicherheit eine Erfindung, um den etwas einfältigen Nachbarn zu täuschen. Aber ich wollte nicht den Fehler machen, ihn wegen seines umständlichen Gebarens zu unterschätzen. Vielleicht würde ihm, wenn ich ihn nur gründlich befragte, doch noch etwas einfallen, was uns weiterhelfen konnte. Ein Detail, das aus seiner Sicht ohne Bedeutung war, für uns aber ein brauchbarer Hinweis sein konnte. Ich beschloss, Herrn Püschel noch einmal aufzusuchen.
Er war überrascht, mich zu sehen und befürchtete wohl, dass ich ihm keine gute Nachricht wegen Heikchen bringen könnte. „Treten Sie näher, Herr Kommissar. Treten Sie näher.“ Er hielt mir die Tür weit auf, blickte aber schnell noch sichernd ins Treppenhaus, um nachzusehen, ob jemand den Besuch der Polizei bei ihm mitbekommen hatte. Erst dann schloss er die Tür. „Wenn ich bitten darf, Herr Kommissar“, sagte er mit seiner leisen, leicht unterwürfigen Stimme, und geleitete mich in sein Wohnzimmer.
„Käffchen?“, fragte er.
Ich lehnte dankend ab. „Machen Sie sich keine Umstände, Herr Püschel. Ich kann nicht lange bleiben.“
„Aber wenigstens ein Glas Wasser? Ich habe Selters im Kühl-

schrank. Wissen Sie", sagte er mit einem Anflug von Besserwisserei, „die meisten Leute sagen Selterwasser. Aber der Ort heißt Selters. Wussten Sie das?"
„Nein", sagte ich aus Nettigkeit, obwohl ich schon von meinem Vater sehr früh auch darüber belehrt worden war. Und amüsiert dachte ich: Noch so ein Klugscheißerchen! Man ist eben nie allein auf der Welt.
„Sehen Sie, man kann alt werden wie eine Kuh, und lernt immer noch was dazu." Er kicherte vergnügt, schlurfte in die Küche und kam mit dem Wasser zurück. Der Vitrine entnahm er zwei Gläser, hielt sie prüfend gegen das Licht, wischte sie vorsichtshalber mit einem Küchentuch aus und stellte sie auf den Tisch. Als er das Wasser eingoss, fragte er: „Sie kommen wegen Heike, ja?"
Das bestätigte ich ihm.
Er nahm mir gegenüber in einem leicht an den Lehnen abgewetzten Sessel Platz. „Ist sie denn nicht bei ihrer Tante Mechthild?" Es klang der Zweifel durch, als ob er ahnte, dass sie ihm die Unwahrheit gesagt habe.
„Es gibt keine Tante Mechthild in Mecklenburg, Herr Püschel. Jedenfalls hat Heike Becker dort oben keine Verwandtschaft. Das wissen wir inzwischen."
Er senkte traurig den Kopf. „Sie hat mir nicht die Wahrheit gesagt. Stimmt's?" Er vermied das Wort belogen. Ahnte er etwas?
„Herr Püschel, wir suchen Frau Becker nicht, weil sie falsch geparkt hat. Sie ist nach unseren bisherigen Recherchen in ein Verbrechen involviert. Wenn Sie uns irgendeinen sachdienlichen Hinweis geben können, wo wir Frau Becker finden, würden Sie uns bei der Aufklärung des Verbrechens sehr behilflich sein. Vielleicht hat sie ja auch gar nichts mit der Sache zu tun", sagte ich, um ihm eine Brücke zu bauen.
Er nahm einen kleinen Schluck Wasser zu sich. Dennoch klang seine Stimme belegt. „Der Überfall auf die Bank, ja?"
„Wie kommen Sie darauf?", fragte ich überrascht.
„Die ganze Stadt spricht davon, Herr Kommissar. So viel Aufregendes gibt es nicht in Weimar."

Ich bestätigte seine Vermutung, relativierte sie aber mit der Wiederholung: „Vielleicht hat sie gar nichts mit der Sache zu tun."
Er dachte nach. Ob über seine Gefühle für die hübsche Nachbarin oder über den Raub, war nicht zu erkennen. Schließlich sagte er: „Dieser Freddy. Ich wusste doch, dass er ihr nicht gut tut. War er es?"
„Wir ermitteln noch, Herr Püschel." Ich hatte zwar alle Ergebnisse bei der Staatsanwaltschaft eingereicht, aber noch war der Prozess gegen Alfred Schneider nicht eröffnet. So offenkundig, wie der Fall auch war: selbst unter diesen Gesichtspunkten galt die Unschuldsvermutung. Es ist nicht Angelegenheit der Kriminalpolizei, Urteile zu fällen. Wir ermitteln und leiten die Ergebnisse weiter an den Staatsanwalt.
Wieder schwieg er eine Weile. Dann sagte er, scheinbar ohne jeden Zusammenhang. „Die meisten Leute sagen wirklich Selter."
Wollte er nur ablenken oder hatte ihn das lange Alleinsein schon wunderlich gemacht?
„Ist eine Kleinstadt an der Lahn. Ich weiß."
Das gefiel ihm. Er lächelte. „Ich weiß nicht, wo sie ist, Herr Kommissar. Sie hat mir den Schlüssel gegeben und gesagt, dass ihre Tante Mechthild sehr krank sei. Ihre Erbtante, hat sie gesagt. Von der würde sie mal alles bekommen."
Da schau her, dachte ich. Hat die liebe Heike vorgebaut, falls sie plötzlich zu Geld kommt. „Und außer Freddy?", fragte ich. „Gab es da noch einen anderen? Vor Freddy?"
Er dachte nach. „Früher mal. Aber der ist lange nicht mehr hier gewesen."
„Wie lange?"
Herr Püschel dachte nach. „Muss Monate sein. Telefoniert hat sie noch manchmal mit ihm. Nicht dass Sie denken, ich hätte gelauscht. Auf der Treppe mit ihrem Handy. Ist Ihnen das auch schon einmal aufgefallen? Die Leute reden am Telefon lauter als normal. Die denken wohl, der andere könne sie sonst nicht hören. Ich mag das nicht. Im Bus, auf der Straße, beim Einkaufen. Als ob sonst niemand in der Nähe wäre. Das will man doch gar nicht hören."

„Als Heike mit ihrem Verflossenen telefoniert hat", fragte ich, ohne auf seine Bemerkung einzugehen, „hat sie ihn da mit Namen genannt?"

Herr Püschel dachte nach, aber offensichtlich nicht über Heike Becker. „Das will doch gar keiner hören, ob die Waschmaschine abgestellt werden soll oder ob das neue Auto weniger Sprit verbraucht als das alte oder ob der Freund besonders … na, Sie wissen schon. Die denken, es hört niemand mit."

„Der Name von dem Verflossenen?", blieb ich bei meiner Frage.

Da hellte sich sein Gesicht auf. „Meiki oder Mecki oder so. Was die jetzt alles für Namen haben!", erinnerte er sich. „Aber ob er das ist?"

Plötzlich hatte ich eine Idee. Fast hätte ich mir mit der flachen Hand vor den Kopf geschlagen. Scheinbar ohne jede Bedeutung, einfach aus Interesse, fragte ich Herrn Püschel: „Hat Heike eigentlich ein Auto?"

„Ja", sagte er, „damit ist sie doch zu ihrer Tante gefahren." Nach einer kurzen Pause fügte er hinzu: „Hat sie jedenfalls gesagt."

„Und wissen Sie, was es für eins ist oder kennen Sie das Kennzeichen?"

Er kratzte sich den Kopf, als müsse er auf diese Weise seiner Erinnerung nachhelfen. „Ja, wissen Sie, mit den neuen Autos, da habe ich es nicht so. Ich glaube, es war ein schwarzes, wenn Ihnen das etwas hilft." Er sah mich hilflos an.

„Und das Kennzeichen?" Ich hätte das auch leicht über die Zulassungsstelle herausfinden können, aber vielleicht ging es schneller mit Herrn Püschels Hilfe.

Er überlegte sichtbar. Plötzlich hellte sich sein Gesicht auf. „Das Foto! Sie hat mir doch ein Bild geschenkt. Darauf steht sie neben dem neuen Auto. War sie mächtig stolz darauf. Warten Sie." Er trippelte zu seiner Vitrine, zog eine Schublade auf, entnahm ihr einen kleinen Karton und kam damit zum Tisch zurück. „Das haben wir gleich. Momentchen." Und gleich zog er aus dem Stapel ein Bild hervor, das Heike Becker stolz neben ihrem neuen Auto zeigte. „Bei mir herrscht Ordnung, Herr Kommissar!", erklärte Herr Püschel stolz.

Es war ein schwarzer Golf. Das Kennzeichen war zwar durch ein Bein von Heike Becker zum Teil verdeckt, aber das dürfte keine Schwierigkeit sein. „Darf ich das Bild haben, Herr Püschel?"
„Wenn es der Wahrheitsfindung dient", sagte er wie aus einem Film zitiert.
„Es dient, Herr Püschel, es dient." Ich steckte das Foto ein. Weit kommst du nicht, Mädchen, dachte ich mit Genugtuung. Man soll eben nicht so viel angeben mit seinem neuen Auto!

Tatsächlich brachte mir Elke am nächsten Morgen das Ergebnis ihrer Untersuchung. In der Tasche musste sich eine größere Menge Geld befunden haben, am Henkel ließen sich DNA-Spuren von Heike Becker nachweisen. Es hätte dieses Ergebnisses nicht zwingend bedurft, denn es konnte sich nur um die Tasche aus dem Überfall handeln, aber es war ein Beweis mehr. Ich fuhr mit Astrid in die JVA.
Alfred Schneider wurde vorgeführt. Er machte einen betont gelangweilten Eindruck. Sein Verfahren stand noch aus, aber er hatte uns bereits im Vorfeld gesagt, dass er die Jahre mietfrei und bei guter Verpflegung absitzen würde. Vielleicht war es nur Galgenhumor, aber ich konnte mir auch vorstellen, dass er eine gewisse Erleichterung gegenüber seiner vorherigen Situation empfand. Was war ihm denn von seinem alten Leben geblieben? Ich erinnerte mich seines verzweifelten Ausbruchs, als wir ihn verhörten und er uns seine prekäre Lage mit viel Ingrimm schilderte. Nun war auch noch sein letzter Versuch gescheitert, mit einem Bankraub dem Elend zu entrinnen. Ob er sich aber wirklich darüber im Klaren war, was ihn die nächsten Jahre erwartete, bezweifelte ich sehr.
Alfred Schneider nahm auf dem Stuhl am anderen Ende des Tisches Platz. Er verschränkte die Arme wie einen Panzer vor der Brust und tat uninteressiert. Ich war neugierig auf seine Reaktion, wenn wir ihm sagen würden, dass wir seiner Komplizin, die wahrscheinlich das Ganze angezettelt hatte, bereits auf der Spur waren und es nur noch eine Frage der Zeit sein konnte, bis wir auch sie

gefasst hatten. Aber Astrid und ich hatten uns abgesprochen, nicht gleich mit der Tür ins Haus zu fallen.

„Herr Schneider", begann ich, „kennen Sie die Geschichte vom betrogenen Betrüger?"

„Ist jetzt Märchenstunde?", fragte er amüsiert, aber auch misstrauisch lauernd, weil er nicht wusste, wohin meine Frage zielte.

„Es waren einmal zwei Diebe", begann Astrid, und es klang tatsächlich, als wollte sie ein Märchen erzählen, „die hatten einem reichen Mann durch Betrug einen ordentlichen Batzen Geld gestohlen. Sie saßen vor dem vielen Geld und freuten sich daran. Dann teilten sie gerecht, wie es ausgemacht war. So wollte schon jeder mit seinem Anteil in verschiedene Richtungen auseinandergehen, da sagte der eine Dieb, der Pfiffige, zu dem anderen, dem Tumben: Es ist vielleicht nicht so gut, wenn du jetzt mit deiner Beute in die Welt gehst. Stell dir vor, ein Räuber überfällt dich und nimmt dir das schöne Geld wieder ab. Was bist du dann? Richtig, dann bist du wieder so arm, wie du es vorher gewesen bist."

Alfred Schneider lachte verunsichert, denn er wusste noch immer nicht, wohin die Geschichte zielte.

„Da hast du recht, sagte der Tumbe zum Pfiffigen. Das wäre gar nicht gut", setzte ich die Erzählung fort. „Aber was soll ich tun? – wollte der Tumbe vom Pfiffigen wissen. Der machte eine großartige Geste und sagte: Wir sind doch Freunde! Ich verwahre dein Geld für dich. Wenn du morgen zu mir kommst, gebe ich dir einen Teil als Wegzehrung mit. Und immer, wenn du Geld brauchst, kommst du zu mir, denn bei mir ist es sicherer als in deinem Wandersack."

„Da wollte der Tumbe wissen", erzählte Astrid die Geschichte weiter, „warum er nicht alles Geld mitnehmen solle, das ihm gehöre. – Weil du dann, wenn du tatsächlich einem Räuber in die Hände fällst, nur das Wenige verlierst, was du bei dir trägst, aber dein ganzer Besitz bei mir sicher verwahrt bliebe. Habe ich dir das nicht gerade erklärt? – Das sah der Tumbe schließlich ein. Er bedankte sich sogar bei dem Pfiffigen für den Freundschaftsdienst, nahm eine kleine Wegzehrung mit und machte sich auf die Wanderschaft in die weite Welt. Er ließ den lieben Gott einen frommen Mann sein. Und als das Handgeld zur Neige ging, kam er zurück, um sich neues bei seinem vermeintlichen Freund zu holen."

„Aber wo war der?", fragte ich Alfred Schneider.

Der sah mich verunsichert an. „Woher soll ich das wissen? Und was soll der ganze Quatsch?" Ich spürte, dass er eine Ahnung bekam, was wir hinter der Geschichte versteckt sagen wollten.

„Über alle Berge war er. Weg mit dem ganzen Geld, mit seinem Teil und mit dem Anteil des Tumben. Wer von beiden sind Sie?" Astrid sah ihn fast freundlich an. „Der Pfiffige?"

Wir ließen ihm Zeit. Er begriff jetzt, worauf wir hinauswollten. Aber er wusste noch nicht, was die Geschichte für ihn tatsächlich bedeutete.

„Die machen hier im Knast allerhand für uns, aber von Märchenstunde hatte ich noch nicht gehört." Es sollte trotzig klingen. Es klang eher kleinlaut.

„Nun, Herr Schneider, wenn Sie es lieber direkt haben wollen", fuhr ich fort. „Ihre Komplizin ist mit dem Geld auf und davon. Teilen der Beute mit Ihnen? Vielleicht warten, bis Sie wieder draußen sind? Das glauben Sie doch selber nicht mehr!"

Da schien er doch wieder Hoffnung zu schöpfen. „Niemals. Das macht Anna niemals!" Er glaubte offensichtlich, dass wir noch immer seine Frau für seine Komplizin hielten, wie er es – oder genauer: Heike Becker – eingefädelt hatte.

„Ihre Frau? Was hat denn Ihre Frau mit der Sache zu tun? Ich habe sie erst gestern besucht", sagte ich. „Wir waren auch beide bei Ihrer Schwiegermutter in Ettersburg. Nein, Herr Schneider, wir reden von der lieben Heike Becker."

Da war es vorbei mit seiner gespielten Lässigkeit. Er sah Astrid und mich ungläubig an. Und muss in Sekundenschnelle begriffen haben, dass er der betrogene Betrüger aus unserer Geschichte war.

„Wa-was für eine Hei-heike Becker?", stotterte er. „Die kenne ich nicht."

„Doch", sagte Astrid. „Wir kennen sie nämlich auch."

„In gewisser Weise hat er schon recht", sagte ich zu meiner Kollegin. „Herr Schneider glaubte nur, sie zu kennen. Er hat ihren eigentlichen Plan nicht durchschaut und sie für ehrlich gehalten. Wegen der schönen Augen, die sie ihm gemacht hat, wegen der Liebesschwüre, die sie ihm ins Ohr geflüstert hat und wegen der Leidenschaft, die sie ihm vorgespielt hat."

Alfred Schneider verlor die Beherrschung. „Ihr wollt mich verarschen, ihr Scheißbullen! Ich soll Heike verpfeifen!" Er merkte gar nicht, dass er selbst schon dabei war, alles zu verraten, indem er nur ihren Vornamen aussprach. „Ich habe die Bank überfallen und das Geld habe ich gut geparkt."

„Samt Tasche, was?", fragte ich.

„Wenn es euch interessiert, meinetwegen auch samt Tasche!", fuhr er mich an.

„So?", tat Astrid erstaunt. „Und wie ist die Tasche zu Ihrer Schwiegermutter ins Pflegeheim gekommen und dort so offensichtlich deponiert worden, dass wir sie früher oder später finden mussten?"

Auch damit schien er nicht gerechnet zu haben. „Soll das ein neues Märchen werden?"

Wir ließen uns beide nicht provozieren. „Herr Schneider", sagte ich, als sprächen wir irgendwo bei einer Tasse Kaffee miteinander, zu der wir uns verabredet hatten. „Sie haben die Bank überfallen. Durch Sie ist eine junge Frau zu Tode gekommen. Das bestreiten Sie nicht mehr, denn es ist Ihnen zweifelsfrei nachgewiesen worden. Sie geben es zu. Aber Sie decken Ihre Komplizin, weil Sie noch immer glauben, sie würde viele Jahre auf Sie warten und das Geld für eine gemeinsame Zukunft verwahren. Mal ehrlich, Herr Schneider, meinen Sie wirklich, eine dreißig Jahre jüngere Frau will erst mit vierzig anfangen zu leben? Sie sind ein alter Mann, wenn Sie die JVA verlassen dürfen! Die Frau hat Sie nach Strich und Faden betrogen. Die hat Ihnen den Floh ins Ohr gesetzt, als König Lear in die Bank zu marschieren, während sie selbst in der Maske Ihrer Frau nur darauf wartete, dass Sie die Taschen tauschen. Und noch ehe wir Sie verhaften konnten, war die liebe Heike auf und davon. Mit dem Geld, wohlgemerkt! Die Tasche hat sie

noch schnell in Ettersburg deponiert, wo sie sich als treusorgende Enkeltochter ausgegeben hat, um Ihre Frau mit einem weiteren Indiz zu belasten. Und seither ist sie verschwunden, Herr Schneider. Wir waren in ihrer Wohnung. Glauben Sie uns, wir wissen, wie Wohnungen aussehen, die für immer verlassen werden."
„Vielleicht ist sie nur verreist", sagte er leise. Er wusste, dass er verloren hatte und nur benutzt worden war.
„Nein", sagte Astrid. „Sie hat sich aus dem Staub gemacht. Mit dem Geld. Herr Schneider, wir können Ihnen keine Strafminderung versprechen. Für das, was Sie getan haben, werden Sie sich in vollem Umfang verantworten müssen. Ich könnte mir aber vorstellen, dass Sie diese Person nicht weiter schützen wollen, die Sie schamlos ausgenutzt und ins Elend getrieben hat."
Er hätte einem fast leidtun können. „Wo ist sie?", fragte ich.
„Ich weiß es nicht", sagte er tonlos. Wahrscheinlich begriff er gerade, auf welch dumme, lächerliche Weise er sein Leben und das seiner Frau zerstört hatte.
„Wo könnte sie sein?", setzte ich nach.
Er sah mich hilflos wie von weitem an. „Ich weiß es nicht."
„Denken Sie nach, Herr Schneider", beharrte Astrid. „Hat sie Verwandte oder Bekannte, bei denen sie sich vorläufig versteckt halten könnte? Sie hat gegenüber ihrem Nachbarn erklärt, dass ihre Tante Mechthild erkrankt sei, falls es die überhaupt gibt. Kennen Sie eine solche Erbtante?"
Er schüttelte verneinend den Kopf. „Das hat sie dem Trottel nur erzählt, damit er keinen Verdacht schöpft." Mit dem Trottel meinte er gewiss ihren Nachbarn Püschel. „Ich weiß nicht, wo sie ist."
„Oder können Sie sich vorstellen, dass sie ins Ausland verschwunden ist? Herr Schneider, hören Sie mir überhaupt zu?", forderte ich ihn mit Nachdruck auf zu antworten, weil mir schien, dass er uns langsam entglitt.
„Ich weiß es nicht", wiederholte er stereotyp.
Ich sah Astrid an. Sie nickte. Eine weitere Befragung würde kaum zu einem Ergebnis führen. Wir beschlossen, ihn mit der neuen Situation erst einmal allein zu lassen. Wenn er den eben erlittenen

Schock überwunden hat, kam ihm vielleicht die Wut hoch darüber, dass und wie gemein er verraten worden war. Und dann würde er reden.

„Wir kommen morgen wieder, Herr Schneider. Denken Sie über alles nach." Ich stand auf. Auch Astrid erhob sich. Wir waren schon fast an der Tür, als er sagte: „Dieser Möchtegern-Casanova. Als ob ich's geahnt hätte."

Er hatte es nur ganz leise gesagt, fast tonlos, aber wir hatten es beide gehört. Sofort war ich wieder am Tisch. „Wer, Herr Schneider? Wer? Reden Sie! Maik oder Mecki vielleicht?"

Er starrte mit blinden Augen in den Raum. „Bringen Sie mich in meine Zelle zurück. Ich sage nichts mehr." Er stand auf und ließ sich, ohne sich noch einmal nach uns umzusehen, von dem Beamten abführen.

„Er wird reden", sagte Astrid. „Vielleicht morgen, vielleicht erst in drei Tagen. Aber er wird reden. Er weiß, wie übel ihm mitgespielt wurde."

„Ich werde in der JVA Bescheid geben, dass sie ihn besonders gut im Auge behalten", sagte ich.

„Tu das, Ekke", erwiderte Astrid. Alfred Schneider wäre nicht der erste, der nur noch einen Ausweg kannte.

Jetzt konnte man sich schon vorstellen, wie das alles einmal aussehen würde. Die Grube war ausgehoben, die Baumwurzeln entfernt, eine Sandschicht eingebracht und die überdimensionierte Badewanne, wie ich das große Becken aus hellblauem Kunststoff nannte, in der ausgehobenen Grube versenkt. Die erforderlichen Leitungen für Zu- und Abflüsse waren sachkundig verlegt, die Umwälzpumpe installiert. Wir hatten uns nach Beratung durch einen Gartenarchitekten dazu entschlossen, das Wasser aus einer künstlichen Quelle kommend über einen gewundenen Bach über grobe Kieselsteine in den Teich fließen zu lassen. Das gab die Schräglage des Grundstücks her. Von dort sollte es zurückgepumpt werden, womit ein geschlossener Kreislauf entstand und das Wasser stets

mit frischem Sauerstoff versorgt wurde. Noch war aber alles Rohbau. Die erforderliche Uferbepflanzung musste gut durchdacht werden. Außerdem fehlte noch das Wasser im Bassin. Wenn das einläuft, würde unsere Wasseruhr zwar zum Ventilator werden, aber nun hatten wir einmal A gesagt, da musste eben B folgen.
„Du wirst sehen, Ekke, wie gemütlich das wird." Lilli hatte offensichtlich mehr Fantasie als ich. Mir fehlte der Baum, dessen Zapfen ich als Kind gesammelt und zu den Großeltern gebracht hatte, damit sie ihren alten gemütlichen Küchenofen auf Hitze bringen konnten. Das Knistern höre ich noch heute und der würzige Geruch schien sich in meiner Nase eingerichtet zu haben, um auf Abruf die alten Bilder erscheinen zu lassen. Manchmal, wenn ich mit Lilli und den Kindern in einem Wald unterwegs war, dachte ich unvermittelt an meine Großeltern. Es war der Geruch der Zapfen. Aber der Baum – Erinnerung an eine schöne Kindheit – steht nicht mehr.
Lilli wusste, wie sie mich ablenken konnte, denn meine leicht melancholische Stimmung hatte sie gespürt. „Was geschieht eigentlich mit diesem Möchtegern-Casanova?"
„Gegen den liegt nichts vor", antwortete ich. „Er behauptet, von dem Überfall nichts gewusst zu haben, an dem er ja wirklich nicht direkt beteiligt war. Sie wollte ihn zwar mit der Aussage belasten, er hätte den ganzen Plan ausgeheckt und sie wäre von ihm abhängig gewesen. Das könnte sogar stimmen, denn der Bursche ist einschlägig vorbestraft. Aber beweisen …?"
Das Auto von Heike Becker stand keine hundert Meter von ihrer Wohnung entfernt. Sie war klug genug, es nicht benutzt zu haben, um bei einer möglichen Verkehrskontrolle nicht aufzufallen. Aber der Zufall als fleißiger Gehilfe gründlicher Recherche lieferte uns die Diebin frei Haus. In der Nähe von Rudolstadt war ein mit überhöhter Geschwindigkeit fahrendes Cabriolet aufgefallen. Die Beamten stoppten den Wagen an der nächsten Abfahrt. Bei der Kontrolle der Fahrzeugpapiere fiel einem der Beamten die Ähnlichkeit der Beifahrerin mit dem Fahndungsbild von Heike Becker auf.
Wir hatten das saubere Pärchen. Ein Teil der geraubten Summe

konnte sichergestellt werden. Der größere Anteil war vermutlich für das neue Auto verwendet worden. Heike Becker gab schließlich zu, die Maskerade an Alfred Schneider und sich vorgenommen zu haben und in der Bank mit Anna Schneiders Ausweis gewesen zu sein. Sie hatten wohl nicht damit gerechnet, dass der Schwindel auffallen könnte. Der Prozess gegen beide stand noch aus.
„Der Möchtegern-Casanova", griff ich Lillis Frage auf, „wird vermutlich mit einem blauen Auge davonkommen, wenn Heike Becker ihn nicht in die Sache hineinzieht. Beweisen können wir ihm nicht viel." Aber ich hatte auch Lillis Ablenkungsmanöver durchschaut und kam auf unser eigentliches Thema zurück. „Von Kois rate ich übrigens ab. Das ist jetzt Mode geworden. Die haben Krethi und Plethi im Tümpel. Außerdem brauchen die Tiere zur artgerechten Haltung Bedingungen, die wir mit unserem kleinen Froschteich …"
„Froschteich?!", protestierte Lilli.
„… Froschteich gar nicht erfüllen können", fuhr ich ungerührt fort.
„Goldfische aber auch nicht", verwahrte sich Lilli.
„Was hältst du denn von Bratfisch?" Da hatte ich zu tun, mich gegen ihren Überfall zu wehren.

Unsere Ermittlungen waren mit der Verhaftung von Heike Becker abgeschlossen, die Ergebnisse dem Staatsanwalt übergeben. Ich klappte den Ordner zu. Es klopfte. Auf meine Aufforderung trat Hans mit einem jungen Polizisten ein. „Der Kollege möchte dich sprechen." Hörte ich da einen spöttischen Unterton heraus?
„Ja, bitte? Worum geht es?"
„Ich habe das Foto", sagte er stolz.
„Was für ein Foto?"
„Das von der Bank."
Ich verstand noch immer nicht. Da legte er mir ein vergrößertes Foto auf den Tisch. Es zeigte die Bankfiliale an dem Tag und exakt zu der Zeit, als Schneider den Überfall ausführte. Vor der Bank

stand ein Mann an seinem Auto, der die Parkscheibe auf das Armaturenbrett legte: Andreas Schobler. An der Tür zur Bank war kein Schild, das eine außerplanmäßige Schließung angezeigt hätte. Ich blickte verblüfft auf Datum und Uhrzeit, beides war auf dem Bild gut zu erkennen. Ich sah den Kollegen an, ich sah Hans an, der nun unverhohlen grinste, ich sah den Kollegen wieder an und erinnerte mich an ihn. Er war einer unserer Statisten bei dem Lokaltermin in der Bank gewesen, den ich mit der Dienstreise nach Japan auf den Arm genommen hatte. „Woher, ich meine, woher haben Sie das Bild?“
„Ich bin bei den Stadtführern gewesen und habe mich erkundigt, wer am besagten Tag zur fraglichen Zeit mit einer Gruppe Touristen in der Nähe des Tatortes – also, ich habe natürlich gesagt: in der Nähe der Bank – gewesen sei und ob da zufällig jemand fotografiert habe. Da konnte mir zunächst keiner weiterhelfen, aber sie waren alle sehr nett und haben gesagt, falls doch zufällig oder so … Jedenfalls, gestern rief mich Frau Schorsch, eine Stadtführerin an. Sie hätte ein Bild erhalten, das vielleicht infrage kommen könnte. Manchmal schicken Touristen aus Dankbarkeit ihrem Stadtführer ein paar Erinnerungsfotos zu. Daher hat sie es. Sie hat mich auch gleich angerufen.“
Ich schüttelte ungläubig den Kopf. „Hans, wie kommt Kuhscheiße aufs Dach?“
„Mit ’ner großen Wippe, wenn ein Bulle auf die andere Seite des Brettes springt.“
„Es war ein Japaner aus Osaka“, ergänzte der Polizist. „Gibt keine Zufälle.“ Er war mächtig stolz, und das konnte er auch sein.
„Hätten Sie Lust, zur Kriminalpolizei zu wechseln?“, fragte ich, was ein Lob für seine Findigkeit sein sollte.
„Nee“, sagte er entschieden. „Streife gehen ist spannender.“
Ich hätte herzhafter lachen können, wenn Hans nicht dabei gewesen wäre. Mein Dank an den pfiffigen Kollegen fiel deshalb nicht zu überschwänglich aus.
„Du kriegst es einfach nicht fertig, danke zu sagen“, knurrte Hans, als der Kollege gegangen war.

„Danke“, sagte ich.
Er sah mich überrascht an. „Wofür?“
„Für die berechtigte Kritik.“
Hans grinste. „Nicht dass du anfängst, mir sympathisch zu werden, Chef.“
„Soweit kommt es noch!“, parierte ich. „Übrigens“, sagte ich, „neulich beim Bier in Marios Sommergarten, wie ernst war das gemeint?“
Hans sah mich lange an. Kein Lächeln spielte um seinen Mund, kein Funkeln in den Augen verriet Schalk. „Mal sehen“, antwortete er schließlich. „Mal sehen. Würdest du es denn bedauern?“
Ich blickte ihm geradewegs in die Augen. „Ja“, sagte ich ohne Zögern. Und schnell, um es nicht zu ernst werden zu lassen, fügte ich hinzu: „Mit wem sollte ich sonst alkoholfreies Bier bei Mario trinken?“
Er lächelte vorsichtig.
Ich glaube, das war der Moment, an dem unsere Freundschaft begann.

Leseprobe aus:
Die entlaufene Leiche vom Zeughof.
Ekke Ponte ermittelt. Band 1.

„Dort hinten!“, rief sie hektisch, als wir ausstiegen. „Dort hinten liegt er. Aber ich gehe da nicht mehr hin. Keine zehn Pferde …“
„Beruhigen Sie sich erst einmal, Frau …“
„Schmitt. Zwei T. Elli Schmitt. Keine zehn Pferde kriegen mich dorthin“, antwortete die Frau auf Astrid Korns Frage. „Keine zehn Pferde!“
„Gut, Frau Schmitt. Meine Kollegin nimmt inzwischen Ihre Daten auf “, versuchte ich sie zu beruhigen. „Ich kann ja verstehen, wenn Sie nicht noch einmal hingehen wollen. Wo genau liegt der Mann?“
Frau Schmitt atmete erleichtert auf. „Also“, sagte sie, „ich war bei meiner Freundin Waltraud. Die hat nämlich Geburtstag gehabt, sechsundfünfzig ist die geworden. Sieht man ihr aber nicht an. Ehrlich. Nur mit dem Laufen hat sie es nicht so. Zu schwer. Ich sage ja immer, du musst abnehmen, Waltraud. Aber das schafft die einfach nicht! Na, ich wollte eigentlich nur zum Kaffee …“
„Ist ja gut, Frau Schmitt. Wo liegt der Mann?“, unterbrach ich sie leicht genervt. Was interessierte mich Waltrauds Gewicht.
„Was für ein Mann? Ach so, der. Also, ich wollte nur zum Kaffee bleiben, aber Sie kennen ja Waltraud.“
Unvorsichtigerweise sagte ich, dass ich Waltraud nicht kenne.
„Na, die kennt hier doch jeder, stimmt’s, junge Frau?“
„Stimmt“, sagte Astrid Korn, die sie vermutlich auch nicht kannte.
„Aber der Herr Kriminalhauptkommissar ist eigentlich aus Berlin. Der kennt Waltraud nicht.“
Ich sah, wie ihre Mundwinkel ein wenig zuckten. „Was macht denn die Polizei von Berlin in Weimar?“
„Wo liegt der Mann?“, fragte ich unwirsch.
„Ja, wenn Sie mich nicht ausreden lassen, Herr Kommissar. Ich habe doch gesagt, dass ich von Waltraud gekommen bin, die wohnt in der Rittergasse. Das ist doch nur das Stück hin, wo der

Brunnen ist, der mit der Maria, die das Wasser ausgießt. Und als ich am Parkplatz vorbei war, also der gegenüber diesem Hostel – was ist eigentlich ein Hostel? Können die nicht mehr Hotel sagen wie früher? Also, ich weiß ja nicht! –, haben Sie mal gesehen, wie viele Fahrräder dort herumstehen? Ich fresse einen Besen, wenn die nicht allesamt geklaut sind. Aber die Polizei…"

Den Satz sprach sie lieber nicht zu Ende, denn wenn wir auch keine Uniform trugen, waren wir doch die Polizei, die sie gerufen hatte und die sofort gekommen war.

„Als ich etwa in halber Höhe vom Kinderspielplatz – jedenfalls hatte Waltraud auch noch Abendbrot eingeplant. Da ist es eben etwas später geworden. Das mit den Fahrrädern ist wirklich eine Sauerei, die verschandeln doch die ganze Gegend."

Sie musste wohl bemerkt haben, dass ich ungeduldig wurde. „Ist er immer so streng?", fragte sie Astrid Korn.

„Ach was", sagte sie. „Er ist ein netter Chef. Eben ein Berliner. Wir sind ganz froh, dass er jetzt bei uns ist. Eigentlich ist er sogar aus Weimar."

Ich war sicher, dass die Kollegin ihren heimlichen Spaß an der Sache hatte.

„So, ein netter Chef. Da können Sie aber von Glück reden, Frau Kommissarin. Ich hatte mal einen …" Aber mitten im Satz besann sie sich und sagte: „Direkt an der Mauer von dem Museum, ganz hinten. Ich weiß ja nicht, die müssen Sie sich mal am Tag ansehen. Das kriegt die Stadt einfach nicht hin. Wie das aussieht! Und die Kerle pinkeln dort ihr Bier aus, wenn sie besoffen aus der Kneipe kommen. Und daneben der Kinderspielplatz. Ich will gar nicht wissen, was da alles noch so herumliegt. Passen Sie auf, dass Sie nicht stolpern und in nichts reintreten. Ist nämlich finster. Sie können meine Taschenlampe haben. Ich habe immer eine Taschenlampe bei mir, wenn ich abends unterwegs bin. Ist finster in Weimar! Mal ehrlich. Hier, sehen Sie. Da sollte mir keiner zu nahe kommen!"

Es war eine schwere Stablampe, die sie aus ihrer Handtasche holte. „Was ist nun mit den Fahrrädern?"

Ich bedankte mich und zeigte ihr meine weniger martialische Lampe.

„Ich geh da mal runter, Frau Korn. Nehmen Sie die Personalien der Dame auf." Noch im Weggehen hörte ich, wie Frau Schmitt sagte: „Will der mich beleidigen? Ich bin doch keine Dame nicht. Die stehen doch ganz woanders!"

Mit der Lampe leuchtete ich die Rückwand des einstigen Zeughofes bis in die letzte Ecke ab, aber ich fand nichts, jedenfalls keine Leiche. Sehr appetitlich sah das hier wirklich nicht aus. Von dem zweigeschossigen barocken Bau, dem Zeughaus der weimarischen Herzöge, waren nach dem Krieg ohnehin nur noch die äußeren Umfassungsmauern des Erdgeschosses erhalten geblieben. Vom Künstlerheim, das als Stammlokal ein geselliges Leben der Weimarer Malschule beherbergte, und in dem auch Max Liebermann, Lovis Corinth, Max Klinger und Ernst Barlach, aber auch Richard Strauss und Engelbert Humperdinck verkehrten, ist nicht einmal eine Ahnung erhalten geblieben. Am Tage toben die Kinder auf dem Spielplatz, das hat ja noch etwas Lebendiges. Aber bei einbrechender Dunkelheit änderte sich die Szene. Die Rückwand des Zeughauses verkam zum Pissoir angetrunkener Männer und der Platz selbst zum Treffpunkt zwielichtiger Gestalten. Gehörte der Tote, den Frau Schmitt gefunden hatte, in diesen Kreis?

Ich leuchtete die ganze Strecke noch einmal ab. Nichts. Vorsichtshalber sah ich mich auch auf dem Spielplatz und zwischen den Klettergeräten gründlich um, aber auch da war keine Leiche zu sehen. Also kehrte ich an die Wand zurück, prüfte noch einmal, leuchtete ins Buschwerk, weil ich dachte, der Mann müsse ja nicht tot gewesen sein, sondern nur verletzt oder volltrunken, und hätte noch die Kraft aufgebracht, wegzukriechen. Aber auch da war nichts zu finden. Ich wollte schon wieder umkehren, da sah ich einen dunklen Fleck auf dem Sand. Versickertes Blut. Eine frische Spur. Aber keine Leiche. Vielleicht hat einer zwei, drei Glas zu viel getrunken, ist gestürzt und hat in der Ecke seinen Rausch ausschlafen wollen. Und hat sich dann doch wieder aufgerappelt, um nach Hause zu wanken.

Frau Schmitt, die von Waltraud gekommen war, die hatte doch

Geburtstag gehabt und auch noch für ein Abendbrot ... Na schön, lieber so, als tatsächlich gleich am ersten Arbeitstag eine Leiche. Ich ging den kurzen Weg wieder hoch. Vorher blickte ich noch zu den Fenstern der Häuser, die gleich hinter dem Spielplatz standen. Alles finster. Auch im einstigen Kloster, dem Spielplatz direkt gegenüber, und im längst verwaisten Wittumspalais war kein Fenster erleuchtet. Anna Amalia schläft schon, dachte ich. Luther nächtigt heute anderswo. Am Ende des kurzen Weges wartete Frau Schmitt. Astrid Korn hatte die Personalien aufgenommen.

„Ist er tot?", fragte Frau Schmitt. Das klang, als ob sie ihrer eigenen Beobachtung nicht mehr ganz traute.

„Frau Schmitt, der Tote ist nach Hause gegangen", sagte ich trocken. Es dauerte einen Moment, bevor sie begriff. Sie sah mich nicht unbedingt freundlich an. Ich hätte mir die Bemerkung allerdings auch verkneifen und der Frau in einem freundlichen Ton sagen können, dass dort niemand mehr liegt.

„Aber ich habe ihn doch gesehen!", beteuerte sie.

„Sie haben einen Mann gesehen, der wahrscheinlich einen über den Durst getrunken hat, mal pinkeln musste und eine ruhige Ecke aufsuchte. Dabei ist er vielleicht gestolpert, hat sich den Kopf aufgeschlagen und wollte seinen Rausch ausschlafen."

„Können Sie mir das als Mann mal erklären", sagte Frau Schmitt erbost, „warum ihr Kerle an jeden Baum pinkeln müsst wie die Straßenköter, wenn die nächste öffentliche Toilette drei Meter weiter ist?" Sie zeigte auf die kleine Tür der öffentlichen Bedürfnisanstalt am oberen Ende der kurzen Straße.

Astrid Korn befreite mich aus der unangenehmen Lage. „Frau Schmitt, hier ist meine Karte. Sie kommen bitte morgen gegen zehn Uhr in unsere Dienststelle. Da machen wir ein Protokoll. Das muss sein", wehrte sie einen Einspruch ab. „Ist Vorschrift. Habe ich mir auch nicht ausgedacht."

„Na, wenn das Vorschrift ist. Kommt wohl aus Berlin, die Vorschrift", sagte sie mit einem schrägen Blick zu mir. „Wo ist er denn hingegangen?"

„Nach Hause, wahrscheinlich, Frau Schmitt. Sie sind bestimmt auch müde. Das geht mir nach drei Flaschen Bier genauso.“ Vielleicht hat Waltraud nicht nur Kaffee kredenzt, sondern auch noch ein Likörchen auf den Tisch gestellt, erkundigte ich mich mit erkennbarer Absicht.

Astrid Korn befürchtete wohl, dass Frau Schmitt den eigentlichen Sinn meiner Bemerkung verstehen und protestieren würde, von wegen betrunken, ich weiß doch, was ich gesehen habe, und es sind auch nur zwei kleine Gläschen Eierlikör gewesen.

Meine Kollegin legte den rechten Arm um die Schulter von Frau Schmitt, führte sie ein wenig zur Seite, und flüsterte durchaus hörbar für mich: „Sie wissen doch, wie die Berliner sind. Aber meistens ist er wirklich ein Netter. Wir sehen uns morgen um zehn in der Dienststelle. Kommen Sie gut nach Hause, Frau Schmitt. Gute Nacht. Machen Sie sich keinen Kopf. Es war richtig, dass Sie uns gerufen haben. Wir kommen lieber zehnmal umsonst als einmal zu spät. Gute Nacht.“

„Was ist er nun, Berliner oder Weimarer?“ Die Antwort wollte sie schon nicht mehr hören. Sie ging tatsächlich.

Ulrich Völkel,
Die entlaufene Leiche vom Zeughof.
Ekke Ponte ermittelt. Band 1.
ISBN: 978-3-7374-0211-8